KB045830

3

Author
미치조
Illustrator
메론22

정조역전세계의 동정 변경영주기사

Virgin Knight who is the Frontier Lord in the Gender Switched World

안할트 왕국 제2왕녀
발리에르
어미가 딸보다
먼저 맛을 보라는──.
안할트 왕국 여왕
리젠로테

안할트 왕국 제1왕녀
아나스타시아
파우스트의 동정은
내가 가져갈 거다.
두 번째는 나야.
아스타테 공작
게오르기네

폴리도로 령 봉건영주기사
파우스트
나의 맹세를 신에게.
애들아, 움직여!!

멈춰라!
이 자리를 무엇이라 생각하는가!

토크토아의 딸
테오라
어머니는 인간의 마음을
모르십니다.

서방 정벌을 준비해라.
서쪽 끝까지 가겠다.
유목기마민족의 수장
토크토아

Virgin Knight who is the Frontier Lord in the Gender Switched World

3

thor
미치조

Illustrator
메론22

정조 역전세계의 동정 변경영주 기사

Virgin Knight
who is the Frontier Lord
in the Gender Switched World

일러스트 — 메론22

프롤로그 마리안느의 게슈

이런 꿈을 꾸었다.

가혹한 훈련으로 인해 녹초가 되어서 바닥에 벌러덩 드러누워 있었다.

누워있는 사람은 어린 시절의 나였다.

부드러운 잔디가 뺨을 쓰다듬어주었다.

옆에는 어머니인 마리안느가 앉아있다.

어머니는 자상한 얼굴로 나를 바라보고 있으며, 짧게 자른 머리카락을 쓰다듬고는 조용한 목소리로 말했다.

"게슈(geis)라는 말을 알고 있니? 파우스트."

전생에서 들은 적은 있다.

'금기'를 의미하는 아일랜드어다.

켈트 신화에 나오는 쿠 훌린이나 디어뮈드 같은 영웅이 게슈를 맹세하는 바람에 비극적인 결말을 걸었다.

쿠 훌린은 게슈를 어겼을 때 반신이 마비되어 제대로 싸우지 못하게 되었다.

디어뮈드는 게슈를 어기지 못하는 바람에 살아날 수 있었던 목숨을 놓아버렸다.

나라면 그런 맹세는 하지 않는다.

그건 어리석은 사람이나 하는 짓이다.

"게슈는 기사의 숙명. 드루이드로 눈을 뜬 사제와 영웅이라 부를 수 있는 기사 두 명이 있다면 신에게 게슈를 맹세할 수 있다고 해. 너라면 장래에 성인이 되어 영웅이라 불리게 되었을 때 맹세할 수 있을지도 모르지."

안 한다고.

그렇게 대답하려고 했으나 입이 떨어지지 않았다.

피곤해서 그렇다.

게다가 어차피 꿈이다.

나는 입을 여는 게 불가능할 것이다.

"지금은 금기가 되어 아무도 맹세하지 않지만. 그렇겠지, 누가 굳이 불리함을 감당할 리가. 그런 저주 같은 건 영웅을 부하로 둔 주군조차 절대 허락해주지 않을 거다."

그야 그렇겠지.

굳이 약점을 만들 필요는 없잖아.

"하지만 파우스트. 본래 게슈는 스스로 맹세하는 것조차 아니었어. 더 옛날에는 태어났을 때부터 영웅에게 숙명으로 주어진 룰이었다고 해. 태어났을 때부터 그렇게 정해져 있다는 거지."

뭐야 그거.

그러면 피할 수가 없잖아.

그렇게 대답하려고 했지만 역시 목소리는 나오지 않는다.

"파우스트. 나는 말이다."

어머니는 내 대답을 기다리지 않고 말을 이어갔다.

"네가 태어난 것이야말로, 내가 너를 영웅으로 키워내는 것이야말로. 나라는, 영웅이 되지 못함은 물론이요 그저 가난한 장원 영주 기사에 불과한 어미의 게슈였다고 생각한다."

말하는 내용의 요점을 모르겠다.

"네가 훌륭한 기사가 되고 나면 죽어도 상관없어. 그게 내 게슈야. 분명 그런 운명을 받고 태어난 거겠지. 그러니 내가 죽어도 슬퍼하지 않아도 돼."

그녀가 무슨 말을 하고 싶었던 건지.

전부 다 이해하게 된 건 그녀가 죽은 뒤.

내 어머니가 죽은 뒤였다.

병약한 어머니가 마른 나무처럼 앙상해지고.

머리카락의 윤기가 사라지고, 그 눈에 내 모습조차 제대로 비추지 못하게 된 뒤에야.

또 이런 꿈을 꾸었다.

병약한 몸은 메마른 나무처럼 야위어있다.

수프 한 숟갈도 마침내 목을 넘어가지 못하게 되어 죽음을 기다리기만 할 뿐인 어머니였다.

신음하듯이 나에게 사과인 듯한 말을 입에 담는 어머니 마리안느.

나는 훌륭한 기사가 되어 나뭇가지 같은 손가락을 잡고 있다.

떡갈나무처럼 단단해진 내 손가락을 잡고 무언가를 외치는 것 같긴 했지만.

뭐라고 말하는지는 알 수 없다.

어머니가 무언가를 사과하고 있다는 건 알 수 있지만, 무엇인지는 알 수 없었다.

어머니 마리안느는 이미 제대로 말을 할 수가 없다.

헛소리처럼 중얼거리는 '미안하다, 파우스트'라는 말에 무슨 의미가 담겨있는 건지 알 수 없다.

나를 훌륭한 기사로 키워준 어머니가 왜 사과하는 건지 알 수 없었다.

죽기 직전까지 누군가에게 사과하는 걸 한 번도 본 적이 없는 어머니였다.

눈물이 나온다.

눈물은 나온다.

하지만 어머니를 위로하는 말은 하나도 나오지 않았다.

이건 꿈이지만 사실이고, 나는 어머니의 죽음을 눈앞에 두고 울기밖에 못했다.

나는 어쩜 이렇게 어리석은지.

내 어머니를, 이번 생에서 나를 낳아준 어머니를 후회 속에서 돌아가시게 했다.

내가 무슨 짓을 저질렀는지 지금은 이해할 수 있다.

나는 어머니를, 나를 사랑으로 키워주신 어머니를 후회 속에서 죽게 했다.

병든 몸으로, 아득바득 나를 키워주신 어머니를 실의 속에서 죽게 만들고야 말았다.

이젠 사과도 할 수 없다.

그래서. 그렇기에.

나는 어머니의 소중한 것을 위해서라면, 폴리도로라는 이름의 영지와 영지민을 위해서라면 뭐든 하겠다고 맹세했다.

폴리도로 령을 지키기 위해서라면 무슨 짓이든 하겠다.

만약 내 영지에 쳐들어오는 자가 있다면 무슨 수단을 써서라도 막아내야만 한다.

대대손손 이어가야 하는 폴리도로 령을 지키기 위해서라면 어떤 고난을 겪는다고 해도 견딜 수 있다.

목숨조차 버려도 괜찮다고 결심했다.

그것이 나의.

파우스트 폰 폴리도로라는 기사의 게슈다.

제46화 안할트의 영웅

안할트 국민의 눈에 파우스트 폰 폴리도로의 모습은 이질적으로 비친다.

키가 큰 남자는 있다.

기본적으로 남자는 집안일과 육아를 담당한다고 보는 시각이 강하지만, 그럼에도 신념을 품고 선택한 대장장이 등 직업상 근육질인 남자도 없는 건 아니다.

각자 그런 외모를 선호하는 여자가 안할트 내에 없는 것도 아니고, 특이한 취향이라고 조롱당할 정도도 아니었다.

실제로 안할트 왕국의 여왕 리젠로테 폐하는 키가 크고 근육질인 남자 로베르트를 국서로 선택했다.

당시 귀족들도 국민들도 왜 그런, 아름답다고 하기 어려운 남자를 선택했지?

그런 의문은 느꼈지만.

여왕 폐하는 그런 취향인 거라는 감상으로 끝났다.

아무튼, 그것 자체는 개성으로 인정받고 이상성욕으로 불릴 정도는 아니었다.

키가 큰 것도, 근육질인 것도.

다만 둘 다 갖추고 있으며, 그 통상적인 기준을 훨씬 초월하는 모습의 남자를 보는 건 다들 처음이었다.

키는 2m 이상, 몸무게는 130kg 이상, 체인메일 너머로도 확연히 알 수 있는 울퉁불퉁한 근골, 특별히 제작한 강철 같은 몸을 지닌 남자의 모습.

그 남자, 영주 기사가 타는 말도 거구였다.

아무리 군마, 그레이트 호스라고 해도 해당 품종의 평균적 체고는 기껏해야 1m 50cm가 되지 않는 게 대부분이다.

하지만 폴리도로 경의 애마, 플뤼겔의 체고는 2m를 거뜬히 넘는다.

그 애마에 2m가 넘는 장신인 폴리도로 경이 탄다.

그리고 얼굴만 본다면 나쁘지 않은, 고고하다고 해도 과언이 아닌 얼굴이지만 안광은 군사 계급이자 장원 영주로서 날카로움을 띠고 있다.

이야기를 처음으로 되돌리자.

안할트 국민의 대부분이 그 파우스트 폰 폴리도로의 모습을 이질적으로 인식한다.

앳된 미소년을 선호하는 문화적 가치관 때문에 도저히 미형이라고는 부르지 못하고, 인정하지 못한다고 판단했다.

따라서 빌렌도르프 전쟁에서 적장 클라우디아 폰 레켄베르를 일대일 대결 끝에 꺾었으며 그 외에도 많은 기사를 쓰러트린 업적에 대한 찬사는 없었고.

그 개인적 무위로 제1공헌자로 인정받아 구국의 영웅이라 불러도 이상하지 않은 폴리도로 경을, 빌렌도르프 전쟁 승전 기념 퍼레이드에서 환호성과 함께 축복하며 맞이하는 걸 다들 당혹스러워했다.

당황은 주저가 되었고, 동시에 업신여김을 불렀다.

그 모멸은 때로 술집에서 여자들 사이의 험담을 불렀다.

'그런 남자답지 않은 '가짜 기사'가 영웅이라니'라고 말하고 말았다.

그 모욕에 주변 테이블에 앉아있던 여자가 갑자기 일어나더니 험담을 뱉은 여자의 얼굴을 후려 팬 적도 있다.

쓰러진 몸뚱이를 짓밟고 명치를 한층 걷어찼다.

"지금 폴리도로 경을 모욕했지?"

빌렌도르프 전쟁에서 귀환한 병사, 공작군에 속하는 정규군 병사였다.

안할트 왕국군인 공작군 500명, 제1왕녀 친위대 30명, 폴리도로 영지민 20명, 총 550명.

반면 빌렌도르프의 정규병은 1천이 넘었다.

두 배 규모의 군대를 상대하는 야전이었다.

공작군 정규병 500명은 그곳에 허리까지 푹 담가 싸워서 빌렌도르프의 병사를 300명까지 줄였다.

그런 가운데 최전선에서 무(武)를 체현하듯 무쌍을 자랑하는 폴리도로 경의 모습은 무엇보다 큰 구원이었다.

이 병사도 전장에서 목숨을 건진 사람 중 하나였다.

"한 번 더 말하지. 평민 주제에 우리의 영웅 폴리도로 경을 모욕했겠다? 여기서 죽고 싶냐."

"위병, 위병――!!"

술집 주인의 외침을 듣고 위병이 달려와 가까스로 참극은 피했다.

그런 일이 여러 번 일어났다.

물론 그 병사들은 감옥에 갇히기는커녕 상관이 혼내지도 않았다.

오히려 칭찬하고, 즉석에서 행동에 나선 것을 칭송했다.

장소가 술집이었기 때문에 검이 없어서 숨통을 끊어놓지 않은 것만은 혼냈지만.

반면 험담한 여자들에게는 벌이 주어졌고, 한동안 감옥에 갇힌 데다 벌금이 부과되었다.

지옥 같은 전장을 함께한 아나스타시아 제1왕녀와 아스타테 공작.

전우 두 사람의 존재가 폴리도로 경을 모욕한다는 건 그 자리에서 죽어 마땅한 행위로 간주되기에 이르렀다.

오히려 험담한 여자가 받은 처벌이 약하다는 생각마저 했다.

하지만 이건 폴리도로 경의 평판에 긍정적으로 작용하지 않았다.

어느새 폴리도로 경에 대해 아무 말도 하지 않게 된 것이다.

드러내놓고 험담하는 일은 사라졌지만, 칭송하는 일도 딱히 없었다.

하지만 영웅시만은 많이 퍼졌다.

오오, 안할트의 여자들이여. 나의 이야기를 들어주시길.

빌렌도르프 전쟁, 그곳에서 일어난 남기사의 결투 이야기입니다.
남자는 폴리도로 령을 보유한 영주 기사이자 현명하고 용맹한 자.
제2왕녀 발리에르의 상담역인 파우스트 폰 폴리도로.
들어 올린 검의 무게는 여자도 신음할 만큼 괴력무쌍. 준마를 타고 전장을 휩쓰는 매서운 화염처럼.
아군이 혼란에 빠진 상황, 사지(死地)가 된 그 장소에서 신속히 그 몸을 적진으로 날리니.
그 남자는 열광자.
잡병을 검으로 쓸어버리고 고작 20명의 영지민을 이끌며 빌렌도르프의 기사단 50명에게 돌격하였네.
기사 9명을 쓰러트리고, 뇌풍(雷風) 같은 화살을 쳐내고, 도착한 그곳에는 기사단장 레켄베르.
「클라우디아 폰 레켄베르」
빌렌도르프 사상 최강의 영웅 기사였도다.
마주 본 두 사람은 이름을 밝히고 수백 합을 겨루니…….

폴리도로 경의 영웅시는 남기사이자 안할트 왕국 최강이라는 매력적인 소재로 인해 안할트의 음유시인들 사이에서 한때 유행할 만큼 많이 불렸지만.
안할트 국민의 반응은 썩 좋지 않았다.
한때는 왕국민의 귀에 딱지가 앉을 만큼 레켄베르 기사단장과의 대결을 많이 불렀지만, 아나스타시아 제1왕녀와 아스타테 공작의 영웅시가 더 인기를 끌었다.

전략으로는 아나스타시아. 전술로는 아스타테.

다들 그것을 칭송했다.

하지만 거기에 무용(武勇)이라면 파우스트 폰 폴리도로라는, 그 이름이 언급되는 일은 없었다.

결론부터 말하자면.

폴리도로 경은 일종의 금기 같은 존재로 다뤄지게 되었다.

물론 그 이름이 잊힌 건 아니었다.

다들 기억했고, 제대로 된 지능을 지닌 인간이라면 다들 거기에 관해서 입을 다물었다.

그리고 파우스트 폰 폴리도로는 그 후에도 계속 활약했다.

최근에는 제2왕녀 상담역으로서 보이는 활약이 두드러졌다.

발리에르 제2왕녀의 첫 출진에서 적병 100명 중 절반 이상을 쓰러트리고 빌렌도르프로 도망치려고 한 매국노 카롤리느를 꺾었다.

그 활약과 동시에 문제의 매국노 카롤리느의 딸 마르티나를 살려달라 탄원하기 위해 리젠로테 여왕 폐하와 제후 및 상급 법복 귀족이 가득한 자리에서 머리를 바닥에 조아렸다.

평민들은 지금까지 입을 다물었던 게 마치 거짓말이었던 것처럼 재잘거렸다.

싸구려 술집에서 서로 의견을 주고받았다.

"그 남기사, 의외로 귀여운 구석이 있잖아. 여자보다 드센 기사라고 해도 역시 남자인가. 어린아이는 죽일 수 없다니."

"애초에 탄원을 위해서라지만 귀족이 되어서 바닥에 머리를 조아리다니. 게다가 끔찍한 매국노의 딸을 살리려고."
"그 부분이 귀여운 거지. 전장에서 수백 명의 목은 칠 수 있어도 어린아이의 목만큼은 칠 수 없다는 거잖아."
시끌시끌.
평민들은 머릿속에 각인되어 떨어지지 않는, 이상한 남자의 기묘한 영웅담을 입에 담았다.
그에 따라 생각이 날 때마다 술집 화젯거리의 하나로 거론되게 되었다.
폴리도로 경의 행동에 의문은 느껴도 그 명예가 옳은지, 아닌지를 따질 뿐.
거기에 모멸은 없었다.
귀족도 마찬가지였다.
"폴리도로 경의 마음은 모르는 것도 아니지. 9살 난 똑똑하고 장래성 있는 아이의 목을 쳐야 한다니. 다들 싫을 거다. 무얼 위해 사형집행인이 있냐고."
"하지만 왕명이잖아. 하물며 당사자인 마르티나는 그것을 바랐어. 장래 같은 건 없지. 그걸 생각한다면 목을 쳐 주는 것이야말로 서로의 명예를 지키는 길이 아니었을까? 게다가 머리를 땅에 조아리다니, 자기만이 아니라 귀족으로서의 명예를 뭐라고 생각하는지……."
"폴리도로 경은 그 마르티나를 견습 기사로 거두어 장래도 책임지고 있지 않나! 필사적으로 머리를 숙이던 그 모습을 추하다고 한다면, 설령 친구인 경이라고 해도 용서하지 않을 거다!"

시끌시끌.

대화 수준에 귀족으로서 명예가 나온다는 걸 제외한다면 귀족의 대화도 별 차이는 없었다.

아무튼 안할트 왕국의 평민도 귀족도 다들 폴리도로 경에 대해 이야기하게 되었다.

과거 함구령이라도 깔린 듯한 분위기는 불식되었다.

자연스럽게 귀에 딱지가 앉을 정도로 들었던 음유시인의 영웅시를 떠올렸다.

그러는 사이에도 시간은 흘렀다.

두 달도 지나지 않아, 폴리도로 경은 카롤리느 사건의 충격도 가시기 전에 빌렌도르프로 떠났다.

제2왕녀 상담역으로서, 그리고 빌렌도르프 화평 교섭의 부사로서.

소식이 빠른 상인 등 시민들, 계급 불문 귀족들, 제대로 된 지능을 가진 인간이라면 다들 이해했다.

아, 이거 사실상 정사는 폴리도로 경이구나.

지금까지 시도한 화평 교섭이 전부 실패하고 자칫 2차 빌렌도르프 전쟁이 발발하는 게 아니냐며 국내의 긴장도가 올라가기 시작한 상황에서.

다들 기도했다.

"부탁이니 폴리도로 경이 교섭에 성공해주기를."

다음엔 절대 이길 수 없다고, 그런 비장한 분위기가 감돌았다.

특히 빌렌도르프 국경선 근처에 영지가 있는 장원 영주들은 제일인 셈이었다.

어떤 지방 영주와 가신들은 매일같이 교회를 찾아가 신이 아닌 폴리도로 경에게 기도를 바치기까지 했다.

다음엔 정말로 이길 수 없다.

그 승리는 우연임을 이해하고 있다.

아나스타시아 제1왕녀와 아스타테 공작 앞에서는 아무도 말하지 못했지만, 지방 영주들은 그렇게 생각했다.

그리고 낭보가 전해졌다.

폴리도로 경, 화평 교섭 성립 소식이다.

다들 안도했다.

그리고 동시에 그 보고 속 조건에 고개를 갸웃거렸다.

빌렌도르프 여왕 카타리나의 배에 아이를 잉태한다?

즉 정부 계약이자, 폴리도로 경은 빌렌도르프에 몸을 팔았다?

총명한 사람일수록 먼저 당황했다.

법복 귀족도, 제후도 마찬가지였다.

과연 여기에 안할트 왕국은 어떻게 보답해야 하는가.

이건 특히 장원 영주에게는 남 일이 아니었다.

봉건제는 은혜와 봉공이라는 쌍무적 계약 관계로 인해 구축된다.

애초부터 다른 방법이 있냐는 질문에는 아무도 대답할 수 없었지만, 300명의 영지민을 지닌 약소 영주 기사에게 선제후간의 화평 교섭 역할을 맡긴다는 건 명백하게 과도한 요구였다.

그 결말이 이것이다.

다들 눈살을 찌푸렸다.

이거 어떡하나.

폴리도로 경에게 동정이나 의분을 느꼈다는 단순한 문제가 아니다.

규칙을 지키지 않으면, 폴리도로 경은 그래도 괜찮다고 받아들일지라도 다른 영주들은 받아들일 수 없다.

따라서 국가는 폴리도로 경에게 열렬한 찬사와 동시에 적절한 보수를 내려야만 한다.

토지.

터무니없이 가치가 큰 것.

혈통.

이만한 공적을 세운 폴리도로 경에게 말단 귀족의 딸을 붙여주는 건 용서받을 수 없게 되었다.

수준에 맞는 블루 블러드여야 할 필요가 있다.

금전.

가치가 없는 건 아니지만, 너무하지 않은가.

빌렌도르프 전쟁에서도 카롤리느 사건에서도 폴리도로 경이 받은 것은 돈이었다.

이렇게 마치 말처럼 부려놓고 돈으로 전부 해결할 생각인가.

그건 모욕이 아닌가.

다들 그런 감상을 받았다.

막혔다.

요컨대 토지 아니면 핏줄.

어느 하나, 혹은 둘 다. 안할트 왕국의 리젠로테 여왕은 선택의 기로에 섰다.

아둔한 자는 아직도 파우스트 폰 폴리도로를 왕가에 잘 부려 먹히는 못생긴 자라 멸시하고.

현명한 자는 어떻게 파우스트 폰 폴리도로의 공적에 왕가가 보답할 것인지 주목하는 가운데.

당사자인 폴리도로 경은 안할트 왕국으로 돌아오는 중이었다.

"앞으로 일주일 정도면 돌아갈 수 있을 것 같군요. 돌아가는 길에는 결투 신청도 없었고 말입니다."

"돌아가는 길에도 도전을 받을 생각이었어?"

"상대가 원한다면 그래야죠."

파우스트는 발리에르의 말에 선뜻 고개를 끄덕였다.

원한다면 또 100명이든 싸울 생각이었다.

"아무리 그래도 빌렌도르프의 차세대를 짊어질 왕의 아버지에게 결투를 신청할 만큼 빌렌도르프도…… 아니, 신청하려나. 그 나라라면 그것도 명예야?"

"그럴 만도 하죠? 덤비지 않는 게 오히려 저는 의외였습니다."

"아니, 그래도 돌아가는 길에는 폐가 될 테니까 자중한 거 아닐까? 빌렌도르프에도 그 정도의 배려심은 있었겠지."

지금까지 같이 따라와 준, 빌렌도르프 국경선을 수비하는 기사들의 배웅을 받으며 작별을 마치고.

발리에르는 간신히 역할을 마쳤다며 한숨을 쉬었다가 아직 여행은 끝나지 않았다며 마음을 다잡았다.

"어머니, 장미 훔쳤다고 분노하고 계시겠지."

"같이 사과하기로 한 약속 잊지 않으셨죠?"

"파우스트 너 진짜. 아니, 같이 사과하긴 할 건데."

발리에르와 파우스트는 아직 눈치채지 못했다.

이미 리젠로테 여왕에게 장미 도난 같은 건 사소한 문제가 되었다는 걸.

주군에게 가장 중요한, 공적을 세운 부하에게 적절한 포상을 내려준다는 행위에 안할트의 모든 이가 주목하고 있다는 사실을.

"나는 사과하는 게 내 본업처럼 되어버렸어."

발리에르는 아직 눈치채지 못했다.

파우스트에게 주는 보수 후보 중 하나로 본인의 이름이 거론되고 있다는 사실을.

"저는 리젠로테 여왕님께 장비를 훔친 건 사과드릴 거지만, 이번 보수는 제대로 받을 겁니다."

파우스트는 아직 눈치채지 못했다.

그 보수는 확실하게 받을 수 있지만, 이미 돈으로 정리되는 상황이 아니라는 사실을.

"폴리도로 경. 안할트 왕도에 도착하면 데이트합시다. 데이트."

그렇게 유혹하는 제2왕녀 친위대장 자비네는 눈치챘다.

빌렌도르프 여왕 카타리나와 나눈 진한 키스 이후 파우스트 안에서 자비네의 우선순위가 극단적으로 내려갔다는 사실을.

"뭐, 전부 왕도에 돌아간 뒤 일이지. 피곤하지만 조금 더 버텨 보자고."

발리에르는 그렇게 마무리 지은 뒤 왕도를 향해 조용히 말을 재촉했다.

제47화 약소 영주의 한계

안할트 왕도.

왕성까지 일직선으로 뻗어 있는, 넓으면서도 아주아주 긴 중앙 가도에서.

왕도에 주재하는 공작군 200명에 더해 마찬가지로 왕도에 주재하고 있는 제후의 병사 200명이 나란히 길을 비워놓고 사고가 일어나지 않도록 눈을 번뜩이고 있다.

퍼레이드.

빌렌도르프와 화평 교섭을 무사히 성공시킨 정사 발리에르 제2왕녀와 부사 파우스트 폰 폴리도로를 마중하기 위한 퍼레이드 준비다.

병사들은 중앙 가도의 중앙부를 비우기 위해 서 있었다.

안할트 국민은 병사들 앞에서 얌전히 퍼레이드가 시작되기를 기다리고 있다.

나는 왕성 정문을 지나 그 광경을 보며 중얼거렸다.

"빌렌도르프 전쟁 때가 생각나는군."

"종사장 헬가 님에게 폴리도로 경은 환대받지 못했다고 들었습니다. 그 공적에 무엇 하나 걸맞지 않은, 모욕에 가까운 마중이었다고."

애마 플뤼겔의 등에 탄 마르티나.

그 말을 들으며 빌렌도르프 전쟁을 마친 뒤의 퍼레이드를 떠올렸다.

아, 불편한 기억이다.

기이한 것을 보는 눈.

못생긴 남자를 보는 눈도 아니고, 업신여기는 것도 칭송하는 것도 아니다.

안할트에 우두커니 놓인 이물질을 보는 눈이다.

그 끈적하면서도 싸늘한 시선만은 참으로 불쾌했다.

뭐, 상관은 없지만.

귀족은 체면 장사. 얕보이면 상대를 죽여서라도 체면을 세울 수밖에 없다.

나는 폴리도로 령의 영주로서 체면이 있다.

영지의 모든 명예를 이 등에 짊어지고 있다.

하지만.

내가 지켜야만 하는 건 300명의 영지민을 지닌 약소 영주로서의 체면이다.

솔직히 대놓고 업신여기는 게 아니라면 그렇게까지 신경 쓸 필요는 없다.

대놓고 업신여긴다면 어쩔 수 없이 그 녀석을 반 죽여놓지만.

사실 그것도 귀찮단 말이지.

한숨을 쉬었다.

한 번 더 말하겠다. 안할트에서 나는 이물질이다.

그건 나 자신이 누구보다 잘 이해한다.

"뭐, 이번에도 빌렌도르프 전쟁과 비슷하겠지. 기대는 안 한다."

"저는 말에서 내리는 게 좋겠습니까? 파우스트 님의 평판을 한층 떨어트리게 되는 건."

"아니, 등 잘 잡고 있어."

이것도 경험이다.

마르티나도 장래에 세습 기사 지위가 약속된 몸이라고는 하나 매국노 어머니를 지녔다는 허물이 있다.

앞으로 힘든 길이 기다리고 있다는 것 정도는 잘 알고 있을 것이다.

마르티나는 내 견습 기사다.

이런 경험도 필요하겠지.

조금이라도 피가 되고 살이 되어 준다면 충분하다.

나는 뒤를 돌아 영지민들을 보았다.

영지민들은 창과 검을 꼬나쥐고 크로스보우의 활시위를 도르래에 걸 준비를―― 잠깐.

"뭐 하는 거냐, 너희들."

"죽일 준비입니다. 이번에야말로 파우스트 님을 모멸하는 자들을 일격에 처리할 테니 안심하시길."

뭘 안심하란 거야.

안심할 수 있는 요소가 하나도 없잖아.

"반대거든. 검을 거둬라. 창날을 감싸. 크로스보우는 마차에 돌려놔라."

"실례지만 파우스트 님. 저희 폴리도로 령의 명예에 관련된 문제입니다."

헬가가 세 걸음 앞으로 나와 영지민들을 대표하듯 나에게 호소했다.

그건 울음소리가 섞인 호소였다.

"빌렌도르프 전쟁 후의 퍼레이드를 떠올려주십시오. 그 늪 같은 사지에서 구국의 영웅이라 할 활약을 보인 파우스트 님을, 저 안할트 왕도의 시민들은 칭송조차 하지 않았습니다. 오히려 이물질을 보는 듯한 눈으로. 그 전쟁에 참전했던 영지민 20명은 지금도 그것들을 두들겨 패지 않은 걸 후회하고 있습니다."

이번에 데려온 영지민 30명 중 당시 전쟁에 참전했던 20명이 고개를 끄덕끄덕 움직였다.

우리 영지민들은 나에게 절대적인 충성을 맹세한다.

내가 사지에 뛰어들면 누구 한 명 빠짐없이 뒤를 따라와 준다.

자랑스러운 영지민들이긴 하지만.

"안 해도 된다, 안 해도 돼."

손을 내저으며 거부했다.

뭐가 서러워서 눈에 넣어도 아프지 않은 영지민의 손을 굳이 피로 물들여야 하냐고.

하물며 이번에는 전우인 공작군이 퍼레이드를 지휘하고 있다.

나를 업신여기는 멍청이가 있다면 공작군이 그 자리에서 체포해 감옥에 보내버리겠지.

애초에 리젠로테 여왕 폐하라면 무언가 계획이 있을 거다.

생각한 걸 그대로 설명했다.

"이번에는 공작군이 지휘한다. 사지를 함께 한 그녀들이 나를 업신여기는 자를 용서하리라 생각하는가?"
"그건, 그렇죠."
헬가가 고개를 끄덕였다.
이해해줬으면 됐고.
하지만 헬가는 창날이 드러난 창을 들며 대답했다.
"하지만 굳이 전우인 공작군에게만 맡기는 것도 아쉽습니다. 이번에야말로 용감무쌍한 우리 영지민의 손으로 안할트 왕도의 시민에게 본때를 보여주겠습니다."
"헬가. 나 파우스트 폰 폴리도로는 안할트 왕국에 영지 보호를 약속받고 충성을 맹세한 몸이다. 주종 관계라는 거다. 알고 있지?"
"압니다. 그리고 저희는 파우스트 님에게 절대적인 충성을 맹세했지만, 안할트 왕국에 충성을 맹세한 기억은 한 번도 없습니다. 신하의 신하는 신하가 아닙니다."
이론상으로는 그렇지만.
아아, 머리 아파라.
빌렌도르프에서 나를 환대한 만큼 우리 영지민은 안할트 왕국에 적개심이 쌓이고 말았다.
이걸 어떻게 한다.
어쩔 수 없지, 한 번 화를 낼까.
그렇게 판단하고 언성을 높이려고 했지만, 그 전에 옆에서 목소리가 끼어들었다.
"헬가, 우리 시민, 그리고 귀족들, 안할트의 국민이 파우스트를 대하는 태도에 불만을 느끼는 건 잘 알고 있어. 무엇보다 나 자신도 불만이니까."

"발리에르 님."

발리에르 님이었다.

헬가가 들어 올렸던 창을 내렸다.

"나도 마찬가지로, 간신히 첫 출진을 마치고 그럭저럭 인정받게 되긴 했지만 아직 귀족 사이에선 찌꺼기 취급인걸. 그런 나로 충분할지는 모르지만."

발리에르 님이 종사장이라고는 하나 일개 평민에 불과한 헬가에게 머리를 푹 숙였다.

"나를 봐서 이번에는 얌전히 있어 주지 않을래?"

"고개를 들어주십시오, 발리에르 님. 발리에르 님께서 그렇게 말씀하시면 저희는 아무 행동도 할 수 없습니다. 전부 다 알겠습니다."

헬가가 허리를 굽혀 발리에르 님에게 머리를 숙이더니 순순히 영지민 전원에게 지시를 날렸다.

"전원, 창날을 감싸고 검을 검집에 거두고 크로스보우를 마차에 되돌려라."

영지민이 신속하게 지시를 따르며 퍼레이드로 향하는 대열을 갖추기 시작했다.

움직임은 빠릿빠릿하다. 움직임은.

나와 마찬가지로 수많은 군역을 경험한 역전의 용사들답다.

하지만 영 혈기가 왕성하다.

"대열 순서는 내 옆에 파우스트, 뒤에 제2왕녀 친위대, 맨 끝에 헬가를 비롯한 영지민이면 되지?"
"네. 문제없습니다."
발리에르 님의 말에 감사를 담은 목소리로 대답했다.
생각해보면 발리에르 님도 첫 출진 때와 비교하면 성장했다.
첫 출진 전이었다면 이런 시늉도 하지 못했을 텐데.
"자, 퍼레이드에 가자. 우리 쪽도 준비됐지? 자비네."
"네, 발리에르 님을 한 번이라도 모욕한다면 그 시민을 죽일 준비가."
"좀, 너희는 아까까지 한 대화 들은 거 맞아?"
제2왕녀 친위대가 마지못해 검을 검집에 넣고 창날을 감쌌다.
우리 영지민도 어지간히 혈기가 왕성하지만, 친위대가 발리에르 님에게 보이는 광신도적 면모도 대단하다.
"첫 출진 때는 배웅도 마중도 없었는데. 퍼레이드는 처음이야."
발리에르 님이 절절히 중얼거렸다.
이번에는 빌렌도르프와의 화평 교섭을 성공시켰다.
나는 그렇다 쳐도 발리에르 님은 보답받으면 좋겠는데.
"부디 환호성으로 맞아주면 좋겠군요."
나는 전원의 대열이 갖춰지는 걸 지켜본 후 애마 플뤼겔의 목을 부드럽게 쓰다듬었다.
플뤼겔은 그 손길에 따라 천천히 걷기 시작했다.
"그러길 바라."
마찬가지로 발리에르 님의 말도 동시에 걸었다.
내 애마 플뤼겔과 발리에르 님의 말이 나란히 중앙 가도에 들어섰다.

기다리고 있던 시민들이 웅성웅성 시끄러워졌고 병사들은 줄지어 선 채 경계 단계를 올렸다.

경계심이 너무 강하다.

피부로 느껴진다.

그런데, 공작군은 알겠지만 제후의 병사들까지 잔뜩 경계하는 이유는 뭐지.

이 퍼레이드는 절대 실패할 수 없다.

무슨 일이 일어나면 몸을 날려서라도 사고를 막아야 한다.

그런 긴장감이다.

그런 감정을 기사로서 직감한다.

우리가 없는 사이에 왕도에서 무언가가 일어나기라도 한 건지 고개를 갸웃거렸다.

모르는 건 뒤에 앉은 9살 외장형 두뇌에게 물어보자.

“마르티나, 병사들이 긴장했는데. 이유를 알겠어?”

“아니, 긴장할 만도 하죠. 무슨 황당한 말씀을 하시는 겁니까. 파우스트 님과 발리에르 님께선 빌렌도르프와 화평 교섭을 성공시켰단 말입니다. 그 퍼레이드가 실패라도 했다간 어떻게 되겠어요?”

“어떻게 되는데?”

퍼레이드를 위해 안 어울린다고 실컷 쓴소리를 들은 그레이트 헬름은 벗었다.

플루티드 아머에 선조 대대로 내려온 그레이트 소드를 휴대한 무장 차림.

그 등 뒤에 마르티나를 태우고 있다.

뒤에 앉은 마르티나의 표정은 보이지 않는다.

"모르시겠어요? 안할트 왕국은 파우스트 님이 불만을 품는 걸 두려워하는 겁니다."

"흠."

어떻게 되는가에 대한 답은 아니다.

불만을 품는다고 하지만, 나는 퍼레이드에 아무 기대도 없는데.

파우스트 폰 폴리도로는 안할트 왕국 시민에게 아무것도 기대하지 않는다.

그뿐이다.

뭐, 됐다.

애마 플뤼겔의 목을 부드럽게 쓰다듬었다.

사랑하는 내 말아, 재미없는 퍼레이드 같은 건 휙 지나가 버리자.

뭐, 발리에르 님에게 환호하는 건 기대하지만.

퍼레이드가 시작된다.

"발리에르 제2왕녀 전하, 만세!!"

목소리는 시민이 아닌 공작군의 병사 200명에게서 먼저 터져 나왔다.

저 얼굴은 아는 얼굴이다.

빌렌도르프 전쟁 최전선에서 함께 싸운 전우 중 한 명.

나는 생긋 웃으며 서로 인사를 나눴다.

"파우스트 폰 폴리도로 경, 만세!!"

역시나 시민이 아닌 공작군과 마주 보는 병사에게서 목소리가 터졌다.

제후의 병사들이다.

얼굴은 모르지만, 사전에 환호성을 지르라고 지정해놓은 거겠지.

좋은 판단이다.

누군가 시작하지 않으면 시민은 환호성을 지르지 않는다.

이럴 때는 시민 사이에도 뻐락치, 즉 분위기를 몰아갈 바람잡이를 심어놔야 하는데.

아니, 리젠로테 여왕 폐하라면 이미 해 놨겠지.

"발리에르 제2왕녀 전하, 파우스트 폰 폴리도로 경 만세! 안할트 만세!"

역시나. 여기저기에서 선동꾼의 목소리가 들렸다.

역시 리젠로테 여왕 폐하.

이런 퍼레이드에도 제대로 힘을 주신다.

나머지는 분위기에 휩쓸려주냐는 부분인데.

"안할트 만세!"

"안할트 만세!"

2천은 넘을 법한 시민들이 환호성을 지르기 시작했다.

리젠로테 여왕의 공작은 무사히 성공했나.

나는 환영을 받는 쪽이지만 안도했다.

만약 실패해서 조금 전에 말했던 전개, 그러니까 나를 모욕하는 시민을 공작군 병사가 두들겨 패고 연행하는 사태가 일어난다면 대참사다.

퍼레이드 실패.

나도 발리에르 님에게도 체면이 있다.

“처음에는 병사가 분위기를 만들고, 시민 사이에 섞여 있는 바람잡이가 환호하기 시작. 뭐, 리젠로테 여왕 폐하의 수완은 훌륭하시다고 해야겠군요.”

등 뒤에서 마르티나의 차가운 목소리가 작게 들렸다.

정말로 똑똑한 9살 어린이다.

이런 건 어느 나라에서도 다 하는 일이다.

적지 않게, 여기저기에서.

훈련된 관중의 선동, 의사 통일.

이 세상에서 가장 훌륭한 선동은 무엇인가.

문득 전생에서 배운 나치 독일의 선전가 괴벨스가 했던 총력전 연설이 생각났다.

음?

총력전 연설?

그래, 총력전 연설.

세 가지 명제.

나치 독일은 세 가지 명제를 총력전 연설에서 제시했다.

①독일이 패퇴하면 유럽은 볼셰비키의 손에 떨어진다.

②독일인 및 추축국만이 유럽을 위협에서 구해낼 힘이 있다.

③위험은 눈앞까지 닥쳤고, 신속하게 대응하지 않으면 손을 쓸 수 없다.

이거 응용할 수 없나?

나는 그 총력전 연설을 흉내 내 여왕 폐하를 설득해야 한다.
리젠로테 여왕에게 어떻게 가상 몽골, 토크토아 카안의 위협을 전달할지.
어떻게 해야 위협을 이해해줄지.
——순순히 받아들여 준다면 다행이지만 도저히 상황을 이해해줄 것 같지 않단 말이지.
이번 귀환 도중 계속 그 문제로 고민했는데.
힌트는 내 전생의 지식에 있었다.
설마 왕도의 퍼레이드 도중에 깨닫다니.
이 멍청한 놈.
시간이 부족함을 느끼며 머리를 벅벅 긁었다.
“어라, 웬일로 쑥스러워하네. 파우스트.”
시민의 환호성에 웃으면서 손을 흔드는 발리에르 님.
그녀가 이쪽을 돌아보더니 내 행동을 쑥스러움 때문이라고 착각했다.
전혀 아니거든.
14살 빈유 미소녀의 미소는 귀엽지만, 내 지금 심경에는 아무런 위로도 되지 않는다.
이미 시민의 환호성도 귀에 들어오지 않는다.
아아, 하다못해 발리에르 님을 바람잡이로 쓸 수 있게 유도할 시간이 있었다면.
나 혼자 할 수밖에 없는 건가?
퍼레이드가 끝난 뒤 리젠로테 여왕에게 이번 화평 교섭을 정식으로 보고하러 찾아갈 때까지 약간의 시간이 있다.
리젠로테 여왕을 만나기 전 아나스타시아 제1왕녀와 아스타테 공작이 바람잡이가 되도록 유도할 시간은 있나?
여왕 폐하에게 내가 느끼는 두려움과 정보를 모두 전달하기 전에 거들어달라고 부탁할 수 있을까?
아니, 애초에 그 똑똑한 두 사람을 나 같은 녀석이 유도할 수 있을 리가.
그냥 필사적으로 설득하는 것과 다를 게 없다.
그리고 300명의 영지민을 둔 약소 영주 기사이자 어머니 세대에 친척 교류도 단절되어서 귀족 인맥도 없는 나에게는 집단으로 행동할 방법, 바람잡이를 마련할 수단이 없다.
아, 젠장.
초라한 파우스트 폰 폴리도로야.
모처럼 전생에서 습득한 지식을 제대로 다루지도 못하는구나.
그게 네 한계다.
나를 이 이상한 판타지 세계에 환생시킨 신이 있다면 즐거워하면서 그렇게 중얼거렸을 것 같다.
두뇌파가 필요하다. 책사도 필요하다.
군사도 전략가도 필요하지만, 무엇보다 나에게는 옆에서 함께 고민해줄 두뇌파가 간절하다.
이 전생의 지식만으로는 아무런 도움도 되지 않으니까.
내가 얼마나 못났는지 절절히 깨달았다.
"파우스트 님, 퍼레이드가 끝납니다. 마음에 들지 않는 건 이해하지만 그렇게 떨떠름한 표정 짓지 마시고 마지막 정도는 웃는 얼굴로 마무리하십시오."

등 뒤에 앉은 마르티나에게서 목소리가 들렸다.

그렇게 떫은 얼굴이었나.

마르티나에겐 내 얼굴이 보이지 않을 텐데, 기척으로 알아챈 모양이다.

우선은 이 퍼레이드를 마치고 리젠로테 여왕 앞에서 온 힘을 다해 연설하여 법복 귀족과 제후들에게도 토크토아의 위협을 주장한다.

그것 말고는 없다.

그것 말고는 할 수 있는 게 없으니까.

아무도 듣지 못하게 혀를 차며 속으로 그렇게 중얼거린 뒤, 나는 얼굴을 억지로 움직여 웃었다.

제48화 정식 보고를 위한 사전 준비

안할트 왕궁, 제1왕녀 아나스타시아의 거실.

"그래서, 퍼레이드 상태는 어땠지?"

제1왕녀 상담역인 아스타테 공작이 와인잔에 와인을 따라 입으로 가져갔다.

아직 낮이지만 취하고 싶은 기분이었다.

요컨대 홧술이다.

정처 문제가 아스타테 공작을 술로 유혹했다.

이젠 파우스트가 독신을 유지할 수 없다.

당초 안할트 왕가의 계획으로는 아나스타시아 제1왕녀와 아스타테 공작의 정부로 삼고――.

아스타테 공작의 막내를 폴리도로 령의 영주로 보낼 예정이었지만.

파우스트는 그 사실을 모른다.

빌렌도르프 여왕, 이나카타리나 마리아 빌렌도르프.

그녀의 정부가 되어 안할트 국내의 지방 영주에서 가장 큰 주목의 대상이 되었다.

지금 그는 그 사실을 모른다.

"처음에는 온화하게 웃고 있었습니다. 빌렌도르프 전쟁을 함께 한 공작군의 병사가 서 있었기 때문이죠."

"그래, 우리 병사 상대라면 인사 정도는 해줄 테지. 마음을 열어놓은 사이라고 자부한다."

제1왕녀 친위대장.

퍼레이트의 상황을, 더 정확하게는 폴리도로 경의 상황을 지켜본 그 입이 아나스타시아와 아스타테에게 보고했다.

"하지만 도중에 국민에게서 환호성이 터지자 얼굴이 굳었습니다."

"역시나."

"그럴 줄 알았지."

보답하지 않았다.

안할트 왕국의 시민은 빌렌도르프 전쟁 후 퍼레이드에서 구국의 영웅이자 가장 큰 공적을 세운 파우스트 폰 폴리도로에게 아무런 보답도 하지 않았다.

빌렌도르프 전쟁은 국지전이다.

어디까지나 안할트와 빌렌도르프의 국경선에서 일어난 전쟁에 불과하다.

하지만 구멍이 하나라도 뚫렸다면 안할트의 토지를 탐한 빌렌도르프의 지방 영주들이 참전하기 시작해서 나라가 궁지에 빠졌을 것이다.

중요한 전쟁이었다.

그래도 분노의 기사 폴리도로 경을 시민이 환호성으로 맞이하는 일은 없었다.

죽여버릴까.

지옥 같은 빌렌도르프 전쟁을 함께 한 아나스타시아 제1왕녀와 아스타테 공작은 그렇게 생각했지만, 업신여긴 시민에게 벌을 줄 수는 있어도 아무것도 하지 않은 걸 죄로 벌하는 건 아무리 두 사람이라고 해도 불가능했다.

쓰라린 기억이다.

그 무공에 주어진 보수는 폴리도로 경 본인이 바라고 리젠로테 여왕이 수용해서 내려준 금전뿐.

하지만 됐다.

파우스트 폰 폴리도로의 장점은 그 지옥을 경험한 우리만이 이해하면 그것으로 충분하다.

우리 두 사람이 폴리도로 경을 독점할 것을 생각하면 이 환경은 오히려 딱 좋다.

그런 생각까지 했다.

하지만 상황이 바뀌었다.

이대로 좌시한다면 파우스트에겐 빌렌도르프에서 보낸 정식 아내가 생긴다.

그리고 아나스타시아 제1왕녀와 아스타테 공작의 야망은 수포로 돌아간다.

아스타테는 말했다.

"파우스트는 실현하기 어렵던 빌렌도르프와의 화평 교섭을 달성하고 그 대가로 정조를 팔았지. 여기에 왕가가 보답하려면? 안할트 왕가와 보호 계약을 맺은 지방 영주가 다들 수긍할 수 있는 보수가 뭘까?"

"토지나 혈통. 혹은 둘 다. 토지는 안 돼. 왕령의 토지를 잘라주는 건 상관없지만 영토끼리 떨어져 있게 되니까. 파우스트는 싫어할 거다. 받을 상대가 싫어하는 짓을 하는 건 의미 없지."

와인잔에서 와인을 한 방울도 남기지 않고 비웠다.

아스타테 공작은 다시 와인잔에 와인을 따르려다가, 그냥 병을 입으로 가져가 직접 마시기 시작했다.

"그렇다면 혈통. 즉 결혼이라고 해도, 상대를 누구로 할 것인가."

"발리에르가 적절하겠지. 아니, 적절하다기보다는 최선이야."

아스타테에게 대답한 아나스타시아가 혀를 찼다.

혈통.

이미 폴리도로 경에게 줄 혈통은 왕가나 그 친족의 피여야만 한다.

"나로는 안 되나?"

"안 돼. 나나 네 남편, 즉 국서 또는 공작가의 남편은 도저히 안 돼."

"이번 공적이 있는데도?"

아스타테 공작이 와인병을 내려놨다.

손등으로 입술에 남은 미약한 와인을 훔쳤다.

어떻게든 제 남편으로 만들 수는 없을지 고민했다.

왕위 계승권.

제3위 왕위 계승자인 나보다 제2위 왕위 계승자인 발리에르가 적합한 이유는?

"굳이 내 입으로 말하게 만들지 마. 발리에르는 어차피 내 스페어. 수만을 넘는 영지민을 지닌 공작가를 이어받을 너와는 달라."

아나스타시아가 한숨을 쉬며 아스타테에게 대답했다.

아스타테는 속으로 혀를 차며 시선을 제1왕녀 친위대 대장에게 향했다.

그리고 극도로 내밀한 대화이기에 임시 급사 역할도 맡은 그녀에게 말을 건넸다.

"알렉산드라, 너는 어떻게 생각하지?"

제1왕녀 친위대 대장 알렉산드라.

190cm라는 장신으로, 그 몸은 잘 짜인 근육으로 가득 채워져 있다.

가슴도 풍만한데다 시동이 모습을 보면 소란스러워질 만큼 미인이었다.

세습 귀족의 차녀로 아나스타시아 제1왕녀가 손수 스카우트해 온 초인.

작년에 열린 안할트 왕가 주최 토너먼트 대회에서 우승도 했다.

발광한 왕족, 광란 상태에 들어간 그녀들을 제외하면 안할트 왕국에서는 파우스트 다음가는 실력자이다.

물론 1위와 2위의 실력 차는 파우스트가 크게 벌려놓았지만.

"그건 제게 폴리도로 경의 신부가 되라는 말씀이십니까? 그렇다면 기꺼이."

"헛소리하지 말고."

아스타테는 진저리치는 표정을 지었다.

빌렌도르프 전쟁.

허리까지 늪에 푹 담갔던 그 전쟁에서 파우스트의 무용에 매료된 여자는 상상 이상으로 많다.

"분명 좋은 초인 아이가 태어나리라 생각하는데요."

"나를 끼워준다는 전제하에, 너라면 정처가 되어도 괜찮다고 생각한다. 다만 상황이 그걸 허락하지 않아."

알렉산드라의, 다음 초인을 낳겠다는 그 말.

그리고 아나스타시아의 부정.

그녀는 아스타테에게서 와인을 빼앗아 와인잔에 따랐다.

음미하듯이 그 와인을 즐겼다.

"혈통. 그것도 누가 봐도 파우스트에게 보답했다고 말할 수 있는 혈통. 그게 조건이다."

"그러면 역시 발리에르밖에 없나."

"없지. 다만, 파우스트의 동정은 발리에르를 타일러서 나에게 양보하라고 하고."

파우스트의 동정에 집착하는 아나스타시아.

그것만큼은 누구에게도 양보할 수 없었다.

그 정숙하고 무구하고 귀엽고, 순박하며 성실한 동정 파우스트가 그 몸을 꺾여버린 꽃처럼 스스로 벌리게 한다.

그것이 아나스타시아가 개인으로서 품은 가장 큰 욕망이었다.

두 번째는 파우스트의 귓가에서 사랑을 속삭이는 것.

세 번째는 파우스트의 아이를 낳는 것.

아나스타시아는 파우스트에게 뼛속까지 반해 있었다.

"발리에르는 받아들일까?"

"받아들이게 해야지. 어차피 발리에르 본인은 아직도 자신이 수도원으로 간다고 믿고 있으니. 약소 지방령의 영주라고는 해도 수도원보다는 훨씬 나을 거야. 심지어 남편이 상담역이잖아. 그 파우스트잖아. 불평하는 게 이상하지."

뭐니뭐니해도 수도원과는 다르게 자유로운 몸이다.

아나스타시아는 파우스트 폰 폴리도로를 원한다.

그것과는 별개로 동생인 발리에르가 귀엽지 않은 건 아니었다.

"하지만 파우스트는?"

아스타테는 아나스타시아에게 빼앗긴 와인병의 잔량을 걱정하며 입을 열었다.

그걸 알아차린 알렉산드라는 와인을 더 가져오려고 두 사람 옆에서 이동했다.

아나스타시아는 혀를 찼다.

"……받아들일걸. 파우스트는 선대이자 어머니인 마리안느의 오명을 벗기는 걸 원하지 않는 게 아니야. 왕가의 피가 폴리도로가에 들어온다면 그걸 달성한 셈이지."

"뭐, 논지는 이해하지만."

8살 차이.

파우스트는 22살, 발리에르는 14살.

귀족의 결혼에선 드문 이야기도 아니고, 오히려 파우스트가 혼기를 놓쳤다.

입장을 생각하면 파우스트는 거부하지 않는다.

일반적으로 생각했을 때 그렇다는 거지만.

"내 생각에 파우스트는 받아들이지 않을 것 같단 말이지."

"어째서? 빌렌도르프의 여왕 카타리나에게 마음이 기울었다는 거야?"
"그것과는 좀 달라."
아스타테가 손가락으로 입술을 매만지며 생각했다.
무언가 아닌 느낌이 든다.
아스타테는 선천적으로 직감이 뛰어났다.
동물적 후각이라고 불러야 할지, 제육감이라고 불러야 할지.
빌렌도르프 전쟁에서도 그 직감을 이용해 부하들의 수명을 늘렸다.
자신의 목숨도 구했다.
"으음, 뭐라고 말해야 하지. 발리에르는 파우스트 취향이 아니다? 그런 느낌이야."
"취향이 아니라고?"
"응, 그래."
실패하지 않을까.
이것은 바람이 아니라 직감이다.
아스타테는 그렇게 말한다.
내 동생이 불만인 거냐며 아나스타시아가 영 떨떠름한 얼굴로 대답했다.
"그럼 어떡하려고."
"아니, 설득할 수밖에 없지. 그 김에 우리 정부가 되라고도 권유하고."
"파우스트가 이제 와서 붙잡는 거냐고 생각하지 않을까?"

빌렌도르프에 빼앗길 것 같으니까 파우스트를 붙잡으려고 하는 행위라 받아들이진 않을까.

한발 늦었다.

빌렌도르프 여왕, 이나카타리나 마리아 빌렌도르프보다 한발 늦고 말았다.

안할트에 퍼진 영웅시를 믿는다면 퍼스트 키스까지 빼앗겼다.

아나스타시아는 어금니를 꽉 깨물며 경직된 쓴웃음을 지었다.

"파우스트가 카타리나 여왕을 이렇게까지 매료시킬 줄은 생각지 못했어. 그 여자는 내가 아는 한 빌렌도르프와 미적 감각을 공유하지 않아. 파우스트의 외모를 본다고 해도 사랑하리라 예상하지 못했지."

"아는 여자는 알 수 있어. 그런 거야. 파우스트의 선량한 아름다움을 알면 마음을 빼앗길 여자는 득시글해."

우리 두 사람처럼.

하지만, 어쨌든.

안할트 왕가도, 그리고 우리 두 사람도 궁지에 몰렸다.

여기가 승부처다.

"어쨌거나 설득해야 해. 파우스트의 정처는 발리에르. 정처가 정해지고, 폴리도로 령의 후계자를 낳을 상대가 결정되면 우리 두 사람의 정부가 되는 것도 싫다고는 안 할걸."

"정숙하고 무구하고 귀여운 파우스트인걸. 카타리나 여왕 일은 별개지만 정처에게만 몸을 바치겠다고 하지 않을까."

"아나스타시아, 너는 아무것도 모르는구나."

아스타테가 고개를 저었다.
파우스트에 대해 아무것도 모른다.
그런 얼굴로 유쾌하다는 듯 말했다.
“파우스트는 정숙하고 무구해서 내가 몸을 밀착하고 귓가에서 사랑을 속삭이기만 해도 얼굴을 새빨갛게 붉히는 귀여운 남자지. 하지만 그 녀석, 침대 위에선 틀림없이 음란할걸.”
“너는 무슨 소릴 하는 거야. 18살이나 먹고 처녀인 주제에 뭘 안다고.”
황당하다는 얼굴로 대답하는 아나스타시아.
하지만 아스타테는 일고도 하지 않았다.
“나는 알 수 있어! 그 고지식함 자체인 순박한 표정 뒤에는 여자들에게 엉망진창으로 당하고 싶다는 욕망이 잠들어 있다고!! 엉덩이를 만져도 싫어하지 않았단 말이야!! 그 후에 영지민이 날 죽이려 했지만.”
“순전히 네 욕망이잖아.”
낮에는 정숙하고 밤에는 음란한 남자.
파우스트가 그렇길 바라기는 한다.
나와 침대를 함께할 때는 격렬하게 흐트러지길 바란다.
그건 아나스타시아도 같은 마음이다.
하지만 그건 우리 처녀 두 사람의 꿈과 희망인 거지.
완전히 망상이다.
아나스타시아는 가볍게 고개를 저어 바보 같은 망상을 털어냈다.

똑똑.

마침 망상을 털어낸 타이밍에 문에서 노크 소리가 들렸다.

"실례합니다. 아나스타시아 님, 아스타테 님."

"뭐지? 알렉산드라. 알아서 들어오도록."

빨리 와인을 가져다줘.

그렇게 말하듯 아스타테가 노크에 대답했다.

"아뇨, 와인을 가지러 가는 도중에 폴리도로 경과 만났습니다. 아나스타시아 님과 아스타테 님께 드릴 말씀이 있다고 하셔서 같이 왔습니다."

알렉산드라의 말에 두 사람은 서로를 쳐다봤다.

무슨 용건일까.

우선 아스타테의 음담패설은 못 들어서 다행이다.

"문을 열어도 되겠습니까?"

"잠시 기다려. 파우스트는 혼자 왔나?"

"아뇨. 종사로서 마르티나 양을 데려왔습니다."

잠시 생각했다.

무슨 용건이지?

리젠로테 여왕에게 화평 교섭에 대해 정식으로 보고하기 전, 여행으로 인해 흐트러진 몸을 단장하고 오라는 명목으로 오늘 하루는 휴가를 받았다.

퍼레이드를 마친 뒤, 그 귀중한 하루를 사용하면서까지 우리에게 무언가 하고 싶은 말이 있는 걸까.

"마르티나 양은 방 앞에서 대기하라고 하도록."

"네, 저도 마찬가지로 방 앞에서 대기하겠습니다. 폴리도로 경만 들어가십시오."

문에서 2m가 넘는 장신에 강철 같은 육체를 지닌 남기사의 모습이 불쑥 나타났다.

그 남자는 입을 열자마자 이렇게 말했다.

"아나스타시아 전하, 아스타테 공작님. 오랜만에 뵙습니다."

"아직 한 달도 지나지 않았지만. 간절히 기다렸다. 화평 교섭, 고생이 많았군."

"자, 내 옆에 앉도록."

아스타테가 자신이 앉은 장의자 옆자리를 툭툭 두드렸다.

파우스트는 튼튼한 장의자에 소리 없이 앉고는 그 커다란 몸을 흔들며 입을 열었다.

"리젠로테 여왕님께 보고드리기 전에 두 분께 드릴 말씀이 있어 찾아왔습니다."

파우스트 폰 폴리도로의 표정은 여느 때의 순박함과는 다르게 진지함 그 자체였다.

테이블 위에는 새 와인병.

그리고 나를 위해 새롭게 준비된 와인잔이 놓여있다.

"우선은 마시지. 혀도 풀어질 테니."

"대낮부터 술을 마실 상황은── 아니, 네. 받겠습니다."

아스타테 공작이 잔에 와인을 따랐다.

충분히 차오른 뒤 나는 음미하듯 와인을 입에 머금었다.

맛있네.

내가 평소 마시는 싸구려 술과는 다르다.

하지만 와인의 맛을 즐길 여유는 없다.

오늘은 두 사람에게 할 말이 있어서 왔다.

"우선은 두 분께 여쭙습니다. 빌렌도르프가 이번 화평 교섭에 응한 이유를 알고 계셨습니까?"

"흠. 그건 즉, 네가 달성한 평화 협정에 네가 아닌 다른 요소가 있는 게 아니냐는 질문인가?"

알고 '있었'냐는 질문.

그에 아나스타시아 제1왕녀가 대답했다.

나는 리젠로테 여왕의 조언을 따라 카타리나 여왕의 마음을 무사히 베었다.

그건 이유 중 하나에 불과하다.

"네. 어디까지 '이해'하고 계신지. 꼭 두 분께 여쭙고 싶습니다."

이해.

그 단어를 강조했다.

"영웅 레켄베르의 부재로 왕가의 힘은 약체화. 특히 레켄베르가 섬멸했던 북방의 유목민족이 언젠가는 다시 어딘가에서 출몰하여 공격할 테니 그 대책. 이번 화평 교섭에서 빌렌도르프 측은 너의—— 카타리나 여왕이 네 아이를 밴다는 것 말고도 이득이 분명히 있었다."

아나스타시아 제1왕녀가 쓰라린 목소리로 말했다.

그것도 이유 중 하나다.

하지만 그 외에 더 중요한 이유가 있다.

"제게는 대답해주시지 않는 겁니까?"

"무슨 말을 하고 싶은 거지?"

"모르실 리 없습니다. 300명의 영지민을 지닌 약소 영주인 저와 다르게 두 분이 모르실 리 없죠. 그 입으로 들려주십시오. 이건 빌렌도르프 전쟁의 전우인 파우스트 폰 폴리도로로서 드리는 부탁입니다."

우선은 상대방의 입에서 끌어낸다.

이 두 사람은 위협을 어디까지 이해하고 있지?

대륙 동쪽 끝, 머나먼 실크로드 너머에 있는 토크토아 카안의 위협을.

아나스타시아 제1왕녀와 아스타테 공작은 서로의 얼굴을 쳐다보더니 한숨을 한 번 쉬었다.

"너에게는 지금까지 말할 수 없었다고 한다면 모욕이 되는가?

전우를 배신하는 건가?"

"아닙니다. 두 분이 정보를 입수하였지만 그걸 고작 영지민 300명 규모인 장원 영주에 불과한 제게 가르쳐주지 않으셨다고 해도 이해할 수 있는 범주입니다. 원망하지 않습니다."

말하지 않은 이유는 안다.

내가 물어보는 건 모든 것을 내가 안 지금 제대로 가르쳐주냐는 점이다.

아나스타시아 전하를 바라보았다.

그녀는 살짝 웃더니 안심하라는 듯 가슴께를 폈다.

"전우의 부탁이라면 입을 열지 않을 수도 없지. 신성 제국의 보고로 동방에서 거대왕조가 하나 멸망했다는 건 알고 있다. 신성 제국은 우리 양국의 화평 교섭에도 중개인을 보낼 생각이었지. 양국이 협력하여 전쟁을 대비하라, 위협에 대항할 수 있는 방파제를 구축하라고."

응?

이거 의외네.

신성 제국은 앞날을 잘 내다보고 있잖아.

"안할트는 신성 제국의 중개에 응하지 않은 겁니까? 그렇다면 굳이 저를 보내지 않아도."

"빌렌도르프가 먼저 거부했다. 체면상 안할트도 약점을 보이지 않기 위해 거절할 수밖에 없었지. 너를 사자로 보내는 게 결정된 뒤에 깨달았지만, 빌렌도르프는 너를 끌어내고 싶었던 모양이야."

아하.

지금 생각해보면 카타리나 여왕은 나를 통해 안할트를 파악했던 것 같다.

카타리나 여왕과 나눈 대화를 떠올려보면 안할트에는 상당히 실망했던 기색이었지만.

안할트에서 내 대우가 나쁘기 때문인가.

"하지만 우선 화평 협정은 성립되었습니다. 그렇다면."

"우선은 북방의 유목민족이지. 그들을 섬멸하고 후에는 빌렌도르프와 협조 노선으로 갈 것이다. 신성 제국의 말을 듣는 건 조금 못마땅하지만."

못마땅하단 소릴 할 수 있는 상황도 아니다.

표면적인 주종 계약은 맺을 수 있어도 실제로는 독립 국가인 안할트가 제국의 명령을 듣는 게 싫다는 건 이해하지만, 이번만큼은 제국의 판단이 옳다.

그렇게까지 미래를 내다볼 수 있는 인간이 있는 건가?

전생의 신성 로마 제국에서는 어땠더라.

어떻게 몽골의 서방 정벌을 예측했지?

서양사 학자도 연구자도 아닌 데다 요절한 나는 모른다.

"신성 제국의 충고를 따라야 합니다."

"물론 그건 이해한다. 그렇기에 빌렌도르프와 협조 노선을 택하겠다고 하지 않았나."

아나스타시아 제1왕녀가 얼굴을 구기고 신음했다.

그렇게 해주는 건 기쁘고 옳은 판단이지만 그게 아니다.

"그것만으로는 부족합니다."

내가 하고 싶은 말을 이해하지 못했다.

아니, 모든 걸 이해하는 게 무리라는 건 안다.

이미 움직이기 시작한 카타리나 여왕조차 완벽하게는 이해하지 못했으니까.

토크토아를, 가상 몽골을 격파하는 걸 가능하게 만들려면 상상을 초월하는 전면적이고 철저한 총력전이 필요하다.

그것도 안할트와 빌렌도르프만으로는 숫자가 부족한 수준의 총력전이 될 것이다.

신성 제국의 지원군이 있어도 도저히 부족하다.

아니, 평범하게 해선 못 이긴다.

최소한 안할트와 빌렌도르프는 마지못해서가 아니라 응어리를 없애고 고난을 함께 할 각오가 필요하다.

연대하지 않으면 100% 패배한다.

가상 몽골과 이 괴상한 중세 유럽은 전쟁의 방식이 하나부터 열까지 다르다.

이길 수 없다.

나는 내심 절망하며 머리를 부여잡았다.

"뭐냐. 즉 무슨 말을 하고 싶은 거지? 파우스트. 너는 우리 두 사람이 모르는 정보를 빌렌도르프에서 손에 넣은 건가?"

옆에 앉은 아스타테 공작이 내 빈 잔에 와인을 채우며 말했다.

여느 때 같은 여유로운 얼굴이 아니라 다소 진지한 표정으로.

역시 이해력이 좋군.

빌렌도르프에서 손에 넣은 정보, 바로 그거다.

그걸 이유로 삼을까?

우선은 대화이지 연설이 아니다.

"카타리나 여왕의 중개로 유에 님이라는, 동방의 장군을 만났습니다. 멸망한 왕조에서 목숨을 간신히 부지하여 탈출한 초인입니다."

"실크로드를 통해 굳이 빌렌도르프까지?"

"그 나라에서는 실력만 있으면 군사 계급으로 승진할 수 있습니다. 지금은 레켄베르 가의 식객이라고 말씀하셨지만요."

아마도 그 실력이라면 장래엔 니나 폰 레켄베르가 성장할 때까지 기사대장 대리를 맡게 되겠지.

"동방의 장군이 도망쳐서 빌렌도르프에서 복수의 기회를 노린다. 그렇게 해석해도 되나?"

아나스타시아 제1왕녀가 구겨진 얼굴에서 진지한 얼굴로 표정을 바꾸었다.

그래, 그 얼굴이 보고 싶었다.

빌렌도르프 전쟁에서 나와 공작군을 자유자재로 조종한 여자.

당신의 그, 위험한 약이라도 빤 거 아니냔 의문이 들 정도로 매서운 두뇌가 지금 필요하다고.

부탁이니까 내 이야기를 진지하게 들어줘.

"유목기마민족이라. ……이 안할트가 생기기 전부터 수도 없이 쳐들어왔다는 역사는 알고 있지만, 동방의 왕조를 굴복시킨 뒤라고 생각했는데. 이름은 모르나?"

"국가명은 불명. 왕의 이름은 토크토아 카안입니다."

"토크토아 카안."
그 이름을 부르고 잠시 시간이 흘렀다.
아나스타시아 제1왕녀의 머릿속에서 나는 모르는 신성 구스텐 제국발 정보가 끊임없이 흘러가며 숙고에 숙고를 거듭한 뒤 설거지를 마친 접시처럼 차곡차곡 쌓여간다.
그리고 아나스타시아 안에서 결론이 하나 나왔다.
"몇 년 뒤에 올지 파우스트는 알겠나?"
"모릅니다."
간결한 대답.
1234년, 금왕조가 멸망.
1241년, 발슈타트 전투.
전생에서는 고작 7년.
이 판타지 세계, 마법으로 통신 기능이 발달한 지금 시대에선 그보다 빠를지도 모른다.
아무리 생각해도 불확실한 정보라서 지금은 말할 수 없지만.
그러나 아나스타시아 전하는 내 망설임을 읽어냈다.
"네 추측이어도 괜찮다. 말해라."
"적어도 7년보단 짧을 것 같습니다."
아나스타시아 제1왕녀의 지능은 내 초조함을 간파했다.
나는 동요해서 눈이 이리저리 흔들리고 말았다.
그리고 거기에는 무언가 근거가 있다고 꿰뚫어 본 것이다.
거짓말은 할 수 없다.
"그렇게 생각하는 이유는?"

"……."

침묵.

대답할 수 없다.

이 자리에서 전생의 지식으로 추측했다는 헛소리는 허용되지 않는다.

그렇다면.

"초인의 직감입니다."

"근거가 약하군. 정보가 있다면 바로 움직일 수 있지만."

아나스타시아 제1왕녀가 눈살을 찌푸렸다.

어쩔 수 없지. 지금의 나는 이 대답이 최선이다.

"어머니께 말씀은 드리겠다. 하지만 아마도 네가 바라는 수준의 진언은 안 되겠지."

"전하, 그것만으로는……."

하지만 그래도 매달렸다.

"파우스트, 아쉽지만 왕가는 추측 단계에서 움직일 수 없다. 네 우려는 이해해. 하지만 그것만으로 나라를 움직일 수는 없어. 아마도 네가 바라는 것── 국가 전체가 총력을 다해 맞설 준비를 한다면 국민에게 많은 부담을 강요하게 된다. 애초에 제후들에게 어떻게 올지 안 올지 알 수 없는 전쟁 준비를 해달라고 설득할 생각이냐. 절대왕정 국가도 아니고, 내가 하라고 명령해봤자 아무도 따르지 않을 거다."

"하지만 그러면 늦습니다!"

장의자에서 일어나 소리쳤다.

아나스타시아 제1왕녀와 아스타테 공작은 그런 내 행동을 예상했던 듯 전혀 동요하지 않았다.

"착각과 잘못된 희망은 버리십시오!!"

"필사적으로 국가 총력전 준비를 했는데 적이 오지 않는다면? 다행이다, 토크토아는 오지 않았구나 하고 끝날 문제가 아니야. 왕가의 권한과 재원에도 한계가 있다."

아나스타시아 제1왕녀가 차갑게 잘라냈다.

이어서 아스타테 공작이 말을 이었다.

"언제 올지 알 수 없는 적이란 골치 아프지. 언제 올지 확실하다면 괜찮아. 사기가 유지되니까. 하지만 몇 년이나 국가 총력전 준비를 갖추라는 건 어렵다. 2년도 안 돼서 사람은 해이해지지. 반드시 의욕이 사라진다. 기능부전에 빠져. 네가 말한 착각과 잘못된 희망을 반드시 품게 되지. 토크토아 카안이 온다고── 동방 교역로 너머에서 유목기마민족 국가가 온다고 대체 누가 말한 거냐며 화살을 돌리기 시작할 거다. 그때."

의자에 앉아 와인을 마시라고 재촉했다.

그거 비싼 거다.

상황에 어울리지 않는 쾌활한 목소리를 일부러 끼워 넣은 뒤, 아스타테 공작이 말을 이었다.

내 긴장을 풀어주고 싶었던 걸까.

"그때 규탄당하는 건 너다. 파우스트 폰 폴리도로. 우리 두 사람은 그걸 걱정하는 거야."

"본래 저에게 명성 같은 건 필요 없습니다! 어떤 욕을 듣는다

한들 상관없습니다!!"

언성을 높였다.

하지만 아스타테 공작의 충고는 따르자.

의자에 앉아 와인잔을 조금 기울였다.

"그것으로 끝이 아니다, 파우스트. 네게 벌을 주어야만 해. 카타리나 여왕의 부추김에 넘어가 우리나라에 거짓 정보를 뿌린 매국노로서."

아나스타시아 제1왕녀가 슬픈 얼굴로 말했다.

"나라를 위해서 하는 충언은 진심으로 고맙다. 하지만 지금은 곤란해. 우리가 명령한 일이긴 하나, 카타리나 여왕과 친교를 맺은 뒤의 행동은 자중해야 한다. 적과 내통했다는 오해를 살 수도 있어. 파우스트, 아마도 너는 내일 정식 보고 때 그 문제를 호소할 생각이었겠지. 하지 마라."

"어째서입니까."

"너를 잃고 싶지 않다. 아무도 믿지 않을 거야. 기껏해야 안할트를 혼란에 빠트리기 위해 빌렌도르프에서 흘린 헛소리에 속은 거라며 비웃음을 당하겠지. 설령 네 바람대로 진행하게 된다고 해도, 만약 예상이 빗나가서 국가 총력전 준비가 무용해진다면. 너를."

죽여야만 한다.

명성을 잃기만 하고 끝이 아니야.

영토도 빼앗기고, 영지는 왕령이 되겠지.

아나스타시아 제1왕녀는 입에 담고 싶지도 않은 건지 직접 말하지는 않았다.

"……."

나는 침묵하며 이를 갈았다.

어떻게 해야 하지.

아나스타시아 제1왕녀와 아스타테 공작의 말이 옳다.

더없이 비참할 만큼 올바르다는 건 이해할 수 있다.

나는 영웅이 아니다.

이전, 빌렌도르프의 기사들을 상대할 때는 안할트의 영웅이라고 큰소리를 쳤지만.

안할트 왕도의 시민들은 영웅이라 인정해주지 않겠지.

빌렌도르프에서 레켄베르 기사단장이 지녔던 것 같은 단단한 입지가 없다.

여기에 있는 건 그저 왕가와 안면이 있을 뿐인 약소 영주 기사가 한 명.

나는 그 현실에 고개를 떨구며 말을 이었다.

"내일부터 총력전 준비를 하자는 건 아닙니다. 상의하달식 명령, 각각의 병사가 자의적으로 움직이지 않고 하다못해 최상위에 있는 전하의 명령을 다들 따를 수 있도록. 그러지 못한다면 이길 수 없다고, 위협에 대한 인식을 안할트 제후들이 공유하는 게 필요합니다. 준비를 소홀히 하거나 상대를 업신여긴다면 집니다."

"용서할 수 없다, 파우스트 폰 폴리도로."

필사적인 표정이었다.

하지만 나는 각오하기 시작했다.

아나스타시아 제1왕녀와 아스타테 공작이 표정을 일그러트리며 함께 나를 몰아세웠다.

“안할트 내에 무용한 혼란을 부르는 짓은 용서할 수 없다. 네가 내일 내 눈앞에서 규탄당하는 일은 절대 용서할 수 없어.”

“저는 내일 리젠로테 여왕님과 제후, 그리고 법복 귀족이 참석한 자리에서 동방에서 올 위협을 호소할 생각입니다.”

“들어라, 파우스트! 우리의 충고를 못 듣겠다는 건가!!”

필사적으로 말린다.

하지만 들을 수 없다.

진심으로 나를 위하기 때문에 하는 말이라는 건 이해한다.

전우다.

서로의 피와 땀이 섞이는 것도 아랑곳하지 않고, 갑주를 입고선 아직 살아있었냐며 전장에서 서로를 끌어안고 그 목숨을 확인한 사이다.

하지만, 그래도.

그래도 나는.

“오늘은 두 분께 리젠로테 여왕님께 탄원할 때 지원을 부탁드릴 생각이었습니다. 하지만 두 분의 말씀이 옳습니다. 그리고 틀린 건 접니다. 그게 안할트에 있는 귀족들의 인식이자, 어떻게 해볼 수 없는 일이라는 걸 지금 알았습니다.”

전생에서 얻은 정보만으로 나 혼자 미쳐버린다.

여기서 어리석은 행동을 저지르는 건 나 하나.

이 세계에서 가상 몽골의 서방 정벌은 아직 아무런 근거가 없으니까.

빌렌도르프에서 더 자세한 정보를 입수하지 못하고, 또 전하나 공작이 신성 제국에서 확실한 정보를 얻지 못한 것도 뼈아프다.

하지만, 지금.

지금 여기서 호소하지 않으면 늦어버릴 느낌이 든다.

내 전생의 지식과 초인의 직감이 그렇게 말하고 있다.

"잘 알지만, 내일은 리젠로테 여왕님께 말씀드리겠습니다. 각오와 준비는 끝낼 생각입니다."

"준비?"

실언했다.

이건 말하지 말았어야 했는데.

머리를 숙였다.

"여기까지입니다. 이야기는 끝났습니다. 미친 남자의 헛소리라고 생각하고 잊어주십시오."

"바보 같은 소리 하지 마라. 네가 계속 그럴 생각이라면 우리도 협력하마. 네가 규탄당하는 일이 없도록, 더 완곡하게 방비하면서."

"그래서는 부족합니다. 모든 제후의 눈을 뜨게 해줄 강렬한 일격을 쏠 필요가 있습니다. 그 기회도 다들 모이는 내일을 제외하면 없을 테죠."

나는 머리를 숙이며 결의를 다졌다.

그 수단밖에 없다.

나에게 남은 건 딱 하나뿐인 미친 수단밖에 없다.

이 은근히 마법이 존재하는 판타지 세계에서 내 결의를 드러내기 위해 남겨진, 단 하나뿐인 방법.

그것으로 나의 각오를 보여준다.

규탄당하기 전에 내 각오라는 걸 보여주겠다.

뭐, 할복 정도는 해주마.

솔직히 애국심도 없고 나를 못생긴 남자라며 멸시하는 쓰레기 나라이긴 하지만.

딱히 왕가 사람들, 리젠로테 여왕이나 아나스타시아 제1왕녀, 아스타테 공작, 발리에르 님을 싫어하는 건 아니다.

무엇보다.

“아나스타시아 제1왕녀님, 아스타테 공작님. 저는. 알지도 못하는 누군가가 제 영지에 쳐들어와 어머니의 무덤을 어지럽히고 역사의 흐름에 쓸려나가 잃어버리게 만드는 것. 그것만큼은 무슨 일이 있어도 용서할 수 없습니다.”

내가 받은 잔의 와인을 비웠다.

다시 입을 여는 두 사람의 목소리는 이미 들리지 않는다.

노래 같기도 하다.

나에게 두 사람의 필사적이자 애원하는 듯한 목소리를 개선가로 들렸다.

이건 300명의 영지민을 지닌 어리석은 영주 기사가 리젠로테 여왕에게 유목기마민족 국가의 위협을 알리는, 단 하나 남은 현명한 방식이다.

아니, 현명하진 않은가. 오히려 어리석다.

나는 입꼬리를 뒤틀면서 밖으로 나와 제1왕녀 친위대 대장 알렉산드라와 담소하던 마르티나를 데리고 아나스타시아 제1왕녀의 거실을 뒤로했다.

마차 안.

마차 대여점에서 빌린 마차다.

종사장 헬가가 마부가 되어 말을 모는 마차 안.

마차 안에는 간소한 장의자가 고정되어 있으며, 거기에 나와 마르티나가 나란히 앉아있다.

먼저 입을 연 사람은 마르티나였다.

"교섭은?"

"실패했다."

"그렇겠죠. 처음부터 무리였습니다. 이 상황에서 아나스타시아 제1왕녀님과 아스타테 공작님을 설득하는 건 불가능하다고 생각했습니다."

마르티나가 한숨을 쉬었다.

나는 불가능할 걸 알면서 부탁했다.

하지면 현실과 맞닥뜨렸을 뿐이었다.

나에게는 힘이 없다.

더 정확하게 말하자면, 힘이 될 수 있는 정보가 없다.

설득력의 근원이라 할 수 있는 게 아무것도 없다.

"파우스트 님. 저는 굳이 지금부터 서둘러 국가 총력전을 호소하지 않아도 괜찮다고 봅니다."

"지금부터 하는 게 아니라면 전부 다 늦는다고 본다."

마르티나의 말.
그 말에 부정을 돌려주었다.
“왜 그렇게까지 생각하시죠? 근거는요? 조급해하는 이유가 어디 있습니까?”
마르티나의 질문.
그 질문에 잠시 침묵으로 대답했다.
외부에 드러낼 수 없는 내 근거는, 유에 님에게 들은 토크토아 이야기와 전생에서 배운 몽골 제국 사정이 너무 비슷하니까.
약하군.
아나스타시아 제1왕녀의 말로도 명확해졌지만 확실히 토크토아 카안의 서방 정벌, 몽골 제국의 유럽 정벌이 재현된다는 건 지금 단계에서는 구체적인 근거가 전혀 없다.
이 전생자의 지식을 갖고서도.
하지만 온 뒤에는 늦는다.
너무 늦어진다.
마르티나에게 물었다.
“마르티나. 우리가 유목민족에 대처하려면 무엇이 부족하다고 생각하지? 대답해봐.”
“파르티안 샷 대처법이 아닐까요. 가까운 사례로는 클라우디아 폰 레켄베르가 단신으로 그 사정거리를 넘어서는 롱 보우를 사용해 격파했지만요.”
“그래, 원거리 무기로 인한 피해에 다들 동요하고, 고속으로 이동하는 적의 전열에 대응하지 못해 전투대형이 무너지지.”

더 긴 창, 공격 수단을 지닌 쪽이 승리한다.
섭리다.
먼 옛날부터 그건 변함이 없다.
우리 폴리도로 영지민도 군역 때는 소규모의 테르시오 대형을 편성한다.
종사 5명에게 들려준 크로스보우 외에 6m 정도 되는 특주 창, 파이크를 장비시켰다.
가난한 영지라서 전원에게 장비시킬 수는 없었기에 검을 장비한 사람도 있지만.
애초에 그거, 너무 소수라서 의미가 없는 느낌도 들긴 해.
입꼬리를 당겨 자조했다.
"마르티나에게 물어보마. 평지에서 전쟁이란 무엇일까."
"격투전입니다. 기사인 기병이 보병을 유린하는 중요한 병기입니다. 어머니 카롤리느에게서 그렇게 배웠습니다."
중세 시대의 전쟁은 현대의 진화한 기동전과는 다르게 운동능력이 큰 역할을 한다.
화력이 고만고만하던 시대에 적과 아군의 수가 같다면 뛰어난 이동 능력을 지닌 쪽이 반드시 이긴다.
그리고 토크토아 카안의 가상 몽골 제국은 전원 기마병이다.
반면 안할트 · 빌렌도르프 연합군 2만 명은 기사 수천과 영주 기사가 이끄는 시민 보병.
그리고 그 지휘계통은 완전히 지휘관에 대한 충성심과 능력에 좌우된다.

가신의 가신은 가신이 아니다.
봉건적 주종 관계의 그 시스템은 몽골군을 상대할 때 치명적인 약점이 된다.
이 판타지 세계의 통신기, 수정구가 있으니 지휘계통만은 돌아가겠지만.
그래도 영지민은 기본적으로 다른 영주의 지시를 따르지 않는다.
왕의 명령조차 따르지 않기도 한다.
즉 전쟁에서 기동적 연계가 지나치게 장수 의존적이다.
반면 가상 몽골 제국은.
유에 님이 과거에 모시던 왕조 페이롱을 멸망시킨 수완은 몽골 제국 그 자체다.
"마르티나. 유목민족은 부족제이기 때문에 지휘관이 쓰러져도 바로 차석 지휘관이 지휘하는 시스템이다. 그리고 수장이 명령하면 호령 하나에 연계해서 돌파, 우회, 포위라는 기동 3요소를 쉽게 갖추지. 토크토아 카안이 이끄는 가상적국은 수만 단위의 군대가 그걸 자유자재로 해내며 사냥이라도 하듯 그러기 위한 훈련을 받아."
"봉건제 영주들은 흉내 낼 수 없는 시스템이군요."
빌렌도르프 전쟁에서는 전선 지휘관인 레켄베르 기사단장을 일대일 대결로 쓰러트리자 빌렌도르프 전군의 행동이 일시 정지했다.
덕분에 승리할 수 있었다.

그런 건 가상 몽골 제국 상대로는 바랄 수 없다.

"유에 님에게서 자세한 이야기를 들었다. 토크토아가 이끄는 군대는 대략 10만. 전부 기마병이야. 물론 전군을 끌고 정벌하러 오지는 않겠지. 하지만 내 예상으로는 약 7만 명이 올 거다. 이것도 확실한 건 아니지만."

서방 정벌군은 몽골군 5만 명에 2만 명의 징용 병사, 그리고 한족과 페르시아의 전문 병사.

발슈타트 전투에서는 대략 2만의 기병, 이었을 거다.

전생의 지식이기 때문에 이 판타지 세계에서는 아무것도 보장할 수 없지만.

지금 나에게는 아무런 정보도 들어오지 않고, 아나스타시아 제1왕녀조차 그 정보는 없다.

가지고 있었다면 내 이야기에 더 귀를 기울였을 테지.

후속 정보는 실크로드를── 동방 교역로를 이용하는 상인을 통해 정보를 알아내겠다고 말한 카타리나 여왕의 연락을 기다릴 수밖에 없다.

혹은 리젠로테 여왕 폐하가 신성 제국에게서 얻은 정보를 나에게 흘려주거나.

"만약 싸운다고 했을 때 이길 수 있을 것 같아?"

"못 이깁니다. 하지만 그렇게까지 절망적인 상황을 상정해야 합니까?"

"유에 님의 이야기에 따르면 상정이 아니야. 그리고 유에 님의 왕조는 토크토아 카안이 이끄는 10만보다 훨씬 병사가 많았어. 그래도 졌지. 숫자만의 문제가 아닌 절망이기 때문에 조급한 거다.”
전생의 칭기즈 카안, 그 존재는 세상의 버그나 마찬가지였다.
다섯째 천사가 나팔을 불었다.
나는 하늘에서 지상으로 떨어진 별 하나를 보았다.
그 별이 바닥없는 심연의 구멍을 열었다.
그러자 큰 화덕에서 나오는 듯한 연기가 올라왔다.
그 구멍의 연기로 말미암아 태양도 하늘도 어두워졌다.
요한 묵시록, 일곱 번의 재앙 중 다섯 번째.
메뚜기 재앙으로도 비유되는 존재다.
대항 수단은 지금부터 생각해야 한다.
중앙집권화할 여유 같은 건 전혀 없고, 바라는 것도 아니다.
상의하달.
위에서 아래로 전달되는 명령에 영주 기사가, 평민 보병이 얌전히 따른다.
최소한 그게 필요하다.
그래, 최소한.
“왜 빌어먹을 최소한의 기준을 위해 내가 목숨을 걸어야 하는 거지.”
“목숨을 걸 생각이십니까.”
“이제 그 정도는 하지 않으면 어떻게 안 되는 상황이니까.”
군권 통일.
중앙집권 시대가 되지 않으면 이것도 무리다.
하지만 일격이면 된다.

딱 한 번의 전투에서만 군권을 통일시킨다.

그것만이라면 가능하지 않을까.

아니, 가능하게 만들어야만 한다.

머리에서 피가 돌아간다.

몽골 제국에 대한 독트린을 누군가가 개발해야만 한다.

발슈타트에서 몽골 제국이 보여준, 마치 교과서같이 훌륭한 병법에 대항할 방법을 고안하여 왕가를 경유해 신성 제국에 전달하고, 뒷일은 맡길 수밖에 없다.

신성 제국에는 나 같은 녀석보다 훨씬 똑똑한 사람이 있는 것 같다.

위협에 대항할 수 있는 방파제를 지금부터 구축하라고.

지금 단계에서 전생의 지식도 없이 거기까지 읽어낸 천재가 신성 구스텐 제국에 있는 거니까.

그 여자에게 뒷일을 맡기자.

"파우스트 님."

"왜."

내 생각을 자르듯이 마르티나가 읊조렸다.

이 번뇌를 무시하듯이.

"차라리 도망치지 않으시렵니까?"

"뭐?"

마르티나의 말에 눈이 휘둥그레졌다.

이 9살 소녀는 무슨 소릴 하는 거지.

"저는 파우스트 님의 결의를 돌리려고 생각했습니다. 나름대로 생각했습니다. 동방 교역로 저편, 그곳에서 유목기마민족이 침공할 리가 없다고 설득하려고 했습니다."

"녀석들은 반드시 와. 반드시."

"그 확신은 어디에서 오는 거죠? 이 서방까지 오는 대원정에 얼마나 많은 물자가 필요한지 이해하고 계십니까? 전투 하나에 얼마나 많은 희생과 고생이 들어가는지 아시잖아요."

유목민족의 특성 때문이다.

멸망한 왕조 페이롱의 풍요로운 토지, 그곳에서 얻는 징세에 만족해서 약탈을 멈춘다.

거기서 만족하고 머무른다.

그건 농경민족의 사고방식이다.

더 많이, 더 많이, 가신에게 줄 수많은 땅을.

나는 전생에선 이해하지 못했던 그 생각을, 교과서로 배운 그 생각을 이쪽 세계에서 간신히 깨달았다.

확실한 지성은 있지만 이성은 없으며 농경민족 같은 건 깨기 좋은 저금통이나 말 이하의 존재로밖에 보지 않는, 약탈과 학살을 저지르는 집단이다.

전생의 역사로 보면 진짜로 유럽을 정복할 수 있다고 믿기 때문에 오는 거다.

지도자의 죽음으로 서방 정벌 부대에 귀환 명령이 떨어지지 않았다면 실제로 가능했겠지.

이 세계에서는 아무도 믿지 않겠지만.

이 세계에서는 나만, 그리고 신성 제국의 일부만이 토크토아 카안의 침략을 확신한다.

너무도 비참한 상황에 웃음이 나올 것 같았다.

"조금 전에 도망치라고 했지? 어디에? 어디도 도망칠 곳은 없어."

"신성 구스텐 제국 깊은 곳입니다. 파우스트 님은 초인입니다. 어디서든 우대받을 겁니다."

"마르티나."

나는 부드럽게 말을 건넸다.

아아, 마르티나의 9살 같지 않은 지능으로도 그런가.

세계는 신성 제국에서 닫힌다.

이 세계의 영국으로, 섬나라로 도망치라는 말까지는 하지 않는 건가.

조금 우스워서 입꼬리가 올라갔다.

마르티나가 부루퉁한 얼굴이 되었다.

"왜 웃으시는 겁니까."

"거기선 섬나라까지 도망치라고 하면 좋았을 텐데."

"말도 통하지 않는 서쪽 섬나라에요? 존재만은 가까스로 들은 적이 있지만요."

지리는 모를 테지.

뭐, 이 이세계의 지리는 전생과 비슷하지만 조금 다르니까.

위치상 독일, 폴란드에 가깝다고 해도 되려나.

이 안할트, 빌렌도르프라는 양국의 북방에는 초원지대가 펼쳐져 있다.

제법 유쾌한 지형이다.

“또 웃으시네요.”

“미안.”

부루퉁한 마르티나에게 사과를 돌려주었다.

지금 그건 널 보고 웃은 게 아니라 이 중세 비슷한 판타지 세계의 지형에 웃은 거지만.

정말이지 묘한 세상에 태어나고 말았다.

어쨌거나.

“나는 도망치지 않는다.”

“어째서죠? 뭐, 들을 필요도 없을 것 같지만요.”

“영지민과 영지에 모든 재산이 남아있어. 나 혼자서라면 어머니의 무덤을 파헤쳐서 모시고 도망갈 수 있을지도 모르지만.”

어머니는 탄식하시겠지.

왜 영지를 버렸냐고, 어머니의 유골이 내 몸에 매달리겠지.

“조상이 사람을 구속하고, 토지가 사람을 구속한다.”

“그러네요.”

“하지만 나는 그걸 부정하지 않아.”

조상이 사람을 구속하고, 토지가 사람을 구속한다.

이건 나치 독일의 아돌프 히틀러가 한 연설 중 하나였던가.

어쩔 수 없다.

아돌프 히틀러 자체에는 문제가 있지만, 이 문장만큼은 참으로 핵심을 찔렀다.

폴리도로 령은 나와 내 영지민이 매달리는 전부다.

이것만큼은 버릴 수 없다.

버릴 바에야 죽는 게 낫다!

"자, 그럼 마르티나도 이해한 모양이니 가기로 할까."

나는 마르티나의 은발을 거칠게 쓰다듬었다.

어린아이의 머리카락이다 보니 손에서 느껴지는 감촉이 기분 좋다.

그 손을 쳐내고 마르티나는 조금 화를 내며 말했다.

"어디에 가시게요."

"교회."

나는 짧게 대답했다.

마르티나는 교회에 갈 용건이 떠오르지 않았던 건지 살짝 당황했다.

"교회요? 신께 기도하시게요?"

"그래, 신."

말 그대로, 신에게 매달릴 거다.

여기가 마법도 기적도 전설도 있는 판타지 세계라서 다행이다.

덕분에 내 각오를 보여줄 수 있다.

할복이라는 건 변함이 없지만.

이렇게까지 하지 않으면 아무도 인식해주지 않는다.

아니, 이렇게까지 해도 이해해주지 않을지도 모른다.

그래도 하지 않을 수 없다.

나는 미쳤다.

미쳐버린 거겠지.

더 좋은 수단이 있는 건 아닌지, 더 지혜를 빌려달라고 매달려야 하는 게 아닌지.

계속 그런 생각이 든다.

하지만 아나스타시아 제1왕녀도, 아스타테 공작도, 똑똑한 9살 어린이 마르티나도 내가 원하는 대답은 돌려주지 않았다.

일시적 광기에 빠진 내가 택할 수 있는 수단은 이제 이것밖에 없다.

“파우스트 님은 교회에 미운털이 박히지 않으셨던가요? 교황님께서 금지하신 크로스보우를 즐겨 사용하셔서.”

“그래도 우리 영지에 교회는 있었잖아.”

“뭐, 확실히 있긴 하죠. 그건.”

그것.

마르티나가 그렇게 부르는 교파의 왕도 소재 대교회.

그 앞에 마차가 도착했다.

“파우스트 님, 대교회 앞에 도착했습니다.”

“고맙다, 헬가.”

나는 종사장인 헬가에게 대답하며 마차에서 내렸다.

퀼른파.

이 대교회는 퀼른파라고 불리는, 일신교 소속 소규모 교파의 교회다.

실제로 소규모 교파답게 대교회라고 해도 작은 교회다.

이 이세계는 역시나 일신교가 다수를 차지하는 세계이긴 하지만.

애초에 현대 서양에서는 교의의 해석 차이로 인해, 혹은 예배법 차이로 인해 많은 교파로 나뉘어 있다.

발할라라는 북유럽 신화의 개념이 섞여 있는 게 이 세계의 일신교다.

영문을 모르겠다.

클뤼니나 시토회 같은 전생과 비슷한 교파까지는 이해한다. 그 이상은 모른다.

대놓고 말해서 이 세계의 교파를 전부 파악하는 건 포기해야 한다.

종교는 아주 복잡해서 귀찮은데다, 나는 종교를 그리 잘 아는 것도 아니다.

뭐 마법 같은 위업, 즉 기적을 달성한 성인이 과거에 있었고 일신교가 대세를 점령하고 있다.

그것만 이해하면 나는 충분하다.

그리고 쾰른파.

한마디로 말하자.

산적과 싸우다 빼앗은 크로스보우에 대해 우리 폴리도로 령에 있는 유일한 신부(神父), 아니, 이 세계에서는 신모(神母)에게 물어봤더니.

"획득하셨으면 마음껏 사용합시다. 이건 신께서 내려주신 은혜입니다."

주먹을 불끈 쥐고 그렇게 대답했다.

교황이 크로스보우를 금지한 이 세계 신모의 발언이다.

머리가 이상하다.

뭐, 부정했어도 나는 영지민의 희생을 줄이기 위해 크로스보우를 마음껏 사용했겠지만.

"너는 마차에 남아라, 마르티나."

"저도 가겠습니다."

"오지 말라고 했잖아."

너는 퀼른파 사제와 대화하는 도중에 반드시 방해할 테니까.

그건 지금의 미쳐가는 나도 알 수 있다.

그래서 이번에는 방해다.

"이건 견습 기사에게 내리는 명령이다. 마르티나. 마차에서 대기해."

"……알겠습니다."

이러면 마르티나는 거절하지 못한다.

자, 가자.

나는 마차에서 내려 헬가에게 마르티나를 감시하라고 명령하여 헬가조차 떼어놨다.

여기서부터는 나 혼자다.

그럼 광기가 이길지, 이성이 이길지.

리젠로테 여왕에게 보고하러 가기 전에 발광 준비를 하러 갈까.

나는 입꼬리를 뒤틀며 교회 안으로 들어갔다.

제51화 탄환은 한 발밖에 없다

시스터는 있어도 브라더는 없다.

갑자기 그런 생각이 들었다.

신성 제국의 교황, 추기경, 그리고 주교, 사제, 신부.

이런 사람들을 파더라고 부르지 않는다.

애초에 전생에서 말하는 신부는 없다.

이 세계에서는 그 역직이 신모라고 불린다.

즉 전부 여자다.

애초에 일신교를 세운 전생의 그리스도 같은 존재부터 이쪽 세계에서는 여자다.

그리고 남자 신도인 브라더, 즉 수도사는 통상 교회에는 없다.

하여간 정조 개념이 역전된 세계이자 남녀 성비가 1:9까지 치우쳐진 세계니까.

남자가 10명이 넘는 아이를 만들지 않으면 인구수는 감소 일로를 걷게 된다.

인류가 멸망한단 소리다.

따라서 어지간히 특수한 사정이 없는 한 교회에 젊은 수도사는 없다.

뭐, 상황이 이러니 어쩔 수 없지.

어째서인지 수녀의 수도복만은 전생에서 본 디자인과 비슷하다는 건 수수께끼지만.

이 미친 세계에서 베일로 덮은 옷을 입어 신에게 순결을 상징하고 피부 노출을 억제할 필요가 어디에 있는 걸까.

별로 신경 쓰지 않는 게 좋겠지.

중요하지 않다. 전혀.

지금은 그저 여기에 온 목적만 생각한다.

"사제에게 안내해드리겠습니다. 그리고 기부에 진심으로 감사드립니다."

"영지민을 포함해 신세 지고 있는데 미미한 금전이라 면목이 없습니다."

"아닙니다. 폴리도로 령의 영지민 모두가 우리 퀼른파의 신도입니다. 그것만으로도 폴리도로 경은 사제를 만날 권리가 있습니다."

항상 환영이야 해주지만.

하아, 한숨을 쉬었다.

퀼른파.

전생에서는 독일 어딘가 지방의 미술 작풍 명칭인지 세 성직제후가문의 이름이었던 느낌이 들지만, 이 세계에서는 신성 구스텐 제국의 정통종교를 숭상하는 소규모 교파 중 하나다.

소규모라고 해도 교파가 생길 정도로는 크다.

그리고 신앙 대상에도 차이는 없다.

가장 큰 차이는, 전생의 시토회와 클루니회.

농기구를 직접 들고 노동과 학습을 중시하며 농민의 개간을 지도한 시토.

계율 중 기도를 중시하고 호화로운 전례를 거듭하며 귀족적이라는 말도 들은 클루니.

그런 것과는 완전히 다르다.

아니, 이 이세계의 종교 교파는 어딜 봐도 자기들 마음대로 하고 있다고 해야 할까.

애초에 유일신 자체가 북유럽 신화를 크게 흡수해서 전사가 죽은 뒤엔 에인헤랴르로서 발할라가 맞이해준다는 사상이 존재한다고 해야 할까.

그 뭐냐. 나는 뭐가 뭔지 모르겠다.

한마디로 말하자.

이 이세계의 종교는 이래저래 이상하다.

따라서 자세히 알고 싶지도 않았고, 동시에 그럴 기회도 없었다.

나는 전대의 전대의 전대의 전대의 전대에서부터 영지에 뿌리내린 교회, 쾰른파에 대한 것 말고는 잘 모른다.

어머니 마리안느는 말했다.

우리 교회는 다른 곳과는 조금 다르지만, 그런가 보다 하고 이해하렴.

그렇게 말씀하셨다.

다른 영지 사람들도 쾰른파라면 질색하는 사람들도 그런 설명으로 넘어가 준다면 좋을 텐데.

그건 무리겠지.

우리는 다른 곳과는 다르지만 딱히 상관은 없다.

"그나저나 폴리도로 경. 현재 크로스보우는 몇 개를 갖고 계십니까?"

“산적들에게서 노획한 5개입니다.”

“훌륭하십니다.”

뭐가 훌륭한 건데.

이 쾰른파에선 교황이 금기로 분류한 크로스보우를 전장에서 사용하는 걸 권장한다.

평민이라도 기사를 죽일 수 있는 무기라니 참 훌륭하다고.

아웃이잖아.

적어도 전생에선 체인메일을 장비한 기사라고 해도 평민이 쉽게 죽일 수 있는 무기이기 때문에 크로스보우를 금지했다는 가설이 있었는데.

진짜인지 아닌지는 모르지만.

왜 쾰른파는 반대로 주장하는 걸까.

어머니 마리안느는 이렇게 말했다.

우리 교회는 다른 곳과는 참 다르지만, 그런가 보다 하고 이해하렴.

이해 못 하겠습니다, 어머니.

명백하게 아웃 아닌가요.

제 신앙은 교황이 지향하는 방침과 정면에서 반발하고 있습니다.

어떻게 교파로서 존속이 허용되는 건지도 의문이 든다.

아니, 교황의 방침을 개무시하는 기사인 내가 할 말은 아닌지도 모르지만.

애초에 크로스보우 사용은 안할트든 빌렌도르프든, 신성 제국의 거의 모든 기사가 아무도 지키지 않는다.

상대방이 쓰는데 이쪽도 쓰지 않으면 영지민이 죽거든.

나 개인은 크로스보우 쯤이야 검으로 쳐낼 수 있으니까 안 죽지만.

“최근에는 화기도 발달했습니다. 소리만 나는 장난감이라 불리던 옛날과는 다르게, 기사의 가슴 갑옷마저 관통하게 되었죠. 어떻습니까? 저 머스킷.”

수녀가 교회 중앙에 걸려있는 머스킷 총을 가리켰다.

맥시밀리언 아머.

전생에선 그런 이름으로도 불렸던, 내 플루티드 아머의 가슴 부위를 쓰다듬었다.

아무리 초인인 나라고 해도 총알을 검으로 튕기는 건 어렵다.

불가능하다고는 하지 않지만.

다만.

“확실히 화기의 진화는 눈이 휘둥그레질 수준이죠. 하지만 이 마법 각인이 새겨진 갑옷은 뚫지 못할 겁니다.”

“그건 반칙이네요.”

수녀가 쾌활하게 웃었다.

지금까지 다른 곳과는 다르다, 다른 곳과는 다르다고 몇 번이나 반복했지만.

결론부터 말하자.

머스킷 총을 교회 중앙에 걸어놓은 걸 보면 알 수 있듯 쾰른파는 화력을 숭상한다.

이단을 쓸어버리려면 먼저 화력을.

아군을 구하기 위해서는 적을 한 명이라도 많이 죽여라.

그게 교파의 주장이다.

뭐, 무슨 말을 하고 싶은지는 안다.

하지만 종교인이 그런 말을 하는 건 좀.

이건 전생의 감각으로 인한 위화감인 걸까.

아니, 하지만 전생의 기사수도회는 수도사가 기사이기도 했잖아.

이 이세계의 기사수도회도 당연하게 수도녀가 기사다.

고민.

전생의 지식, 현대인의 도덕적 가치관, 지금 생에서 형성된 기사로서의 긍지.

내 영지가 쾰른파를 믿는다는 것, 다른 종파를 믿을 마음은 눈곱만큼도 없다는 것.

그게 머릿속에서 뒤섞이며 점점 두통이 심해지지만, 됐다.

이번 목적은 쾰른파의 교파적 교의 계율 운운을 물어보기 위함이 아니다.

"그런데 사제님은 어디에?"

"지금은 참회실에서 신도의 고해를 듣는 중입니다. 곧 돌아오실 테니 이쪽으로 오시죠."

교회의 어느 사무실.

수녀의 안내를 받아 그 방으로 들어갔다.

나는 2m나 되는 내 키에는 맞지 않는 작은 의자에 앉아 사제를 기다렸다.

맞은편에는 사제가 사용하는 커다란 책상이 설치되어 있다.

이 대교회의 사제와는 면식이 있었다.

벌써 약 2년 전인가.

발리에르 님의 상담역이 되기 전, 폴리도로 령의 세대 교체를 위해 리젠로테 여왕을 알현하려고 석 달이나 대기하던 도중.

어떻게든 이 대기줄을 없애고 알현할 방법은 없는지 이 대교회의 사제에게 부탁한 적이 있다.

그때는 고뇌하는 표정으로 거절당했다.

쾰른파는 작은 교파이기 때문에 국가 정치에 간섭할 수 있는 능력은 없다고.

심지어 쾰른파는 그런 교섭술에는 능숙하지 않다고.

결국, 그 후에 나는 발리에르 님의 상담역이 되어 리젠로테 여왕을 알현할 수 있었으니 괜찮았지만.

그래.

이 쾰른파에는 안할트의 정치에 간섭할 수 있는 능력은 없다.

그런 수완에 능숙한 것도 아니다.

그래도 여기에 왔다.

신.

내가 생각해낸 유일한 수단, 리젠로테 여왕에게 탄원할 방법을 조달하기 위해.

나는 수녀가 떠난 뒤 사제실에서 하염없이 그녀를 기다렸다.

"기다리셨습니다."

드디어 사제가 나타났다.

나이를 먹었다.

아무래도 빌렌도르프의 군무 대신보다는 어릴 테지만, 노령에 접어들었다고 할 수 있는 나이다.

마중을 위해 일어난 나의 거구와는 달리 자그마한 사제는 느릿한 걸음으로 책상을 향했다.

그리고는 역시나 느릿하게 의자에 앉아 내 얼굴을 보고는 크흠 헛기침을 한 번 했다.

"2년 만입니다, 폴리도로 경."

"오랜만에 뵙습니다. 이래저래 바빠서 찾아올 기회가 없었습니다. 죄송합니다."

사제의 느릿한 대화 템포에 맞추듯이 내 머리를 숙였다.

"아닙니다, 바쁘신 건 이해하고 있습니다. 안할트의 영웅, 파우스트 폰 폴리도로 신자. 솔직히 말씀드리면 2년 전에 만났던 기묘한 남기사가 이렇게까지 화제의 인물이 될 줄은 생각지도 못했습니다. 우리 쾰른파의 세례를 받은 신도가 영웅이 되다니, 참으로 자랑스럽습니다."

"황공합니다."

"조금 전 수녀에게서 적지 않은 기부도 받았다고 들었습니다. 사제로서 감사드립니다."

사제가 머리를 꾸벅 숙였다.

내 허리밖에 오지 않는 작은 노파가 머리를 숙이면 어쩐지 민

망해지니까 가능하다면 안 했으면 좋겠는데.

뭐, 됐다.

오늘은 그런 이야기를 할 때가 아니다.

"사제님, 오늘은 중요한 이야기가 있어 찾아왔습니다."

"흐음, 세간을 떠들썩하게 만드는 폴리도로 경이 이런 노파에게 무슨 이야기를 하실는지?"

"사제님에게밖에 못 드리는 부탁입니다."

나는 머릿속으로 부탁할 내용을 떠올렸다.

요점은 확실하다.

대화를 끌고 가는 흐름도 머릿속에 전부 준비해놓았다.

그걸 정리한 뒤 먼저 한 가지를 물어보았다.

"먼저 여쭙습니다. 사제님은 신성 제국에게서 무언가 들은 이야기가 없으십니까?"

"흐음?"

천연덕스러운 표정인 사제.

하지만.

내가 사제의 눈을 물끄러미 바라보자 포기한 듯 대답했다.

"전부 알고 계시는 모양입니다. 확실히 제도에 계시는 추기경님께서 사제급에게는 연락을 돌리셨습니다. 전쟁을 대비하라, 위협에 대항할 수 있는 방파제를 구축하라고. 여차할 때는 이 늙은 이도 몸에 채찍질하여 머스킷을 들고 전쟁에 임할 생각입니다."

"아마도 추기경님께서 말씀하고 싶으셨던 건 그런 게 아니라고 봅니다."

정신적 지주로서 시민들을 가상 몽골에 대한 공포로부터 안심시키고, 여차할 때는 시민을 교회로 피신시켜라.

그런 말을 하고 싶었던 게 아닐까.

뭐, 교회로 도망쳐봤자 가상 몽골은 종교에 대한 경의도 없으니 교회에 불을 질러서 나오는 시민을 학살할 뿐이겠지만.

애초에 몽골이 문제가 아니라 신성 제국의 기사도 태연하게 화약을 써서 교회를 폭파시키곤 하니까.

교회를 보면 '저금통이다!'라고 소리치기도 한다.

부를 축적한 저금통은 깨지기만 할 뿐이다.

어느 세상이든 병사가 난폭한 건 다 똑같다.

"정보가 갔다면 생략할 수 있겠군요."

"그 말씀은?"

"리젠로테 여왕님."

나는 단도직입적으로 그 이름을 입에 담았다.

"어떻게 폐하를 설득해서 국가를 움직일지. 결정타가 부족합니다."

"흠. 거기에 우리 쾰른파가 무슨 도움을 드릴 수 있다고 생각하십니까?"

"신탁."

짧게, 단어를 대답했다.

"제게 신으로부터 신탁이 내려왔다고 하는 건 어떻습니까."

"호오. 이거 참."

사제의 눈이 살짝 커졌다.

"신탁, 신의 목소리를 들었다고 발언한 초인은 지금까지 몇 명이나 있었습니다. 하지만."

"압니다. 그 말로는 전부 엉망이었죠."

"네, 알고 계신 대로입니다. 가장 유명한 사례는 타국의 '그 남자'였던가요. 신의 목소리를 들었다며 농부의 자식으로 태어난 보기 드문 초인 남성. 마지막엔 이단심문에 부쳐져 화형. 복권재판을 거쳐 명예는 회복되었지만…… 참으로 처참한 일이었습니다. 당신도 그리되고 싶습니까?"

자 그럼.

여기서부터 어떻게 행동할까가 문제인데.

"7년 내로 묵시록, 일곱 재앙 중 다섯 번째와도 같은 존재가 이 신성 구스텐 제국을 덮친다고 한다면 믿으시겠습니까?"

"믿어지지 않는군요."

"설령 제가 신의 목소리를 들었다고 호소해도?"

사제의 눈을 응시했다.

사제는 그 시선을 받고 천천히 말했다.

"하지 마시지요. 신성모독입니다. 반드시 신벌을 내리실 겁니다."

"사제님."

"이건 당신을 위해서 드리는 말입니다. 파우스트 신도. 저도 할 수 있는 일은 최대한 하겠습니다. 주교님을 통해 추기경님께 정보가 전달되도록 편지를 보내겠습니다."

아쉽게도 그래선 한참 부족하다.

나는 속으로 혀를 찼다.

"사제님. 저는 농담으로 이런 이야기를, 신의 목소리를 들었다는 말을 입에 담는 게 아닙니다."

"당신이 어떠한 확신이 있어서 그리 호소한다는 건 이해할 수 있습니다. 그렇기에 말리는 겁니다. 진정하세요, 신도님. 신께선 당신을 버리지 않습니다. 그런 자기희생을 시도하지 않아도 신께선 반드시 당신을 지켜주십니다."

이미 늦었다.

이 광기는 이미 내 머리를 좀먹었다.

"사제님. 내일 리젠로테 여왕님과 알현할 때, 그분을 설득할 때 부디 당신도 함께 가 주십시오. 억지로라도 모셔가겠습니다."

"설득은 괜찮습니다. 그리하여 당신이 만족한다면 따르겠습니다. 협력도 하겠습니다. 하지만 저는 당신이 신의 목소리를 들었다고 발언한다면 그 자리에서 등을 돌리고 나라를 위하는 마음에서 나온 망언이라 단언하겠습니다. 그래도 괜찮습니까."

그래도 된다.

따라와 주기만 한다면 된다.

이제 당신은 도망칠 수 없다.

나는 두 손을 들고 항복하는 자세를 취했다.

"알겠습니다, 사제님. 당신은 설득에 협력해주시기만 하면 됩니다."

"이해해주셨다면 다행입니다. 안심했습니다."

사제가 가슴을 누르며 안도의 한숨을 쉬고 웃었다.

전부 내 계획대로 진행되고 있다.

"그러면 내일 아침에 마차로 마중 나가겠습니다."

나는 자리에서 일어나 그 말을 남기고 떠나기로 했다.

전부 계획대로, 순조롭게 진행되고 있다.

자, 머스킷 총에 탄환은 한 발밖에 없다.

일격에 리젠로테 여왕의 마음을 저격할 수 있을지.

그것만이 문제다.

하늘이 무너져서 나를 짓누르지 않는 한 내 맹세는 깨지지 않는다.

할복할 준비는 되었냐. 파우스트 폰 폴리도로.

기사의 신분을 얻은 자를 속박하고 또한 수호하는, 신에게 바치는 맹약.

그것을 위한 각오는 되었는지, 후회는 없는지, 마지막으로 딱 한 번만 더 자문하자.

폭주한 내 머리는 조용히 긍정했다.

제52화 군권은 아무도 놓지 않는다

제1왕녀 아나스타시아 님의 거실.

의자에 앉은 두 사람, 그리고 옆에 선 한 사람은 무거운 얼굴로 그곳에 모였다.

앉아있는 사람은 아나스타시아 님과 아스타테 공작.

두 사람에게서 경위를 듣고 얼굴 근육이 경련하는 걸 느끼며 서 있는 사람은 나, 제1왕녀 친위대 대장 알렉산드라다.

나는 입을 열었다.

"어떻게 하실 생각이십니까."

"우선 기다려야지. 파우스트가 왕궁을 떠난 뒤의 행동 보고가 슬슬 올라올 거다. 파우스트는 오늘 반드시 평소와는 무언가 다른 행동을 하겠지."

"보고라고요?"

아스타테 공작이 대답하며 고개를 끄덕였다.

"왕도에 머무르는 동안 파우스트의 행동을 항상 감시하고 있다. 괜한 날파리가 붙지 않도록."

"파우스트를 이용하려는 이상한 귀족이 접근하면 곤란하니까."

아스타테 공작에 이어서 아나스타시아 님이 말을 이었다.

아니, 아무리 생각해도 그건 다른 귀족 여자로부터 폴리도로 경을 떼어놓고 싶으신 거잖습니까.

두 사람은 폴리도로 경을 독점하고 싶어 한다.

그렇게 생각했지만, 나는 똑똑한 여자이므로 진실을 간파하지 못한 척했다.

침팬지 집단이라 불리는 제2왕녀 친위대와는 다르다.

침묵 대신 크흠 헛기침을 했다.

그와 동시에 노크 소리.

이 아나스타시아 님의 거실에는 손님이 올 예정은 없었는데.

설마 궁전을 지키는 위병이 암살자를 통과시킬 리는 없지만.

"용건을 확인하겠습니다."

하지만 나는 만약을 위해 언제든 검을 빼들 수 있도록 마음의 준비를 하며 문으로 다가갔다.

아나스타시아 님은 그런 내 등에 말을 건넸다.

"아마도 나나 공작가의 수하겠지. 걱정할 필요 없다. 좋다! 문을 열고 들어오도록."

철컥, 문고리를 돌리는 소리.

모습을 드러낸 사람은 나도 잘 아는 얼굴이었다.

법복 귀족, 그것도 상당히 상급 직책이다.

그 가문은――.

"마리나 폰 베스퍼만입니다!"

기운차게 자신의 이름을 외친, 얼마 전 가주 상속을 마친 법복 귀족.

나이는 아직 16살로 알지만, 이 나라의 귀족은 가주 상속이 빠르다.

그 가계는 우리나라의 첩보를 담당한다.

주변 각국에 파견한 첩보원의 총괄자다.

왕가의 명령으로 때로는 음유 길드와 교섭하여 시민 사이의 정보조작도 한다.

또 타국, 혹은 자국의 불필요한 귀족을 암살하는 일도 맡는다.

요컨대 비밀공작을 생업으로 하는 귀족들의 대표다.

물론 대외적으로는 단순한 외교관에 불과하지만.

"오늘은 폴리도로 경의 행동에 수상한 점이 있었기에 보고하러 왔습니다."

이 녀석, 차녀였었지.

본래는 제1왕녀 친위대에 들어올 예정이었는데 장녀가 문제아라서, 아 그래. 생각났다.

장녀는 제2왕녀 친위대장 자비네 폰 베스퍼만이다.

그 침팬지가 비밀공작의 총괄 같은 건 불가능하다는 부모의 판단으로 쫓겨났다.

참으로 혜안이다.

물론 발리에르 님의 첫 출진에서 마을 사람들을 선동하여 징병에 성공한 영웅시를 들어보면 자비네도 절대 우습게 볼 수 있는 인물은 아니지만.

그래도 역시 그 자비네에게는 기사로서 근본적인 결함이 있다.

베스퍼만 가문이 쫓아낸 것도 정답이 아닐까.

뭐, 그건 됐고.

"오늘 폴리도로 경은 왕궁을 떠난 뒤 그길로 퀼른파의 대교회에 가셨습니다!"

"쾰른파의 교회라. 확실히 파우스트는 쾰른파 신도였지. 하지만."
아스타테 공작이 검지로 관자놀이를 톡톡 두드렸다.
"내가 아는 한 최근 2년 동안 파우스트가 대교회를 찾아간 적은 없었을 텐데? 예배는 저택 근처에 있는 교회에서 마치는 걸로 안다만."
"네! 폴리도로 경의 감시를 명령받은 뒤로 지금까지 쌓인 행동 이력에는 없는 행동입니다!"
마리나의 또랑또랑한 목소리가 실내에 울린다.
아나스타시아 님과 아스타테 공작 앞에서 긴장한 걸까?
그런 생각이 들었지만, 아무래도 원래 이런 성격인 모양이다.
"아나스타시아, 이거 글렀네. 자기가 믿는 교파의 사제에게 응원을 부탁하러 간 거잖아."
"쾰른파 사제는 어떤 성격인지 알고 있다면 보고해라, 마리나."
"네! 알고 있습니다."
마리나가 아나스타시아 님에게 시선을 맞추며 또다시 또랑또랑한 목소리로 보고했다.
"알고 계시다시피 쾰른파는 화력을 숭상하는 소규모 교파로, 크로스보우 사용을 긍정하며 또한 새로이 화약을 사용한 머스킷, 화포 학술연구에 지식층의 힘을 기울이는 교파입니다. 그 대교회의 사제도 당연히 그에 따른 성격입니다."
여전히 이상한 곳이군.
하지만 소규모이긴 해도 역사는 깊다.
쾰른파의 정점인 주교는 추기경으로도 선발되었다.

"평화를 원하는 자는 전쟁에 대비하라. 퀼른파는 군사 행동에서 만전의 준비를 기하는 것이 중요함을 강조하며 항상 국가에 경고하고 있습니다! 사제도 마찬가지로 리젠로테 여왕 폐하께 평시에도 전시 준비를 호소하여 폐하께서 성가셔하신다고 어머니에게 들었습니다!!"

마리나가 보고를 마치고 입을 다물었다.

그리고 아나스타시아 님과 아스타테 공작은 서로를 쳐다보았다.

아스타테 공작이 먼저 입을 열었다.

"이거 파우스트 녀석, 왕성에 퀼른파 사제를 데려올 생각인데?"

"함께 유목기마민족의 위협을 호소하려는 건가?"

"그건 확실해. 다만."

아스타테 공작이 말문을 흐렸다.

다만, 뭘까.

"무언가 아닌 느낌이 들어. 파우스트 녀석, 뭔가 꾸미는 거 아냐?"

"뭘 꾸민다는 거지? 설마 퀼른파의 사제와 공모하여 신탁이라도 받았다고 주장하려고? 농담은, 신의 목소리를 들었다고 발언한 인간의 말로는 파우스트도 넘치도록 알고 있을 거다."

"파우스트는 그것도 생각했을걸. 그럼에도 각오하고 그 수단을 모색한 건지도 몰라. 하지만."

시선.

아스타테 공작은 마리나에게 눈짓하며 물었다.

"마리나, 대답해라. 만약 파우스트가 신탁을 받아 토크토아의 서방 정벌을 예측했다고 발언한다면, 퀼른파의 사제는 그걸 인정할까?"

"인정하지 않을 겁니다."

짧은 대답.

"자기 쪽 신도가 제 발로 화형당하러 가는 셈이나 마찬가지인 행동을 인정하다니, 퀼른파 사제라고 해도 그러지는 않을 겁니다. 아마 반대로 하지 말라고 설득하지 않겠습니까."

"그렇겠지."

아스타테 공작이 자신의 발언을 인정받고 숨을 한 번 내쉬었다.

아무리 머리가 이상하고 군사 행동에 중점을 두는 퀼른파의 사제라고 해도 그건 인정하지 않는다.

하물며 거짓 신탁이라니.

"하지만, 하지만 말이다. 그래도 파우스트는 무언가 저지르겠지."

그 수려한 얼굴을 딱딱하게 굳히며.

아스타테 공작이 머리를 조금 파묻고 신음하듯 말했다.

"너는 어떻게 생각해? 아나스타시아. 그때 파우스트의 상태는 심상치 않았어. 마치 자신과는 종이 다른 별개의 생물에게 잡아먹히는 듯한, 근원적인 공포를 호소했지."

"파우스트가 느끼는 공포는 진짜일 거다. 그 호소도 본인 안에서는 진실이겠지. 하지만 객관적인 정보가 전혀 없어. 마리나, 묻겠다."

아나스타시아 님이 마리나에게 시선을 던졌다.

마리나는 '네' 하고 짧게 대답했다.

"너도 법복 귀족, 그것도 첩보원 총괄자라면 알고 있을 테지.

동방 무역로의 동쪽 끝 왕조, 그 나라를 멸망시킨 토크토아 카안은 7년 내로 서방을 정벌하러 오리라 보는가?"

"아닙니다."

간결한 대답.

마리나 폰 베스퍼만은 확실하게 대답했다.

"우선 멸망시킨 왕조, 빼앗은 그 지반을 견고히 다지겠죠. 모처럼 농사를 지을 수 있는 풍요로운 땅을 손에 넣었습니다. 자신이 경작할 필요조차 없는, 세금을 받기만 하면 되는 영지를 손에 넣었습니다. 폭설, 저온, 강풍, 사료 고갈, 온갖 간난신고를 겪으며 식량에 굶주리고 물에도 굶주려 가축의 젖으로 목을 축이는 유목민족. 약탈로 배를 불린 사람들, 그 안녕이 이뤄지는 영지가 손에 들어왔습니다. 이제 저금통을 깰 필요도 없죠. 항상 돈을 뱉는 저금통을 손에 넣었으니까요."

마리나의 시점.

그건 우리의 시점이기도 하다.

"들어보면 멸망한 왕조의 토지는 신성 제국처럼 넓고, 계속 지배하며 조세를 받기만 해도 몇 없는 유목민족들의 배를 불리기에는 넘칠 정도입니다. 왜 굳이 동방 교역로 너머 신성 제국까지 정벌하러 오겠습니까? 배가 부르고, 지배한 땅에서 풍족하게 살 수 있다면 그것으로 충분하지 않겠습니까? 서방 정벌을 위해 얼마나 많은 물자가 필요한지 계산할 수 있다면 이번 세대는 끝입니다. 침공은 다음 세대에 해도 됩니다. 지배권을 단숨에 넓힐 필요는 없습니다. 이 이상의 성과를 바랄 필요가 어디에 있다는 말입니까.”

의문.

마리나는 순수한 의문을 보였다.

하지만.

“그래, 그렇게 생각하는 게 일반적이지. 일반적이야. 우리의 상식으로는 그렇지. 하지만.”

파우스트 폰 폴리도로는, 폴리도로 경은 전혀 그렇게 생각하지 않는다.

유목민족의 꿈이란 무엇인가.

그 본성을 간파한 듯한 표정이었다고, 아나스타시아 님께서 말씀하셨다.

게다가.

신성 구스텐 제국의 견해는 ‘전쟁을 대비하라, 위협에 대항할 수 있는 방파제를 구축하라’로 굳어졌다.

그래도 폴리도로 경이 말한 것처럼 앞으로 7년 이내에 올 거라고 생각하진 않을 테지만.

확실히 인간의 모습을 하고는 있으나 야수처럼 사나운 자들이다.

역사상에 몇 번씩이나 나타난 유목기마민족의 재래가 다시 찾아온다는 말인가.

“정했다, 아스타테. 내일은 파우스트의 편을 들겠어. 편을 들어서 막겠다.”

“그것 말고는 없나.”

아나스타시아 님의 결심에 아스타테 공작이 고개를 끄덕였다.

"이미 그것밖에는 없는 거다. 내일 어머니 앞에서, 법복 귀족과 제후들이 가득한 자리에서 파우스트가 폭주하게 둘 수는 없다. 어머니나 제후들 앞에서 파우스트가 주장하는, 유목기마민족의 위협만은 탄원해야지. 그래서 파우스트가 진정한다면 그걸로 다행이지 않나."

"파우스트가 거기서 멈출까?"

"솔직히 말하자면, 모르겠다."

아나스타시아 님은 고뇌하듯 말했다.

"거대 영지의 제후라면, 어지간한 법복 귀족이라면 신성 제국이 경계한다는 것도 알지도 모르지. 파우스트의 말 전부를 처음부터 부정하는 자도 없을 거다. 다만 내일은."

"빌렌도르프와 화평 조정이 달성된 성대한 자리이니 작은 영지의 지방 영주도 올 테고. 모르는 녀석도 있다는 건가."

"어디까지 억누를 수 있지?"

파우스트 폰 폴리도로의 호소에 코웃음 치는 여자를.

사정도 잘 모르는 멍청한 여자들이 장소를 가리지 않고 파우스트의 탄원을 비웃는 것을.

그래서 폴리도로 경이 격분하는 사태를, 어떻게 해야 피할 수 있을까.

당장은 그걸 피하는 게 우선이었다.

아나스타시아 님과 아스타테 공작이 번뇌했다.

나도 마리나도 옆에서 끼어들 수가 없다.

"나와 너, 이 두 사람의 말로 진압해야지. 설마 우리가 파우스트의 편을 들었는데도 비웃는 멍청한 귀족이 있지는 않을 테고.”

“하지만 파우스트의 탄원이 그대로 통과해도 곤란해질 텐데. 그건?”

“어머니에게 지금부터 미리 말씀드리러 간다. 어머니에겐 파우스트가 폭주하는 일이 없도록 우선 주장을 전부 말하게 시키고 긍정하시라고. 그리고.”

그리고.

아나스타시아 님은 거기서 한 번 말을 멈췄다가 숨을 들이마셨다.

“파우스트에게는 미안하지만 흐지부지 덮는다. 그의 주장을 통과시킬 수는 없어. 국가 총력전, 아니, 파우스트는 당장 거기까지는 바라지 않는다고 했지. 명령의 상의하달, 정보와 인식, 토크토아의 위협을 안할트의 제후들에게 공유하여 군권을 통일시키는 게 목적이라고 했지만.”

“아무도 안 따르겠지.”

“그래, 아무도 안 따른다.”

폴리도로 경의 말에 귀를 기울이는 자는, 작은 영지의 영주일수록 거부할 것이다.

작다고는 해도 영주다.

군권만은 절대로 놓지 않는다.

그야말로 폴리도로 경의 말대로 ‘그렇게 하지 않으면 전부 잃어버리는’ 상황이 되지 않는 한.

“그럼 갈까. 어머니께 말씀드리러. 마리나, 고생했다. 퇴실해도 좋다.”

"알겠습니다."

마리나가 천천히 발소리를 죽이고 거실에서 나갔다.

그리고 아나스타시아 님이 일어났다.

하지만 아스타테 공작은 아직 의자에 앉아있다.

"아나스타시아. 우선 진정해. 지금 시각이면 리젠로테 여왕님은 모녀 대화 중일 거야."

"아, 그래."

아나스타시아 님이 다시 의자에 앉았다.

아스타테 공작은 서로의 잔에 와인을 따랐다.

"어머니는 발리에르에게 파우스트와 결혼할 마음이 있는지 확인하고 있었지."

"뭐, 파우스트가 그걸 받아들일지 아닐지는 나도 모르지만. 어느 쪽이려나."

"애초에 파우스트에게 양해를 구하지 않아도 되는 건가? 내일 갑자기 파우스트와 발리에르의 약혼을 발표하나? 아직 아무런 타진도 하지 않았거늘."

새삼스러운 의문.

아나스타시아 님이 그것을 입에 담았다.

"본래대로라면 어제 그 이야기를 하고 싶었지만."

"파우스트의 기세에 시종 밀리기만 했었으니 어쩔 수 없지."

와인병이 비워진다.

두 개의 잔에 와인을 채운 뒤 아스타테 공작은 크게 한숨을 쉬었다.

"내일 어떻게 되려나."

"소용없어. 이제와서 생각해봤자 될 대로 될 수밖에."

시간이 너무 짧다.

화평 조정 보고 전에 몸단장을 위해 하루를 비웠지만, 일주일은 시간이 필요했다.

하지만 일부러 이번 화평 조정 보고를 듣기 위해 왕국 내의 영주들이 왕도에 모여있다.

파우스트의 공적에 왕가가 어떻게 보답할지.

그걸 지켜보기 위해서다.

날짜를 너무 미룰 수도 없었다.

"상황은 최악이군."

"아나스타시아, 와인 마셔. 그거 다 마시고 나면 슬슬 리젠로테 여왕님께 가자고."

안할트 왕가 톱 쓰리 중 두 명의 고뇌.

나, 알렉산드라는 그 광경을 지켜보며 공감하듯 한숨을 쉬었다.

내일 폴리도로 경이 폭주하게 된다면 그건 왕가에게도 폴리도로 경에게도 좋지 않은 일이다.

알렉산드라는 마음속으로 아무 일도 없이 잘 끝나기를 신에게 기도했다.

제53화 회상

나, 발리에르 폰 안할트와.

파우스트 폰 폴리도로가 만난 것은 2년하고도 조금 전이다.

나는 그 시절 제2왕녀 상담역으로서 후견인이 되어 줄 사람을——.

더 구체적으로 말하자면, 병력을 보유한 장원 영주를.

내 힘이 되어 주고 첫 출진이 오면 병사를 넉넉히 보내줄 수 있는 영주 기사를 찾았다.

어머니 리젠로테 여왕은 상담역을 마련해주지 않았다.

"당신의 언니 아나스타시아는 알아서 준비했으니 당신도 알아서 준비하세요."

——라고는 했지만.

왕가 권력 톱 쓰리 중 3위인 아스타테 공작이 언니의 후견인인 것은 비겁하다.

뭐, 지금 생각하면 왕가 내의 균형이라는 게 있으니 스페어, 그것도 찌꺼기인 나에게는 딱히 후견인이 필요 없다고.

그렇게 판단한 거겠지.

그래도 만약 내 힘으로 찾아냈다면, 마음대로 결정해도 괜찮다.

제2왕녀라고는 해도 나에게 접근하는 괴짜 영주 기사는 없을 테지만.

뭐, 그런 적절한 듯 애매모호한 지시였다.

당시 12살인 나는 어떻게 해야 할지 고민했다.

아무리 나라도 후견인의 병력 없이 첫 출진에 임하는 건 곤란하다.

솔직히 멍청이 집단이라고 해도 되는 수준이지만, 나에게는 소중한 제2왕녀 친위대 15명만으로는 불안하다.

그렇다고 나에게 힘을 빌려줘서 이득을 얻을 지방 영주도 없을 테지.

난감하네.

그런 상황에 파우스트 폰 폴리도로의 소문을 들었다.

"보셨습니까, 그 거구. 그래서야 신부가 올까요? 아니, 애초에 리젠로테 여왕 폐하께서 남기사에게 가주 상속을 인정하실 리가……."

"하지만 폴리도로 령은 제대로 군역을 수행하고 있는걸요. 5년 전부터 그 남기사가 죽은 선대 대신 의무를 다했다고 들었습니다. 여왕 폐하도 그 점은 인정하실 수밖에 없지 않겠습니까?"

"하지만 이미 석 달이나 알현이 미뤄지고 있습니다. 위쪽에서도 남기사의 상속을 인정할지 말지 논의하고 있는 것 아닙니까?"

관료 귀족, 즉 법복 귀족이 궁정을 두고 수군거리는 소문이었다.

파우스트 폰 폴리도로라는 남기사가 왕도에 방문했다.

선대 폴리도로 경이 사망하고 그 지위를 상속받았으니 인사하고자 어머니에게 알현을 요구하고 있다.

그런 이야기였다.

나는 친위대장 자비네에게 파우스트의 정보를 모으게 했다.

키는 2m 이상, 몸무게는 130kg 이상, 특제 강철같은 몸뚱이를 지닌 남자.

그 손으로 손수 죽인 산적의 숫자는 100이 넘고, 군역에서는 항상 영지민의 선두에 선다.

교황의 명령을 무시하고 크로스보우를 즐겨 사용하며, 그가 보유한 5개의 크로스보우는 전부 산적에게서 노획했다.

영지민은 약 300명, 하지만 다들 용감하며 잘 통솔되어 있고, 영주가 없다고 무시하며 마을을 덮친 산적들은 폴리도로 경이 영지를 비운 상황에서도 아무런 문제 없이 배제하며 반대로 소지품과 목숨을 빼앗았다.

뭐 하는 기사야.

상상도 가지 않는다.

야만족 빌렌도르프에서 태어나 빌렌도르프에서 자란 최고 걸작이라고 하면 솔직히 믿을 수 있겠다.

그런 생각까지 했다.

하지만 마침 잘 됐다.

특히 자비네가 그 인물상에 추가로 가져온 정보.

지금까지 안할트 역사상 전례가 없던 남기사의 가주 상속을 인정할지 말지 법복 귀족이 논쟁하고 있다.

후계가 남자밖에 태어나지 않는 드문 사례라고 해도 어린 시절에 다른 영지의 차녀 정도와 약혼해서 가주로 맞는 게 일반적이다.

아무튼 폴리도로 경이 어머니를 알현하는 데 고생하고 있다는 건 좋은 정보였다.

지금이라면 어머니 알현을 조건으로 상담역을 받아들일지도 모른다.

그렇게 판단했다.

“자비네, 친위대를 소집해. 지금부터 폴리도로 경을 찾아갈 거야.”

“지금부터요?”

“빨리 가는 게 상대도 좋겠지. 아, 그리고 소집한 뒤에는 너와 한나만 미리 폴리도로 경을 만나러 가서 소식을 전해줘.”

폴리도로 경은 왕도에서 석 달이나 기다리고 있다.

안달 나게 만드는 기한은 이미 지나갔다.

지금부터 가도 문제는 없을 거라고 판단했다.

“그럼 말을 준비하겠습니다. 저희는 걸어서 가지만요.”

폴리도로 경이 있는 빈민가의 여관은 치안이 나빠서 길이 더럽단 말이지.

자비네는 그렇게 투덜거리며 친위대를 소집하기 위해 내 거실에서 나갔다.

나는 애마를 맞기 위해 마구간으로 걸어갔다.

뭐, 그런 경위를 거쳐서.

자비네가 정보를 모아온 당일에 바로 폴리도로 경을 만나게 되었다.

나치고는 빠릿빠릿하게 움직였다고 본다.

나중에 알게 된 이야기지만, 일주일만 더 기다렸다면 파우스트는 어머니를 알현할 수 있었다고 한다.

정말로 나치고는 재빠르게 움직였다고 새삼 안심했다.

그렇게 만난 파우스트는.

“처음 뵙겠습니다, 발리에르 제2왕녀님. 저는 파우스트 폰 폴리도로라고 합니다.”

아버지를 많이 닮았다.

아니, 외모가 닮았다는 건 아니다.

아무리 키가 크고 농업이 취미라 근육질의 몸을 지닌 아버지라고 해도 이렇게까지 거대하지는 않았다.

키 2m 이상, 몸무게는 130kg이 넘는 남자가 아니었다.

근육질인 건 같지만 근육의 양이 다르다.

농업으로 단련된 아버지와는 다르게 파우스트는 기사로 단련된 강철 같은 육체였다.

얼굴도 다르다.

파우스트의 얼굴은 단정하고 고고함마저 느껴지지만 아버지를 닮지는 않았다.

하지만 닮은 부분이 있다.

분위기다.

그 커다란 몸을 작게 접듯이 무릎을 꿇고 예를 갖추는 기사의 모습.

그 모습은 어린 내 얼굴을 잘 보기 위해 키가 큰 아버지가 몸을 작게 굽히고 등을 숙이는, 그 모습을 떠올리게 했다.

어린아이를 상대하는 듯한 다정한 얼굴이었다.

태양이다.

암살당해 지금은 없는 아버지 로베르트는 정말로 태양 같은 사람이었다.

파우스트는 나에게 그 모습을 떠올리게 한다.

갖고 싶다.

처음에는 상부상조할 생각이었다.

궁지에 처한 사람끼리 서로 돕자고.

은혜와 봉공이다.

파우스트는 폴리도로 령의 가주 상속을 위해 어머니를 알현하고 싶다.

나는 언젠가 올 첫 출진을 위해 후견인이 필요하다.

서로 이득을 줄 수 있는 관계였다.

하지만 만나보고 조금 바뀌었다.

순수하게, 파우스트 폰 폴리도로라는 인간을 내 상담역으로 손에 넣고 싶었다.

"너, 내 상담역을 맡아."

불쑥, 입에서 말이 튀어나왔다.

"네?"

파우스트가 머리를 긁적이면서 난처한 표정을 지었다.

그 태도는 뭐야.

내가 무시당하는 건 파우스트도 알고 있겠지만, 그 태도는 너무하잖아.

"뭐야 그 태도는. 내가 상담역으로 삼아주겠다고."

"뭐냐고 말씀하셔도요."

파우스트는 난처한 얼굴로 말을 이었다.
딱히 자기가 내 요구를 거절할 수 없는 입장은 아니라고 말하고 싶은 듯했다.
"그래서 제게 어떤 이득이 있죠?"
"이번 주 내로 어머니께 알현할 수 있게 해줄게."
대답했다.
이건 막대한 이득이잖아.
"그 정도로는 부족합니다. 게다가― 제 역량도 부족합니다. 왜 저를 상담역으로 지명하셨죠? 저는 고작 300명도 안 되는 영지민을 보유한 변경 영지의 영주 기사인데요."
뭐, 언니와 비교하면 확실히 전력적으로는 약하지.
언니, 아나스타시아 제1왕녀의 상담역은 아스타테 공작.
수만의 영지민과 은광석이 나오는 광산, 말, 뭐든 갖춘 영지를 보유한 제3왕위계승권자.
더불어 공작군은 잘 단련된 500명의 상비병이다.
확실히 제2왕녀 상담역으로서는 부족하다고 생각하는 것도 무리는 아닌지도 모른다.
그렇긴 하지만, 나는 자타공히 인정하는 찌꺼기다.
"너, 저 검으로 몇 명의 목을 쳤지?"
"글쎄요. 백이 넘은 뒤로는 안 셌습니다."
아, 자비네가 입수한 정보 진짜였구나.
산적이라고는 해도 100명이 넘는 인간을 죽인 남자가 이 세계에, 아니, 역사에 파우스트 말고 또 있을까.

그런 생각을 했다.

역사상에는 농부의 자식으로 태어난 희귀한 남자 초인.

그 정도밖에 떠오르지 않지만, 애초에 그는 지휘관이자 카리스마가 강점이었고 검술 실력이 어땠는지는 의문이다.

역시 파우스트가 조금 이상한 거다.

"쓸만한 카드에 먼저 침을 발라놓는 거야. 나쁜 일은 아니잖아?"

실제로는 아버지의 모습이 느껴지는 파우스트를 갖고 싶은 거지만.

그건 일단 제쳐놓고, 이만한 기사를 놓칠 수는 없다.

나는 그렇게 생각했다.

"영광입니다. 하지만 제게 이득이 없군요."

"앞으로 군역을 수행할 때 나── 제2왕녀의 세비에서 군자금을 일부 보태줄게."

나 세비는 조금밖에 없지만.

어머니, 언니의 세비와 수십 배나 차이를 두는 건 아무리 그래도 너무 노골적이신 거 아닐까.

제1왕녀 친위대는 전원 말을 타는데.

내 제2왕녀 친위대는 전원이 보병이라고. 보병.

뭐, 파우스트는 여기서 잠시 생각했다.

영지민 수십 명 정도의 용돈 정도라면 내 세비로도 어떻게든 낼 수 있다.

여기서 밀어붙인다.

"덤으로 그 군역에 선택권도 생기지. 전장 정도는 고를 수 있게 해줄게."

"요컨대 앞으로는 산적 뒤꽁무니를 쫓아다니는 게 아니라 의욕 없는 적국과 대치하는 것으로 군역을 수행했다 칠 수 있다는 겁니까?"

그런 셈이다.

지금이라면 파우스트의 영지와 가깝지만 최근에는 전쟁도 일어나지 않은 빌렌도르프 국경선 경비를 추천한다.

파우스트는 잠시 생각할 시간을 가진 뒤.

고개를 끄덕였다.

"좋습니다. 발리에르 공주님의 상담역이 되겠습니다."

"고마워. 그럼."

나는 손을 내밀었다.

파우스트는 무릎을 꿇은 자세를 한층 더 굽히고 내 손에 키스했다.

이건 파우스트와 맺은 계약이다.

아, 그리워라.

정말로 그리운 기억이다.

그 후 파우스트가 국경선을 경비하고 있을 때 빌렌도르프가 지금까지 유지했던 균형을 깨고 갑자기 침공했고.

언니, 아나스타시아 제1왕녀와 그 상담역 아스타테 공작과 함께 빌렌도르프 전쟁에서 필사적으로 싸우고.

그야말로 지옥에 허리까지 푹 담근 전투를 마치고 돌아왔다.

나는 아무 말도 못 했다.

아니다.

아니, 이렇게 처참한 일이 일어날 줄은 내 머리로는 예측도 하지 못했다.

애초에 자비네의 본가, 첩보원 총괄을 담당하는 베스퍼만 가에서도 전혀 경고하지 않았잖아.

우리 안할트 왕국의 첩보원 너무 무능한 거 아니야?

아니, 파우스트와 빌렌도르프가 충돌하기 직전에 언니와 공작가 상비병 500명이 제때 도착하긴 했지만.

그리고 전쟁이 끝난 뒤 파우스트에 대우가 너무하지 않아?

퍼레이드에서는 몰래 중앙 가도에 참석한 나와 제2왕녀 친위대정도 말고는 파우스트에게 성원을 보내는 사람이 없었다고.

너무하지 않아?

너무하다고 생각했으니까 언니와 아스타테 공작, 그리고 공작군이 머리끝까지 화가 나서 험담을 한 녀석을 흠씬 두들겨 패고 감옥에 처넣게 되었지만.

파우스트의 명성은 올라가기는커녕 내려간 느낌이 든다.

뭐, 됐다.

옛날 일이다.

그 후로 많은 일이 있었다.

첫 출진.

카롤리느의 반역.

제2왕녀 친위대가 15명에서 14명이 되었다.

한나의 죽음으로 생긴 결원.

아직도 한나를 대신할 사람을 모집할 마음은 들지 않는다.
어머니는 빨리 결원을 보충하라고 자료를 보여주지만, 아직 그럴 마음은 들지 않았다.
뭐, 그리고 뭐니 뭐니 해도 빌렌도르프와의 화평 교섭이지.
그건 파우스트가 주역이고 우리는 덤이라고 해야 하나, 광대라고 해야 하나, 파우스트에게 휘둘리기만 했다고 할까.
뭐, 아무튼.
정말로 지난 2년 사이에 많은 일이 있었다.
많은 일이 일어났다.
그 추억은 추억으로서 소중하다.
파우스트와 처음 만났을 때 아버지와 같은 분위기라고, 옆에 두고 싶다고 느꼈다.
그 감정도 잊지는 않았다.
그래서.
그렇기 때문에.
"발리에르, 너는 파우스트를 어떻게 생각하지? 제대로 대답하렴."
"음, 좋아하긴 하는데요."
"사랑하는지 물어보는 겁니다."
어머니, 리젠로테 여왕의 요구.
듣고 보니 이해했다.
듣고 보니, 범재인 나라도 이해할 수 있다.
지금 상황은 극단적으로 난감하다. 그동안 파우스트가 쌓아온 공적에 안할트 왕가는 보답하고 있다고 할 수 없다.

그러니 제대로 보답하자.

그건 알겠다.

하지만.

"갑자기 사랑하냐고 물어보셔도 곤란합니다."

"친애인지 연애인지 대답하세요. 왕가는 곤경에 처했습니다."

"그건 압니다."

갑자기 혼인이라는 두 글자는 14살의 몸엔 무겁다.

아니, 혼인 약속이라면 14살이고 뭐고 10살이 되기 전에 해도 이상한 건 아니지만.

"잠시 생각할 시간을 주세요."

"안 됩니다. 발표는 내일이니까요."

"하나부터 열까지 너무해."

어머니, 하다못해 조금만 더 시간을 주세요.

오늘 빌렌도르프에서 막 돌아왔는데 내일 약혼이라고?

아아, 자비네가 빌렌도르프에서 뭐라고 투덜거렸던 느낌이 든다.

걔는 나와 파우스트가 결혼할 가능성이 있다고 내다봤던 건가.

말을 하지.

"제가 거절하면 어떻게 하실 생각이시죠?"

"그때는 어쩔 수 없습니다. 고위 법복 귀족 중에서 누군가를 골라야 하지만, 솔직히 파우스트의 공적에 충분하냐고 한다면."

"부족하겠죠."

나는 냉정하게 생각했다.
왕가는 파우스트를 너무 부려먹었다.
이제 방법은 하나밖에 없다.
나는 왕가의 일원으로서 각오했다.
"알겠습니다. 우선 약혼만이라면."
"정말로? 싫지는 않고? 싫다면 거절해도."
"어느 쪽이 본심이신데요, 어머니."
어머니, 리젠로테 여왕은.
언니에게 이제야 눈치챈 거냐는 말을 들을 것 같지만, 아무튼 이제야 눈치챘다.
아버지 로베르트를 닮은 파우스트에게 마음이 있다.
지금 그 사실을 깨달았다.
그래서 대답했다.
"어머니, 저는 파우스트와 혼인하고 싶습니다. 그렇지 않으면 국가가 돌아가지 않을 테니까요."
"그러니."
어머니는 퍽 아쉽다는 듯 고개를 숙이면서, 하지만 어딘가 안도한 듯한 느낌으로 대답했다.
개인과 공인, 그 구별은 참 골치 아프다.
나는 여왕이 되는 것만은 절대 싫다.
그러니 파우스트와 함께 변경 폴리도로 영지에 틀어박혀야지.
물론 제2왕녀 친위대가 무사히 전원 세습기사가 되는 걸 지켜본 뒤에.

이 발리에르 폰 안할트는 그렇게 조용히 결심했다.

제54화 안할트 왕가의 회담

안할트 왕국, 리젠로테 여왕의 거실.

발리에르가 크나큰 한숨을 쉬며 자신이 여생을 보내게 될 폴리도로 령은 어떤 곳인지 미래를 상상하고 있을 가운데.

똑똑, 노크 소리가 들렸다.

"누구죠?"

"리젠로테 님, 아나스타시아 님과 아스타테 공작님이 찾아오셨습니다. 말씀드릴 게 있다고 하십니다."

"들여보내세요."

여왕 친위대는 허락을 얻은 뒤 두 사람을 안으로 들여보냈다.

성급하다.

나는 두 사람을 들이라고 허락하면서 파우스트에 대해 생각했다.

이미 혼인이 결정된 이 자리에서 그 이야기를 발리에르에게 할 생각인가.

"발리에르에게 이야기는 마치셨습니까?"

"그걸 물어보러 온 겁니까? 바로 파우스트 쟁탈전이라니 행동이 빠르군요."

"아뇨, 다른 용건입니다. 내일 파우스트의 행동에 대해 어머니께 드릴 말씀이 있습니다. 하지만."

아나스타시아가 그 날카로운 뱀 같은 안광으로 의자에 앉은 발리에르를 응시했다.

용건은 따로 있지만 미리 이야기해두겠다는 얼굴이다.

"발리에르, 파우스트와 결혼하는 걸 받아들인 거지?"

"네, 언니. 그게 궁금하셨어요?"

"아니. 하지만 그것과는 별개로 파우스트의 동정은 내가 가져갈 거다."

한순간의 침묵.

이 언니는 대체 무슨 소릴 하는 거냐는 얼굴로 발리에르가 정지했다.

이 아이는 제 언니가 파우스트에게 집착하는 이유가 단순히 그 능력 때문이라고 생각했었나?

너와 마찬가지로, 아니, 너와는 비교도 되지 않을 만큼 아나스타시아는 파우스트를 사랑한다.

"네?"

"제대로 못 들었어? 첫날밤은 내가 가져갈 거야. 그 점은 명심하도록 해. 그리고 정부로도 삼을 거니까. 파우스트의 아이를 몇 명이든 낳을 거니까."

"어? 나 왜 언니에게 파우스트의 동정을 빼앗기는 건데? 아니, 언니 파우스트를 그렇게 좋아했어?"

황당무계한 소리를 들었다는 얼굴로 발리에르가 대답했다.

그야 결혼하기로 한 상대의 첫날밤을 난데없이 옆에서 가로채려고 하면 보통은 싫어하겠지만.

"저는 그 요구에 따라야만 하는 건가요?"

"안할트 왕가에는 동생의 남편을 맛봐야만 한다는 가훈이 있어."
"난생처음 들었는데요. 그 가훈."
그런 가훈 없거든.
있었다면 어머니인 내가 먼저 맛보라는 가훈을 만들었겠지.
나는 그런 생각을 하며 옆에서 끼어들었다.
너는 무언가 나에게 용건이 있어서 온 걸 텐데.
그 부분을 캐물어 보려고 했는데.
"아나스타시아. 잘 생각해보면 어미가 딸보다 먼저 맛을 보라는 가훈도 가능하지 않나요?"
"치매 걸렸어? 죽는다 아줌마."
입 밖으로 나온 건 완전히 다른 말이었다.
그만 개인이 튀어나오고 말았다.
그나저나 우리 첫째는 전에 없이 입이 거칠구나.
"그리고 두 번째는 나야, 나. 내 정부로도 삼을 거고."
아스타테 공작은 늘 그랬듯 자유분방하고 태평한 어조로 정부를 선언했다.
발리에르는 다 싫다는 얼굴로 중얼거렸다.
"어? 내가 세 번째? 정처인데 세 번째로 파우스트를 안는다고?"
"다 그런 거야. 동생은 다 그런 고통을 뛰어넘으며 성장하는 법이지."
아스타테 공작의 참으로 무성의한 설득.
정처인데 남편과의 동침은 세 번째에.
그런 고통을 뛰어넘어서 얻을 수 있는 건 아무것도 없다고 본다만.

발리에르는 영 수긍하지 못하는 모양이었지만, 이건 애초에 발리에르의 혼인이 정해지기 전부터 결정된 사항이었다.

크흠 헛기침을 한 뒤 아나스타시아가 발리에르에게 명령했다.

"발리에르, 받아들이세요. 저도 타협했습니다. 이게 언니인 제가 양보할 수 있는 한계입니다. 당신이 파우스트의 정처가 되는 건 확정이니까요."

"아뇨, 애초에 파우스트에게선 아직 허락을 받지 않았잖아요."

"그렇지. 잘 생각해보면 내일은 그런 이야길 할 상황이 아닐지도 몰라. 혼인 발표는 나중으로 미루게 될 수도 있어."

아나스타시아가 나에게 몸을 돌렸다.

드디어 이 방에 온 용건에 들어가는 건가.

나는 침대를 힐긋 쳐다보며 이 몸 아래에 파우스트의 거구를 깔아눕히는 망상을 품었다.

남편 로베르트가 떠나고 5년은 길다.

길었다.

내 몸은 밤마다 울고 있다.

어떻게든 과부는 딸의 남편을 먼저 맛봐도 된다는 법안을 가결할 수는 없을까.

안 되겠지.

개인과 공인은 분리해야만 한다.

여왕이란 참 싫은 입장이다.

"그래서 아나스타시아. 용건이란 뭐죠?"

“내일 파우스트는 제후, 그리고 상급 법복 귀족이 모인 자리에서 어머니에게 토크토아 카안의 위협을 호소할 겁니다.”

“토크토아? 그건 누구죠?”

낯선 이름이다.

“신성 구스텐 제국이 위협을 호소하는 동방 교역로 저편, 그 왕조를 멸망시킨 유목기마민족 국가의 왕입니다.”

“아아, 거기. 왕의 이름을 파악했었구나.”

파우스트가 빌렌도르프에서 무언가 정보를 입수한 건가.

시선을 아나스타시아에게서 발리에르에게 옮겼다.

“너도 알고 있니? 발리에르.”

“네, 압니다. 과거 복합활과 뛰어난 승마술로 전통적인 기마 궁사 전술을 사용하여 패권을 구축한 민족 그 이상의 재래라고 빌렌도르프의 객장 유에 님── 동방의 멸망한 왕조에서 도망친 무장이 호소했습니다만.”

“했습니다만?”

발리에르에게 물었다.

“솔직히 와닿지 않았습니다. 내일 빌렌도르프와 맺은 화평 조정을 정식으로 보고하면서 어머니에게 말씀드릴 생각이었지만요.”

“그 전에 나에게 미리 보고할 정도로 중요하진 않다고 판단하고 방치했다?”

눈썹을 찡그렸다.

이걸 그냥 확.

나는 국가 안전과 관련된 일이라면 우선도가 높은 사항이라고 생각하는데.

정말 이런 분야에서 발리에르는 재치가 없다.

“애초에 저는 그 정보를 어머니에게 듣지 못했습니다. 어머니는 이미 신성 제국의 정보로 파악하고 계신다고, 빌렌도르프의 카타리나 여왕의 이야기를 듣고서야 파악했죠. 그 정도로 중요한 일인가요?”

머리가 아프다.

아니, 발리에르에게 정보를 알리지 않은 내 잘못인가.

신성 제국, 그곳에서 온 정보로는 ‘양국이 협력하여 전쟁을 대비하라, 위협에 대항할 수 있는 방파제를 구축하라’였다.

그 정보를 믿고는 있다.

충고를 순순히 따르려는 생각도 한다.

하지만.

“발리에르, 미안하구나. 아는 사람은 적은 게 좋다고 판단했기 때문이야. 너는 그렇다 쳐도 제2왕녀 친위대에서 퍼져나가면 곤란하니까.”

“그 정도로 중요한 일인가요? 아니, 뭐 어디서 새어나갈지 알 수 없으니까 알려주지 않으셨다는 건 이해합니다.”

“아니, 지금 생각하면 알려줬어야 했어.”

애초에 새어나가봤자 아무도 믿지 않을 것이다.

동방 교역로 너머, 그 끝에서 유목기마민족 국가가 쳐들어오리라는 건.

설명해봤자 저쪽에 이득이 있냐고 의문을 품는 게 일반적이다.

아나스타시아 쪽을 보며 대화를 나눴다.

"우선 그 후회는 됐다. 그래서, 그게 무슨 문제인 거지? 파우스트가 호소한다면 듣겠다. 이런 위협이 있다는 걸 내일 제후가 모인 자리에서 이야기하는 건 분위기에 적절하지 않다는 말을 들을지도 모르지만…… 위기감을 주지시키는 것도 나쁘지 않지. 나에게는 막을 이유가 없다."

"파우스트가 7년 이내에 유목기마민족 국가가 온다고. 그렇게 판단하고 있는 게 문제입니다."

"그건――."

7년?

올 리가 없다.

실크로드라고도 불리는 동방 교역로 사이에, 이 서쪽 끝까지 얼마나 많은 나라가 있다는 말인가.

동쪽에는 대공국도 있다.

그를 무시하고 우리나라에 약탈하러 올 리는 없다.

먼저 이웃 국가를 멸망시킨 뒤에―― 요컨대 여기까지 사이에 있는 모든 국가를 약탈, 학살하고 통치하면서 와야 한다.

애초에 동쪽 페이롱 왕조는 무척 큰 나라다.

그야말로 신성 구스텐의 모든 영토를 망라한 것보다 더 큰 나라라고 들었다.

그 규모를 통치하느라 급급할 터.

만약 그래도 온다면, 그 전역을 충분히 통치할 마음이 없는 셈이다.

조세만 받으면 된다. 재화만 약탈하면 충분하다. 유목기마민족 국가 외 다른 인간은 전부 죽어버려라.

그런 이기심이나 지배욕이 자율적으로 제어되지 않는 이상행동에 불과하다.

그래서는 그저 짐승이다.

아니.

잘 생각해봐라, 리젠로테.

유목기마민족 국가.

그들이 어떤 사고방식을 지니고 움직이는지는 아무도 모르지 않는가.

단순한 짐승 무리가 하나로 뭉쳐서 한 왕조를 멸망시켰다.

죽이고, 겁탈하고, 빼앗는다.

그 세 가지만을 반복하며, 그것들을 계속하지 않으면 죽는다는 양.

정말로 짐승 같은 국가가 존재할 가능성이 없는 건 아니다.

아득히 먼 옛날, 이 세계의 끝까지 지배하려고 한 '여왕'이 있었다.

'여왕'은 지지 않았다.

전쟁에서는 평생 불패였다.

동방 원정은 끝없이, 어디까지고 계속 이어지리란 생각마저 들었다.

하지만 그녀조차 마지막에는 부하의 맹렬한 반대로 그만두지 않았는가.

부하들도 생활이 있는데 계속 따라가 줄지는 의문이다.
끝없는 충성을 영원히 맹세할지 의심스럽다.
경계는 엄중하게.
경계는 할 생각이다.
파우스트가 체결한 화평 정전을 지키고, 북방의 유목민족을 절멸시킨 뒤가 되겠지만.
"결론부터 말할까. 여러모로 검토했지만 7년은 아무리 그래도 일러."
"하지만 파우스트는 그렇게 믿습니다."
"달래면서 부정해야지. 내가 설득하마."
그 방법뿐이다.
파우스트 폰 폴리도로를 논파하자.
과거 파우스트가 마르티나의 목숨을 구걸했을 때처럼.
이번에는 바닥에 머리를 박는다고 해도 탄원을 받아들이지 않는다.
"파우스트는 여왕인 나에게 무엇을 바라는 거지?"
"군권 통일입니다."
"그건 여왕인 나라고 해도 불가능해."
불가능하다.
왕권을 이용한다고 해서 가능한 일이 아니다.
따르지 않으면 베어버린다는 냉혹한 통치방침을 밀어붙이는 건 봉건영주제에선 불가능하다.
그들은 작다고 해도 영지의 주인이다.

면 옛날 같은 중앙집권적 국가라고 해도 불가능할 것이다.

제후가 스스로 검을 바치지 않으면 안 되니까.

군권 통일은 무리다.

“파우스트는 그걸 이해하지 못할 만큼 어리석지 않아.”

“확실히 그렇죠. 하지만.”

“지금 외치지 않는다고, 내일 제후와 법복 귀족이 모인 자리에서 호소하지 않으면 늦는다고, 그리 믿고 있는 건가.”

난감하군.

경우에 따라서는 파우스트가 웃음거리가 된다.

그것만이라면 괜찮다.

아니, 괜찮은 건 아니지만 그나마 낫다.

최종적으로 거짓말을 했다며 파우스트를 처벌해야만 하는 단계까지 가면 큰일이다.

“더불어 내일 파우스트는 쾰른파의 사제를 데려올 예정입니다.”

“쾰른파라.”

얼굴을 찌푸렸다.

그 미치광이들이라. 논전을 하게 된다면 참으로 거추장스럽다.

아직 병기로서는 불충분한 머스킷총 사용을 권장하질 않나.

사정거리가 너무 짧고 명중률이 낮다.

결국은 용감한 중기병의 격돌이 이긴다.

과거의 전투에서—— 바겐부르크였던가, 그 병법을 사용했을 때부터 확실히 화기는 중요도가 올라갔다.

하지만 아직 부족하다.

아직 병과로 도입하기에는 이르다.
숙달은 빠르지만 생산성이 낮다.
퀼른파를 믿는 용병은 즐겨 사용하는 모양이지만.
애초에 머스킷을 저렴하게 손에 넣기 위해서는 퀼른파의 세례를 받아야만 하니까, 용병이 자연스레 퀼른파로 점령되었다고 할까.
뭐, 그건 됐다.
유일하게 도입할 가능성이 있는 건 퀼른파가 연구하는 병기다.
아직 연구단계지만, 카농포라고 했던가?
캐니스터 탄이라고 했던가, 머스킷의 탄환을 집어넣은 그것은 참 좋다.
아주 좋다.
일격으로 광역 제압이 가능하다.
"어머니, 무슨 생각을 하시는 거죠?"
"퀼른파에 대해서다. 그 녀석들은 귀찮아. 사제는 특히 귀찮지. 하지만 그래도 나는 고개를 끄덕이지 않을 거다."
"그건 괜찮습니다. 딱히 고개를 끄덕여주실 건 없습니다."
아나스타시아가 천천히 고개를 저었다.
"문제는 파우스트의 폭주입니다. 부디 본인의 모든 호소를 그 자리에 모인 전원에게 들려주십시오. 그리고 저와 아스타테도 거기에 가담하겠습니다."
"어째서지?"
"오로지 파우스트의 폭주를 막기 위해서입니다. 끝까지 다 말한 뒤에는 어머니께서 잘 판결해주십시오. 물론 파우스트의 명예를 유지하면서 기사로서 나라를 사랑하는 마음을 칭송하고, 최대한 파우스트의 체면을 세워주시고요."

어려운 요구다.

아니, 어차피 남에게 떠넘기는 일이라며 정말로 균형을 잡기 어려운 주장을 한다.

나 혼자에게 부담을 짊어지게 하고 너희는 파우스트의 편을 들겠다?

파우스트 안에서 내 인상이 또 나빠지는 게 아니냐.

그렇지 않아도 마르티나 구명 문제로 냉혹한 여자라고 생각하고 있을지도 모르는데.

나는 개인으로서, 한 명의 여자로서 슬프구나.

"됐다, 요청은 이해했다. 내일은 잘 판결하마. 다만 어떻게 될지는 나도 모르는 일이다."

"네, 그 점은 잘 압니다. 아무래도 시간이 없으니까요."

"파우스트의 귀환 후 여독을 풀고 몸단장을 위한 시간이 고작 하루. 이건 잘못된 판단이었구나. 이제와서 연장하기에도 늦었고."

하다못해 일주일은 주었어야 했다.

그랬다면 사전에 파우스트와 진득하게 대화할 수 있었을지도 모른다.

하지만 내일 발표할 본론은 발리에르와 파우스트의 혼인이다.

이로써 파우스트가 지금까지 쌓은 공적에 보답할 수 있다.

그리고 제후, 특히 작은 영지를 보유한 지방 영주들 안에서 왕가의 신뢰를 되찾는다.

파우스트의 입장을 이대로 둘 수는 없다.

나 개인으로서도 마음이 불편하다.

"친위대, 들어와라!"

"네."

문 앞에 서서 경비하던 신뢰하는 여왕 친위대의 일원을 불렀다.

첫 출진으로부터 16년인가.

처음 만난 건 그보다 더 전이니 정말 오래 알고 지낸 사이다.

"파우스트의 저택에 가서 이 말을 전달하도록. '우선은 네 이야기를 전부 듣겠다. 그러니 너도 내 이야기를 전부 들어라'라고. 서로 싸우는 자세가 되어서는 안 된다. 파우스트가 격분하여 분노의 기사가 되어서는 대화가 불가능해."

"알겠습니다. 저는 곧장 폴리도로 경의 저택으로 가겠습니다. 대신 경호할 사람을 보내겠습니다."

친위 대원이 머리를 깊이 숙이고 방에서 나갔다.

자, 그럼.

이야기는 이것으로 끝인데.

"하룻밤이라도 괜찮다, 발리에르. 내 침실에 파우스트를 몰래 보내주지 않겠니. 향후 폴리도로 령의 대우를 생각해보려무나. 분명 미래로 이어질 것이니."

"언니와 아스타테 공작의 정부는 대충 알겠습니다. 싫지만요. 한 남자를 여러 명의 여자가 공유하는 건 귀족 중에도 드물지 않으니까요. 하지만 남편의 정조를 어머니에게 팔아치우는 건 완강히 거절합니다."

우리 둘째는 꽉 막혔다.

홀로 쓸쓸하게 5년을 보낸 어머니에 대한 배려심이라는 게 느껴지지 않는다.

개인과 공인을 구별한다는 건 이렇게 가혹한 일이었던가.

리젠로테 여왕은 자신이 여왕이라는 사실을 크게 한탄했다.

제55화 나의 드루이드는 그리스도입니다

나의 드루이드는 그리스도입니다.

전생에서 아일랜드에 기독교를 전도한 아일랜드의 대수도원장이 한 말이다.

그런 전생의 기억을 떠올렸다.

드루이드의 오랜 전승을 그대로 살려서 켈트 · 가톨릭이 기독교 내에 포섭한 것처럼.

이 세계의 일신교는 북유럽 신화의 일부, 사후 세계관을 그대로 도입했다.

북유럽 신화, 사후에 선택받은 전사의 영혼인 에인헤랴르가 발할라에 간다는 전승이 일신교와 그 신도들 사이에서 숨 쉬는 것과 마찬가지로.

지금은 픽션에서만 조용히 살아남은 켈트 전승이 있다.

켈트 신화의 전승에서 저주, 금기, 맹세, 구속, 규정, 약속, 다양한 이름으로 불리는 것.

아서왕 전설 중 가장 오래된 이야기인 '쿨후흐와 올루엔'에도 나오는 그 말.

게슈.

그 유명한 쿠 훌린이나 디어뮈드가 죽은 원인이 된 그것.

물론 그 고명한 전사들의 신화는 이 세계에도 남아있다.

차이는 성별이 여자라는 것 정도인가.

뭐 됐고.

아무튼 게슈다.

나는 처음 이 세계에서 할복을 하며 리젠로테 여왕에게 탄원할 것을 생각했다.

하지만 마르티나 구명 때 머리를 박았던 것과는 다르게 문화적 가치관의 차이로 보아 그 행위가 통할 것 같지 않았다.

그래서.

그렇기 때문에, 나는――.

노크 소리.

"들어와라."

사자를 배웅한 헬가가 방 안으로 들어왔다.

"파우스트 님, 리젠로테 여왕 폐하의 사자가 찾아오셨잖습니까."

"그래."

종사장 헬가에게 애매모호하게 대답했다.

"실례지만 그 사자. 여왕 친위대 대원으로 기억합니다. 대화 내용을 여쭈어도 되겠습니까?"

"먼저 네 모든 이야기를 듣겠다. 그러니 너도 내일 내 모든 이야기를 들어라, 라고 하시던데."

나는 헬가를 바라보지 않고 친위 대원을 만난 저택 응접실.

그 창문 밖을 바라보며 말했다.

"파우스트 님의 이야기란 무엇입니까?"

"별거 아니야."

"실례지만 지금 파우스트 님께선."

뒤를 돌아 살기를 흘렸다.

헬가가 겁을 먹고 입을 다물었다.

"지금 내가 뭐지?"

"마치 전장에 계신 파우스트 님을 보는 기분입니다. 그, 다소 광기를 품고 계신 것 같습니다."

나는 영지민에게 그런 인상을 주었다.

전장이란 광기와 이성 사이에 몸을 두고, 냉정을 유지하며 광기로 달릴 수 있는 용기있는 사람만이 살아남는다.

돌아가신 어머니의 가르침이다.

흠, 나는 어머니의 가르침을 충실하게 따르고 있는 모양이다.

생각하자.

광기와 이성 사이에 몸을 두고, 그곳에서 냉정을 유지하자.

내 지금 상황을 생각한다.

첫 번째.

가상 몽골 제국, 토크토아는 아마도 7년 이내에 쳐들어온다.

전생의 역사보다 더 빨리 올 것이다.

하지만 그건 전생자인 내 지식에 기반하는 것이지, 안할트는 물론이고 빌렌도르프조차 올 것이라 생각하지 않는다.

아마도 신성 구스텐 제국마저도.

두 번째.

아나스타시아 제1왕녀와 아스타테 공작이 아무래도 리젠로테 여왕에게 나와 한 이야기를 보고한 모양이다.

그래서 여왕 친위대가 저택까지 찾아왔다.

아무래도 일단 내 이야기를 끝까지 들어준다고 한다.

그건 아주 잘된 일이다. 대신 나도 리젠로테 여왕의 이야기를 일단 끝까지 듣자.

나는 당신의 의견에 반대한다. 하지만 당신이 그 의견을 말할 권리는 목숨을 걸고 지키겠다.

프랑스의 철학자, 볼테르의 명언처럼.

세 번째.

나는 성공했다.

신탁은 받지 못했지만, 나는 발광해버린 부족한 머리로 '어떤 계획'을 생각해냈다.

할복 대신 내 각오를 보여주기 위한 '어떤 계획', 거기에 유일하게 필요한 사제.

나의 드루이드, 사제를 내일 리젠로테 여왕을 알현하는 자리에 끌어내는 데 성공했다.

그래.

내 '어떤 계획'은 순조롭게 진행되고 있다.

"파우스트 님."

헬가의 목소리.

그 목소리에 울음이 섞였다.

"이 평민, 붉은 피가 흐르는 헬가는 귀족에 대해서는 모릅니다. 파우스트 님의 각오는 모릅니다. 하지만 저희 300명의 영지민은 파우스트 님께서 가신다면 세상 끝 바다, 오케아노스라고 해도 따라가겠습니다. 설령 가는 길에 쓰러져 버려진다고 해도 누구

한 명 원망하지 않습니다."
"헬가."
"그러니 멈추십시오. 다시 생각해주십시오. 저희는 안할트 왕가에 충성을 맹세한 게 아닙니다. 파우스트 님께 충성을 맹세했습니다."
나는 아무 말도 하지 않았다.
헬가에게 아무런 말도 하지 않았다.
하지만, 눈치챘나.
헬가, 너는 내가 5살 때부터——.
생각해보면 17년의 세월을 함께했구나.
너는 어린 시절, 내가 점심에 디저트로 꼭 나오는 사과를 반으로 나눠 먹자고 할 때마다 매번 고사해서 불만이었다.
너도 먹지 않으면 내가 먹기 불편한데.
그래서 항상 억지로 밀어붙였다.
아아.
눈치채겠지.
17년의 관계다.
이 정도쯤은 눈치채고 말겠지.
"평생의 한 번뿐인 간청입니다. 어째서 안할트에 고집하십니까. 왜 그렇게까지 안할트 왕가에 충성을 맹세하시는 겁니까. 목숨을 버릴 각오를 하시면서까지 내일 왕성에 가실 필요가 어디에 있습니까. 파우스트 님을 괴물 남기사라며 모멸하는 이 나라를 위해 목숨을 버릴 필요가 어디에 있습니까."

내가 내일 목숨을 버리는 것이나 마찬가지인 행위를 하리라는 것 정도는 눈치채겠지.

나는 전생의 지식이 있으니까 토크토아가 온다고 소리친다.

그러니 사실은 오지 않을지도 모른다.

설령 온다고 해도 7년이 아니라 더 미래일지도 모른다.

이렇게 조급해할 필요는 없을지도 모른다.

나조차 지금 주장에 완전한 확신이 없다.

——빌렌도르프에서 자세한 정보를 얻지 않았다면 이런 일도 하지 않았을 테지.

하지만.

그러면 만약 왔을 때 늦어버리잖아.

그렇기에 목숨을 걸 각오로 안할트 왕가에, 그 제후와 법복 귀족이 즐비한 자리에서 호소할 필요가 있다.

"빌렌도르프에 가십시오. 그곳이라면 파우스트 님은 보답받습니다. 빌렌도르프의 국서도 될 수 있습니다. 저희는 파우스트 님께서 안할트를 버리신다면 선조 대대로 이어받은 영지라 해도 버릴 수 있습니다."

"헬가."

헬가는 어느새 무릎을 꿇고 예를 갖추며 얼굴에 눈물을 줄줄 흘리고 있었다.

미안하다.

괴로운 결심을 하게 만들었구나.

"내가 폴리도로 령을, 그 영지를 버릴 일은 없다. 돌아가신 어머니와 무덤 앞에서 약속했다. 나는 죽을 때까지 작은 폴리도로 령의 변경 영주 기사여도 괜찮아. 그러기 위해서라면 사치도 아무것도 필요 없다. 그 이상의 바람은 파우스트 폰 폴리도로라는 남자에게는 군살이다."

"파우스트 님!!"

"선조 대대로 이어온 무덤을 파헤쳐서 그 유골을 안고 새 땅으로 이주한다는 건, 내가 나를 용서할 수 없다."

훌륭한 무덤 같은 건 세우지 못해도 괜찮다.

그저 건강하기를.

드디어 어머니의 애정을 이해하고 망연자실한 상태였던 내가 옛 종사장인 헬가의 어머니에게서 받은 유서를 떠올렸다.

실처럼 가늘어지고 만 어머니가 죽음을 앞두고 남긴 유서에는 오직 한 문장.

그게 전부였다.

그렇기에 나는 나를 용서할 수 없다.

그 이상을 해야 한다.

"나는 어머니께서 남긴, 그 유서를 읽었을 때 결심했다. 영지를 위해, 어머니를 위해 모든 것을 하겠다고. 나는 내가 영지의 산에서 골라 가져온 작은 비석 밑에서 어머니를 편안히 잠들게 해드리고 싶다."

폴리도로 령은 계속 말하듯이 영지민이 300명밖에 없고 특산물도 아무것도 없는 작은 영지다.

하지만 산도 강도 있다.

돌아가신 어머니를 짊어진다는 마음으로 산에서 비석을 골라 내려와 하루 밤낮에 걸쳐 묘지에 도착했다.

그리고 어머니가 잠든 그 묘지의 지면 위에 묘비로 세웠다.

그때의 일은 지금도 기억한다.

"헬가, 울려서 미안하다."

"파우스트 님."

"나는 네게 거짓말을 하지 않아. 헬가, 나는 내일 왕성에 빌렌도르프와의 화평 정전을 맺었음을 정식으로 보고하는 자리에서, 제후와 법복 귀족이 가득한 그 자리에서 어떤 위협을 호소할 생각이다."

전부 삼켜버리는 위협.

내 목숨보다 소중한 영지도, 영지민도, 어머니의 무덤도, 말발굽에 밟혀 역사의 뒤편으로 사라져버린다.

그런 위협이다.

헬가는 그 위협에 대해서는 묻지 않았다.

그저 눈물을 멈추려고 손등으로 필사적으로 얼굴을 훔쳤다.

"그곳에서 나는 비웃음을 살지도 모르지. 무시당할지도 모르지. 겁쟁이라고 불릴지도 모르지. 어차피 남기사라고 얕보일지도 모른다. 내 어머니 마리안느처럼 미치광이라는 딱지가 붙을지도 모른다. 빌렌도르프와 내통해서 국력을 약화시키려 한다는 의심을 받을지도 몰라."

"파우스트 님!"

비참한 현실.

그저 예상되는 결과만을 입에 담았다.

전부 각오했다.

“그래도, 그래도 필요하다. 만약 위협이 찾아온다면 빌렌도르프와 안할트가 연계해야 해. 그리고 안할트의 군권을 통일시키는 게 필요하지. 아무도 불평할 수 없다, 나를 무시하지도 못한다. 내 맹세로서.”

“맹세라니, 파우스트 님의 맹세라는 건.”

“말 그대로. 즉 게슈다.”

이 판타지 세계에서도 이야기 속 기사의 맹세가 된 그것.

지금은 이름 그대로 ‘금기’가 된 말.

유명한 쿠 훌린이나 디어뮈드도 그로 인해 죽었다.

정말로 축복이 있었던 건지조차 의심스럽다.

하지만 저주만은 확실하게 있다.

그래, 신의 저주다.

이 판타지 세계에는 명확하게 ‘신의 심판’이 존재한다.

이 세계의 과거 영웅은 게슈를 지키지 못하면 반드시 비참하게 죽는다.

그것도 명확한 ‘신의 심판’이라는 생각밖에 들지 않는 방식으로.

“파우스트 님! 게슈는 ‘금기’입니다. 그것을 맹세하신다니!!”

“그렇기에 의미가 있지.”

할복.

지금은 이 판타지 세계에서도 어리석은 행위라고, 맹세하면 안 된다는 취급을 받는 쇠퇴한 의식.

게슈의 이름으로 드루이드인 퀼른파의 사제에게 맹세한다.
'7년 이내에 토크토아 카안이 안할트를 습격하지 않는다면 나는 배를 가르고 죽는다'라고.
실제로는 게슈 의식에 입각한 기나긴 문장이 되겠지만.
뭐, 변칙 게슈다.
단순히 무언가를 금기로 삼고 맹세하는 게슈가 아니다.
하지만 통한다.
숙명이다.
이건 아마도 이 중세 판타지 이세계의 영주 기사로 태어나 영지민과 어머니의 무덤을 지키기 위해 나에게 주어진 숙명적 금기다.
그렇기에 통한다.
신은 받아들인다.
"헬가. 그래도 내 핏줄은 남는다. 앞으로 7년 이내에 핏줄을 남기고 후계자를 만들게. 빌렌도르프의 여왕 카타리나 님은 2년 이내에 정처가 생기지 않는다면 빌렌도르프에서 신부를 마련해준다고 약속했다. 그 여성과 아이를 만들게. 그러면 내가 죽어도 영지는 존속된다. 7년 이내에 위협이 오지 않아서 게슈로 인해 내가 죽어도 영지는 남는다. 안할트를 어지럽힌 오명만큼은…… 씻지 못하겠군. 미안하다, 그때는 폐를 끼치마."
"파우스트 님께서 돌아가신다면 저도 죽겠습니다."
헬가가 우는 목소리로 호소했다.
잘 우는 종사장이다.
여기까지 오면 비장한 각오라기보다는 유쾌해졌다.

"헬가, 내가 죽었을 때 너는 내 후계자를 보좌할 의무가 있어. 위협이 온다는 예상이 빗나가 오명을 뒤집어쓴 폴리도로 령의 후계자를."

문 앞에서 무릎 꿇은 헬가 앞에 앉아 천천히 그 손을 잡았다.

그리고 최대한 부드럽게 들리도록 말을 건넸다.

"어리석은 영주라서 미안하다. 하지만 끝까지 하고 싶은 걸 하게 해 다오."

"어리석은 건, 진정으로 어리석은 건 파우스트 님의 충심을 이해하지 않는 안할트입니다."

피를 토하듯, 저주하는 듯한 말이 헬가의 입에서 쏟아진다.

아니야, 헬가.

더없이 손쓸 수 없고 어리석은 건 나다.

"내가 죽으면 후계자에게는 안할트에 붙든 빌렌도르프에 붙든 마음대로 하라고 전해줘. 나는 안할트 왕가에 충성을 맹세했지만, 그건 차기 보호 계약과는 무관하니."

여기까지다.

헬가 덕분에 생각이 정리되었다.

결심도 섰다.

나는 내일 안할트 왕성에 가서 내 어설픈 연설 능력과 웅변, 설득력을 모두 쏟아 리젠로테 여왕에게 토크토아 카안의 위협을——.

유목기마민족 국가라는 위협을 호소한다.

그리고 할복하는 대신, 게슈를 맹세한다.

그래도 안 된다면.

그렇게까지 해도 아무도 믿지 않는다면.

운명에조차 버림받고 항의하는 목소리마저 닿지 않는.

그게 내 숙명이라면.

“만약 내일 아무도 내 말을 믿지 않는다면. 믿어주지 않는다면. 그건 내가 어차피 그 정도의 기사였다는 거겠지.”

결전은 내일이다.

자, 맞서자.

대비하자.

와인 한 병을 비운 뒤에는 침대에서 푹 자자.

파우스트 폰 폴리도로의 영지민은 300명, 변경 영주 기사로서 약소 영주라고 불릴만 하다.

하지만 그래도 영주이다. 폴리도로 령의 300명에게는 왕이자 기사이다.

그런 자긍심을 담아서 결심했다.

제56화 한 마디 한 마디 모두 기록하라

그날 파우스트 폰 폴리도로의 모습은 우리 귀족의 눈에는 기이하게 비쳤다.

기이하다는 표현은 조금 적절하지 않을지도 모른다.

하지만 그 자리에 있던 귀족들에게는 달리 표현할 말이 없었다.

안할트 왕성, 리젠로테 여왕이 옥좌에 앉은 알현실에서.

평소에는 성에 들어올 권리가 없는, 즉 여왕을 만나 뵐 자격이 없는 작은 영지의 영주 기사며 하급 법복 귀족도 이날만큼은 성에 들어올 수 있었다.

당연하게도 검을 비롯한 무기 종류는 전부 위병에게 맡기고 예복만을 입은 모습이었지만.

그렇게까지 하며 귀족들을 소집한 이유.

정사인 발리에르 제2왕녀와 부사인 폴리도로 경이 빌렌도르프와 체결한 화평 교섭에 대하여 정식 보고를 듣기 위해.

그것이 표면적인 이유다.

하지만 실정은 폴리도로 경이 지금까지 쌓은 공적을 사람을 앞에서 칭송하고 그 공적에 적합한 포상을 여왕이 내려주는 모습을 보여주기 위해서이다.

쌍무적 계약, 은혜와 봉공에 기반하지 않은 현재의 뒤틀린 상황을 왕가가 어떻게 개선할지.

왕가는 폴리도로 경에게 제대로 보수를 지불할지.

영주 기사에게도 법복 귀족에게도 자신이 제대로 된 귀족임을 인식하고 있는 사람에게는 남 일이 아니었다. 그걸 다들 지켜보러 왔다.

물론 안할트 왕가는 결코 어리석지 않다.

지금까지 폴리도로 경이 쌓아온 공적이 워낙 어마어마했고, 안할트 왕가는 그 속도에 대응하지 못했다.

그건 다들 알고 있었다.

그렇다고 해서 현상 유지로 넘어갈 수 있을 리는 없다.

빌렌도르프 전쟁에서 구국의 무공을 쌓고, 지방 영주를 상대로 한 발리에르 제2왕녀의 첫 출진을 보좌하고, 이번 사신 임무에선 빌렌도르프 왕가에 자신의 정조를 팔아버리면서까지 화평 조정을 달성했다.

누가 봐도 명백하게 영지 보호 계약 이상의 의무를 떠넘겼다.

안할트 왕가는 이 안할트의 영웅 폴리도로 경에게 금전이나 갑옷을 하사하는 것만이 아니라 이미 핏줄이나 영지를 내려줄 단계에 도달했다.

그건 다들 인식하고 있다.

일부 그걸 이해하지 못하는 어리석은 자, 이 단계까지 와서도 폴리도로 경을 괴이하게 생긴 남기사라며 비웃는 법복 귀족이 섞여 있기는 하지만.

그런 어리석은 자도 오늘 리젠로테 여왕이 직접 폴리도로 경의 손을 잡고 그동안 쌓아온 공적을 치하하는 모습을 보면 다시는 이전처럼 폴리도로 경을 조롱하지 못한다는 걸 이해할 것이다.

그렇게까지 해도 이해하지 못하는 멍청이도 있겠지만.
안할트에 있는 다수의 정상적인 귀족들은 폴리도로 경이 나타나기 전까지 그렇게 생각했으나.
한 번 더 말하겠다.
이날 파우스트 폰 폴리도로의 모습은 귀족들의 눈에 기이하게 비쳤다.
"폴리도로 경. 실례지만 그 모습으로는 좀. 그리고 동행하신 분은 여기서 기다려주십시오."
제1왕녀 친위대의 대원이 알현실에 들어가기 직전에 폴리도로 경을 제지했다.
제2왕녀 발리에르, 그 옆에서 걷는 폴리도로 경.
그 모습은 예복이 아니라 갑옷 차림이었다.
빌렌도르프에 갔다가 제조한 지 고작 두 달도 되기 전에 전신에 흠집이 새겨진, 마법 각인이 들어간 플루티드 아머.
아마도 빌렌도르프에서 폴리도로 경이 99전 99승을 거둔 결투, 카타리나 여왕의 마음을 벤 것까지 합쳐서 음유시인에게 노래하게 한다면 100명 베기.
그 결투를 통해 새겨진 흠집.
그런 갑옷 차림으로 폴리도로 경이 알현실에 나타났다.
그 뒤에는 쾰른파의 사제가 따라오고 있다.
이건 무슨 생각인 걸까.
법복 귀족이자 이번 행사의 기록을 담당한 문장관인 나는 의아해했다.

그 모습을 역시 일부 어리석은 하급 법복 귀족이――.

예의도 모르는 남기사다, 역시 야만인이냐며 웃는 여자들이 있다.

기록한다.

그자의 이름을 이번 기록 용지와는 별도로 마련한 용지에 기록한다.

멍청이는 나중에 처리할 테니 기록하거라.

나는 리젠로테 여왕 폐하께 그런 명령을 받았다.

이 자리는 앞으로 안할트 왕국에서 '필요'한지 '불필요'한지 판단하는 자리이기도 하다.

지금 비웃은 하급 법복 귀족을 마음속으로 무시하며, 어리석기에 어쩔 수 없다고 선을 긋고 기록한다.

그녀들은 어떠한 빌미를 잡혀서 처분되어 작위를 박탈당할 것이다.

뭐, 그런 중요하지 않은 녀석들은 말 그대로 중요하지 않다.

폴리도로 경은 왜 예복이 아니라 갑옷을 입은 걸까.

게다가 왜 쾰른파의 사제가 따라온 걸까.

"지당한 말씀이군. 하지만 이번만큼은 허락해주시길. 이 갑옷은 아나스타시아 제1왕녀께서 하사하신 것이며, 이 갑옷에 남아 있는 흔적은 빌렌도르프와의 화평 교섭 도중에 얻은 흔적이다. 이번 빌렌도르프와 화평 교섭을 무사히 달성하였음을 보고하면서 이 모습으로 나서는 것은 무례가 되지 않을 테지. 그리고."

폴리도로 경은 내가 본 퍼레이드 때, 그 시민에게는 일말의 관심도 보이지 않는 모습과 다르게——.

딱딱한 얼굴이 아니라 눈동자에서는 불꽃이 느껴졌고, 2m가 넘는 커다란 전신에서는 패기가 느껴졌다.

기이.

그래, 기이했다.

음유시인이 분노의 기사라고 노래하는, 얼굴을 붉게 물들이며 전장을 종횡무진 활보했다는 모습과는 다르다.

그렇다고 평시 상태라고는 할 수 없었다. 광기와 냉정을 동시에 유지하고 있는 듯한 인상이 느껴지는 신비함.

나도 모르게 기록 용지에 폴리도로 경의 모습을 옮긴다.

그날 파우스트 폰 폴리도로의 모습은 우리 귀족의 눈에는 기이하게 비쳤다고.

내가 그러거나 말거나 폴리도로 경의 말은 이어졌다.

"무엇보다 오늘만큼은 이 모습으로 나서고 싶군. 물론 내 일방적인 바람이지만, 앞서 말한 대로 얼토당토않은 소리는 아니지? 허락해다오."

"일행이신 쾰른파 사제님은."

"필요해서 불렀다. 그뿐. 여왕 폐하께서도 이미 알고 계신다. 당신은 아무것도 듣지 못했는가?"

붙잡은 친위 대원과 시선을 마주치지도 않는다.

폴리도로 경의 시선은 똑바로 옥좌를 향하고 있다.

"……알겠습니다. 지나가십시오."

"감사한다."

폴리도로 경이 걸음을 재개했다.
그 모습은 주위를 전혀 돌아보지 않는 것 같으면서도.
시선만큼은 노려보듯 주위를 둘러보았기에, 조금 전 폴리도로 경을 비웃었던 법복 귀족이 저도 모르게 얼어버리는 걸 보았다.
꼴 좋다.
무의식중에 그런 기분이 들었지만, 그때 문장관이자 오늘의 기록 담당인 나와 시선이 마주친 느낌이 들었다.
심장이 쿵 뛰었다.
나는 폴리도로 경을 싫어하지 않는다.
빌렌도르프 전쟁 때부터 계속.
귀족의 얼굴 하나하나를 기억하는 뛰어난 기억력 덕분에 법복 귀족으로 발탁되었다.
지금은 문장관과 기록관을 겸임하고 있지만, 내 고향은 빌렌도르프와의 국경선과 가까운 변경 영지이자 나는 그곳 영주 기사의 차녀였다.
폴리도로 경이 내 고향을 구해주었다.
이 마음속 깊은 곳에는 어마어마한 고마움이 자리한다.
"묻겠다. 당신이 오늘 행사의 기록관인가."
목소리가 들린다.
시선이 마주친 건 착각이 아니었다.
리젠로테 여왕님에게 향하는 붉은 양탄자 길에서 발을 멈추고 나를 똑바로 바라보며 목소리를 냈다.
무인으로서 전장에서 잘 들릴 것 같은, 그러면서도 다정한 느낌이 드는 목소리가 들렸다.

"네, 황공하게도 오늘의 기록을 담당하고 있습니다."

"그런가."

폴리도로 경은 조금 수줍은 듯한 미소를 지었다.

다시 가슴이 쿵 뛰었다.

지금까지는 멀리서밖에 본 적이 없었고, 고향을 구해줬다는 고마운 마음을 전할 방법도 없었지만.

폴리도로 경은 이런 다정한 사람이었나.

커다란 몸에서는 상상도 가지 않는 인자한 분위기로 가득했다.

"부탁이 하나 있다."

"말씀하십시오."

나는 폴리도로 경의 부탁에 매료된 듯 고개를 끄덕이는 게 고작이었다.

"내가 오늘 하는 말, 그 한 마디 한 마디를 남김없이 기록해주지 않겠나. 그건 이후 헛수고가 될지도 모르지만. 이 자리에서는 아무런 도움도 되지 않을지도 모르지만. 어쩌면 후세에 도움이 될지도 모른다."

"알겠습니다. 한 마디 한 마디 정확하게 기록하겠습니다."

나는 머리를 숙이며 대답했다.

그에 폴리도로는 단 한마디를 돌려주었다.

"고맙다."

정말로 다정한 목소리였다.

머리를 들자 이미 폴리도로 경은 걸음을 재개한 뒤였다.

가슴속 깊은 곳이 따뜻해지는 듯한.
동시에 무언가 맹렬하게 안 좋은 예감이 들었다.
"폴리도로 경?"
한 마디, 작은 목소리가 나도 모르게 튀어 나갔다.
폴리도로 경은커녕 주변에 있는 귀족에게조차 들리지 않을.
그런 작은 목소리였다.
안 좋은 예감이 든다.
다정하다고 느꼈던 폴리도로 경의 목소리가 어쩐지 슬프게 느껴진다.
그 플루티드 아머의 등에는 상처 하나 없고, 그건 빌렌도르프에서 치른 모든 대결에서 폴리도로 경이 한 번도 등을 보인 적이 없었음을 의미한다.
하지만 나에게 그 모습은…….
마치 죽음을 각오한 기사가 그 마지막을 지켜봐 줄 사람을 발견하고는 드디어 죽을 수 있다고 말하는 듯한, 그런 모습으로만 보였다.
나는 무심코 고개를 저었다.
설마, 그럴 리 없다.
오늘은 경사스러운 날이다.
파우스트 폰 폴리도로라는 한 남성기사의 모든 것이 보답받는 날이다.
지금까지 안할트에서 그 거구로 인해 괴이한 외모를 지녔단 말을 듣고.

구국의 영웅으로서 무공을 세웠음에도 무시당하고.

상담역으로서 섬기는 발리에르 제2왕녀의 지방 영주를 진압하는 첫 출진에 휘말리고.

나아가 영지 보호 계약과는 전혀 상관없는, 빌렌도르프와의 화평 조정 교섭역까지 임명받았다.

안할트 왕국에 막대한 충성을 마친 폴리도로 경의 모든 고생이 보답받는 날이다.

리젠로테 여왕이 내리는 토지나 혈통, 어쩌면 둘 다로 인해.

파우스트라는 인물은 다시는 공공연히 무시당하는 일 없이.

그의 폴리도로 령에서 미치광이라는 소문이 돌던 선대 마리안느 님이 무시당하는 일도 없이.

당당히 거리를 활보하며 명성과 찬사를 받는다.

그럴 예정이고, 그래야만 한다.

그렇지 않으면 이상하다.

"여왕 폐하, 폐하의 둘째 아이인 발리에르가 낭보를 들고 빌렌도르프에서 귀환하였습니다."

발리에르 제2왕녀가 먼저 정사로서 발언했다.

그 모습은 찌꺼기라고 불리던 첫 출진 전의 모습과는 다르게 제2왕녀로서 당당한 모습이었다.

"이미 이 자리에 있는 모두가 알고 있을 터. 하나 낭보란 몇 번을 들어도 좋은 것이니, 발리에르. 이 법복 귀족과 영주 기사들이 가득한 자리에서 성과를 발표하라."

"네. 파우스트!"

이 자리는 형식적인 자리다.

이미 빌렌도르프와 화평 교섭이 성공했다는 건 다들 알고 있다.

부사인 폴리도로 경이 품에서 카타리나 여왕의 친서를 꺼내 리젠로테 여왕 앞에서 무릎을 꿇고 내밀었다.

"수고 많았다."

리젠로테 여왕은 옥좌에서 일어나 걸음을 옮겨 그 친서를 받았다.

그리고 친서를 펼쳐 묵묵히 읽었다.

내용을 요약하여 선언했다.

"2년 뒤, 나의 배에 파우스트 폰 폴리도로의 아이를 잉태한다. 그것을 조건으로 우리나라는 10년의 화평 교섭을 받아들인다. 빌렌도르프 여왕, 이나카타리나 마리아 빌렌도르프."

다시금 조건을 들어도 신기한 내용이다.

나는 화평 교섭이 맺어진 배경에 신성 제국의 충고가 있다는 걸 안다.

하지만 그래도 감정을 모르는 냉혈 여왕이라 불리던 카타리나 여왕이 폴리도로 경의 아이를 원하다니.

그것을 화평 교섭의 조건으로 삼다니.

아마도 폴리도로 경의 열의에 정이 든 거겠지만.

빌렌도르프에서 무슨 일이 있었는지는 음유시인의 영웅시를 통해 이미 안할트에도 퍼져있다.

인간의 마음을 열게 하는 폴리도로 경은 정말로 좋은 남자다.

하지만.

키득키득, 웃음소리가 들린다.

여왕이 친서를 읽는 도중 폴리도로 경이 정조를 팔아치운 걸 조롱하는 듯한 웃음소리를 흘리는 어리석은 자들.

너희는 삭제다.

기록 용지와는 별도로 마련한 '불필요' 목록에 지금 웃은 여자들의 이름을 적었다.

"잘해주었다. 발리에르, 그리고 폴리도로 경. 이로써 우리나라의 평화는 유지되고 군력을 북방 유목민족에게 집중할 수 있게 되었군."

리젠로테 여왕은 두 사람의 공적을 치하하고 따뜻한 말을 건넸다.

하지만 그 눈은 조금도 웃지 않는다.

다시 오싹함을 느꼈다.

뭐지.

이 자리에서 뭐가 일어나려는 거지.

"다음은 논공행상으로 넘어가고 싶다는 게 나의 본심이다. 진정으로 그리 생각한다."

오랫동안 여왕의 자리에 앉아있는 리젠로테 여왕의 목소리가 알현실에 울렸다.

옥좌에서 시작한 그 목소리는 모든 귀족의 귀에 잘 전달되었다.

"이 자리에 있는 많은 귀족은 이렇게 생각하고 있겠지. 말하지 않아도 안다. 파우스트 폰 폴리도로의 공적에 적합한 보상을."

그렇다.

그렇게 생각하며, 그게 옳다.

여왕 폐하가 보상을 내리고, 끝나는 게 아닌가?

"하지만. 단 한 명, 그건 곤란하다고 말하는 인물이 있다. 오늘은 그자의 목소리에 잠시 귀를 기울여다오."

폴리도로 경에게 주는 보상에 불평을 제기하는 어리석은 자가?

그자를 공개적으로 끌어내어 앞으로 어리석은 자가 나오지 않도록 하려는 건가?

그런 생각을, 나중에야 헛소리임을 깨닫게 되는 생각을 하였으나.

"어디, 다들 조용해졌군."

지금 생각해보면 리젠로테 여왕은 옥좌에서 계속 '그'를 바라보았다.

그 시선을 단 한 명에게 고정하고는 다른 곳으로 빗나가는 일이 없었다.

"슬슬 탄원하는 게 어떠한가."

이 자리에는 시동이 없다.

남자는 오직 한 명밖에 없다.

리젠로테 여왕이 바라보는 '그'는 오직 한 명뿐이다.

"명 받들겠습니다."

폴리도로 경은 여왕의 말에 조용히 대답을 돌려주었다.

"이 자리에 모인 법복 귀족 여러분, 영주 기사분들, 부디 잠시 시간을 내어주시길. 이 파우스트 폰 폴리도로의 말에 귀를 기울여주시길 바란다."

무릎을 꿇고 예를 갖추고 있던 폴리도로 경이 일어나 그 선명한 목소리로 이 자리를 가득 채우고 있는 모든 귀족을 향해 말했다.

"이 파우스트 폰 폴리도로가 느끼는, 동방 교역로 저편에서 발흥한 아직 이름도 모르는 유목기마민족 국가의 위협에 귀를 기울여다오."

폴리도로 경의 목소리는 알현실 전체에 부드럽게 울려 퍼졌지만.

동시에 궁지에 몰린 어린아이가 애원하는 듯한 감상에 젖게 만들어 그 자리에 있는 전원이 귀를 기울이지 않을 수 없는 목소리였다.

제57화 폭풍의 시작

정적이 알현실을 감쌌다.

자리를 가득 채운 사람들 누구도 입을 열려고 하지 않는다.

옥좌에서 조금 떨어진 위치, 발리에르 님 옆에 서 있는 나를 중심으로 정적이 감싸안았다.

"먼저."

나는 입을 열었다.

먼저 내가 아니라 여왕의 입으로 전달해야만 하는 게 있다.

"리젠로테 여왕 폐하. 폐하의 입으로 신성 제국에서 온 보고를 전부 말씀해주십시오. 이 자리에 있는 전원이 사정을 알지는 못하지 않습니까."

"좋다. 그게 타당하지."

위엄있게 옥좌에 앉은 채 안광을 날카롭게 벼리며 주변을 둘러본다.

정적은 이어지고 있다.

그 누구도 아직 소란을 피우지 않았다.

"이 자리에 있는 제후 중에서도 큰 영지를 보유한 장원 영주, 그리고 그 부하. 더불어 상급 법복 귀족은 이미 알고 있을 것이다. 하나 작은 영지의 영주, 일반 법복 귀족에게는 아직 전하지 않은 일이 있지. 우선은 그 점을 사과하마."

사과한다고 말은 하지만 말뿐이다.

그 태도는 왕으로서 권위로 넘쳐흘러 누구의 반발도 허락하지 않았다.

"모든 것은 혼란을 초래하지 않기 위해서였으나 지금 말하겠다. 신성 구스텐 제국에게서 어떠한 보고가 들어왔다. 머나먼, 정말로 먼 실크로드, 동방 교역로 동쪽 끝에서 일어난 일이다."

정적 속에서 리젠로테 여왕의 투명한 음성만이 사람들의 귀에 울렸다.

"동방에서 한 왕조가 멸망했다. 아주 거대한 왕조로, 신성 구스텐 제국에도 필적할 정도로 컸다. 이름은 페이롱. 멸망시킨 건 놀랍게도 유목민. 더 자세히 말하자면 유목국가라고 해야 할까. 왕조 북방에 있는 대초원에서 유목민족들이 결집하여 국가를 세우고 나라 하나를 멸망시켰다."

여왕이 살짝 주변에 물어보는 듯한 어조로 말했다.

"의문을 느끼는가? 유목민이 결집한다니 말이 안 된다고 생각하나? 식량에 굶주리고 물마저 부족하여 가축의 젖으로 목을 축이는 유목민족은 대초원에서 부족 간의 살육을 하염없이 이어가는 야만족이었지. 밭 수확기가 오면 우리 영지민이 필사적으로 경작한 밭을 어지럽히고 약탈하러 올 뿐, 이승에서도 저승에서도 지옥에 떨어질 야만족. 우리가 그녀들을 얕잡아보듯이 그녀들도 우리를 양이나 말 같은 가축 이하의 존재로 얕잡아본다고 생각했다."

말을 거듭했다.

"우리가 빌렌도르프를 야만족이라고 야유하기는 하나 유목민족이야말로 진정한 야만족이라고 생각했다. 문화가 없기에 결집하지도 않는다고. 하지만 실제로는 결집했다. 그리고 나라가 발흥했다. 아마도 병사 수는 페이롱보다 훨씬 적었을 테지. 그러나 어릴 때부터 말을 타고 자라며 인마일체가 되어 기마 궁술을 당연하게 해내는 기병이 강하다는 건 기사라면 누구든 쉽게 이해할 수 있을 것이다. 실제로 우리는 지금도 북방의 유목민족에게 애를 먹고 있으니."

주변이 조금 술렁거리기 시작했다.

어수선하다.

예를 제대로 갖추지 못한 하급 법복 귀족들일 것이다.

리젠로테 여왕의 눈썹이 살짝 일그러지는 게 보였다.

"결론이다. 동방에서 한 왕조가 멸망했다. 유목기마민족 국가가 멸망시켰다. 그리고 신성 구스텐 제국은 그 동방 교역로 동쪽 끝에서 일어난 일에 이렇게 반응했다. 빌렌도르프와 안할트는 협력하여 전쟁에 대비하라, 위협에 대항할 수 있는 방파제를 구축하라."

웅성거림이 커졌다.

이번에는 작은 영지의 영주 기사들이었다.

그 웅성거림은 예법의 문제가 아니었다.

왜 가르쳐주지 않았냐는 반발 때문이었다.

"자 그럼, 나는 처음에 언급했지. 일부러 말하지 않았다. 모든 것은 혼란을 초래하지 않기 위해서. 다들 냉정하게 생각해라. 과연 아직 이름도 모르는 유목기마민족 국가는 머나먼 실크로드 동쪽 끝에서 이 신성 구스텐 제국의 현관문인 안할트와 빌렌도르프까지 침공해 올 것인가.”

웅성거림이 조금 잦아들었다.

바로 이해하고 수긍한 건 아니다.

영주 기사는 다들 생각한다.

동쪽 끝에서 굳이 유목기마민족 국가가 안할트까지 침공하는 이유.

이유는.

“그럴 리 없다.”

리젠로테 여왕은 한 마디로 쳐냈다.

“우선 멸망시킨 왕조에게서 빼앗은 지반을 다져야지. 모처럼 농사를 지을 수 있는 비옥한 토지를 손에 넣었다. 폭설, 저온, 강풍, 사료 고갈, 온갖 간난신고를 겪으며 식량에 굶주리고 물마저 부족하여 가축의 젖으로 목을 축이는 유목민족. 약탈로밖에 배를 불리지 못하는 자들의 비원(悲願)이 드디어 이루어졌다. 지금부터는 굶주림을 두려워하지 않고 살 수 있지. 유목민족은 지배층이 되어 신성 구스텐 제국의 영토와도 필적하는 왕조의 모든 것을 손에 넣었다.”

반론하고 싶다.

하지만 아직 때가 아니다.

나는 모든 탄원을 이 자리에서 쏟아낼 수 있는 대신 리젠로테 여왕의 말도 전부 듣겠다고 약속했다.

“물론 지배층이 된 유목민이 농경할 필요는 없다. 조세를 거두고 지배한 왕조의 백성을 부려서 먹고 살면 된다. 언젠가는 신성 제국이 우려하는 대로 침략을 시작할지도 모르지. 이 영토에 닥쳐드는 날이 올지도 모르지. 동쪽 대공국을 격파하고 안할트까지 침략해오는 일이 있을지도 모른다. 그건 부정하지 않으마. 국가가 가까워지면 침공해 오기도 하겠지. 다만.”

웅성거림이 완전히 조용해지며 정적이 돌아왔다.

다들 리젠로테 여왕의 말을 경청했다.

그래, 리젠로테 여왕은 정론을 말하고 있다.

농경민족이라면, 땅을 지배하고 그곳에서 조세를 거두어 배를 불리는 장원 영주라면 다들 이해할 수 있는 정론을.

하지만.

아니, 아직 반론해야 하는 때는 오지 않았다.

리젠로테 여왕의 말이 이어지며 물이 시트에 스며들듯이 퍼져나갔다.

“아무리 생각해도 유목기마민족 국가가 약탈한 영지의 지반을 모두 다진 뒤다. 그건 언제일까. 우리의 자식 세대에? 아니, 그래도 이르다. 손주 세대는 아닐까? 아니, 더 나중일지도 모르지. 준비는 중요하다. 소수로도 우리를 애먹이는 유목민족이 수만의 병대를 갖추고 공격하는 것이니. 강적이다. 정말로 빌렌도르프와 연계하여 국가 총력전이 필요한 대전이 되겠지. 그건 이해할 수 있다. 지금부터라도 손주들을 생각한다면 조금씩 준비해나가야만 해. 신성 제국의 우려는 옳다.”

신성 제국의 우려는 비난하지 않는다.

그 전쟁의 규모가 대단히 거대해진다는 것도 리젠로테 여왕은 인식하고 있다.

그러나 틀렸다.

녀석들은, 유목기마민족 국가는 조만간 코앞까지 달려온다.

하지만 아직 반론할 수 없다.

아직 타이밍이 아니다.

"그렇지만. 미래, 정말로 미래에 일어날 일이다. 나는 숙고한 끝에 이렇게 판단했다. 우리나라가 우선해야 하는 건 빌렌도르프와 화평을 맺고, 북방에서 침략하러 오는 유목민족을 토벌하는 것이라고. 이 안할트를, 국가를 지탱하는 그대들에게 알리는 것은 그 후에 해도 괜찮다고. 앞서 사과하였지만 다시금 사과하마. 다들 미안했다."

반론은 없다.

웅성거림도 없다.

리젠로테 여왕의 말에 다들 수긍한 것이다.

"이의, 반론이 있다면 기탄없이 말하거라. 지금 이 자리에서라면 하급 귀족이라고 해도 발언권을 주겠다."

리젠로테 여왕이 기회를 주고.

잠시 기다린 뒤, 그녀가 주위에 시선을 굴려 완전히 정적으로 가득하다는 걸 인식한 뒤.

"없는가. 그렇다면 처음으로 돌아가지. 파우스트 폰 폴리도로. 네 탄원을 듣겠다."

드디어 내 차례가 되었다.

나는 약속한 대로 '리젠로테 여왕이 발언할 권리'를 지켰다.

이번에는 약속한 대로 '파우스트 폰 폴리도로가 발언할 권리'를 지키라고.

자, 어떻게 할까.

필사적으로 고른 첫 번째 말은 단순한 예측.

전생의 지식으로 성립하는, 단 하나뿐인 절망적인 위협.

세상을 따르면 고통이요, 따르지 않으면 광인이로다*.

자, 귀족의 규칙을 집어던지고 미쳐버릴까, 파우스트 폰 폴리도로.

"토크토아 카안. 제가 아는 유목기마민족 국가의 여왕은 7년 이내로 안할트까지 침공할 것입니다."

리젠로테 여왕은 입을 열지 않았다.

대신 주변에서 미약한 웅성거림이 퍼졌다.

"빌렌도르프 동쪽에 있는 대공국은 아무런 장해도 되지 않습니다. 어린아이부터 노인에 이르기까지 모조리 학살당할 테죠. 유목기마민족 국가는 비둘기의 비행을 공격하는 굶주린 매처럼 도시를 관통하고, 광포한 늑대가 양을 덮치듯이 시민을 덮칩니다. 피땀으로 만든 농원도 관개시설도 파괴됩니다. 작물을 키울 영지민도 전부 군마에 밟혀 죽고 고깃덩어리가 되어 언젠가 흙으로 사라질 테죠."

웅성거림이 커진다.

내 목소리는 의도적으로 부드럽게.

그저 예상되는 사실을 늘어놓았다.

"아니, 동쪽 대공국은 현명하니 전력 차를 깨닫고 멸망보다 빨

*카모노 쵸메이가 쓴 일본의 고전 수필 「방장기」에 나오는 문장.

리 항복할지도 모릅니다. 그 나라는 종교가 다양합니다. 우리 신성 구스텐 제국처럼 일신교를 강하게 신앙하는 나라가 아닙니다. 교황의 철저 항전 명령에는 따르지 않을 테죠. 그 경우 대공국을 통과하는 건 물론이고 병사로서 함께 올지도 모릅니다."

웅성거림이 한층 커진다.

대부분 리젠로테 여왕의 예상에 정면으로 반발하는 나에 대한 당황이겠지만.

다소 매도가 섞인다.

역시 폴리도로 령은 선대와 마찬가지로 미쳤다.

그런 모멸.

무시한다.

하지만 그 말에 고개만은 돌려줘야지.

나는 몸을 돌려 리젠로테 여왕에게 등을 보여주면서 이 자리에 있는 사람들에게 현실을 선언했다.

"대놓고 말씀드립니다. 토크토아 카안의 군세에 비하면 우리 안할트의 귀족은 무능하고 나약하기 그지없습니다. 완전히 쓰레기 소굴입니다."

도발이라는 이름의 현실 규탄.

그것도 집어넣는다.

웅성거림이 커진다.

"왕가의 정규군은 북방의 유목민족을 억제하는 게 고작."

나는 마치 흑백처럼 느껴지던 배경이 단숨에 총천연색으로 전환되는 걸 확실하게 느꼈다.

"빌렌도르프 전쟁에서는 어떻게든 제가 돌격하여 우연히 승리했지만. 당시 일은 지금도 잊지 않았습니다."

붉은 양탄자는 붉은색으로 보인다.

"정보전에서 빌렌도르프에게 여실히 뒤처졌습니다. 레켄베르 기사단장이 이끄는 1천의 정예가 진군하리라는 걸 예측하지 못하여 500의 공작군과 30의 제1왕녀 친위대가 도착할 때까지 요새에 틀어박혀 있는 동안 저는 첩보의 무능함을 저주했습니다."

커다란 창문에서 들어오는 빛은 내 모습을 아름답게 비추어 양탄자 위에 검은 그림자를 드리웠다.

"이 나라는 하나부터 열까지 엉망진창 오합지졸입니다. 군권도 통일되지 않은 봉건영주가 손을 잡은 군세 같은 건 토크토아의 인간과 활과 말로 무장된 덩어리에 쉽사리 짓눌려버립니다."

참으로 당연한 일이다.

나는 당연한 말을 입에 담고 있다.

"죽습니다. 전부. 어린아이부터 노인에 이르기까지 전부 학살당합니다. 귀족도 평민도 차별 없이. 그 시체는 관에 들어가지도 못하고 비바람을 맞으며, 본보기처럼 멸망한 안할트 왕도의 벽에 내걸립니다."

이윽고 나는 웅성거림이 조용해진 걸 깨달았다.

아, 이해했나.

적어도 나는 이 발언을 전부 확실하게 오는 현실로서 말하고 있다.

비유나 헛소리로 하는 말이 아니다.

굳이 표현하라면.

"무엇보다 틀린 건 당신입니다. 리젠로테 여왕 폐하."

미쳤다.

다들 그렇게 불러야 한다.

나는 등을 보이고 있던 리젠로테 여왕에게 몸을 돌려 말을 이어갔다.

"우리의 자식 세대에? 아니, 그래도 이르다. 손주 세대는 아닐까?"

반복.

리젠로테 여왕이 한 말을 똑같이 따라했다.

"저는 조금 전 말했습니다. 확실히 말했습니다. 7년 내로 안할트에 쳐들어온다고. 그 말을 아무도 믿지 않는다면. 아무도 믿을 수 없다면."

한 번, 숨을 들이마신다.

도발했다.

알현실을 가득 채운 모든 귀족을 모멸하고 도발했다.

나는 해냈다.

출발 지점에서 발을 뗐다.

이제는 약간의 용기가 필요하다.

하지만 리젠로테 여왕의 말씀을 일부러 골라서 되돌려주었다.

이미 이것만으로도 왕가를 모욕했다고 판단한 귀족은 적지 않을 것이다.

아니, 아직도 여느 때와 같은 무표정을 유지하는 리젠로테 여왕도 내심 광분했을지도 모른다.

하지만 회한은 없다.

그런 걸 느낄 여유는 없다.

이 알현실에서 하는 탄원은 끝이 아니라 이 말을 기점으로 간신히 시작이다.

한 번 더, 숨을 들이마신다.

나는 무인으로서 단련된 또렷한 목소리로 모든 귀족의 귀에 전해지라는 듯 발언했다.

"이 나라는 조금 전 말씀하신 당신의 판단으로 지금 이 순간 왕국의 파멸이 확정. 안할트는 끝났습니다. 리젠로테 여왕 폐하."

나는 선 채로 깊이 허리를 숙였다.

기사로서의 예가 아니다.

집사가 아가씨를 마중하는 듯한, 가슴에 손을 올리고 허리를 깊게 숙인 인사였다.

파우스트 폰 폴리도로는 이 자리에서 누가 봐도 명백하게 폭주하고 있었다.

그리고 그건 아직 광기 어린 토론의 시작에 불과했다.

제58화 광기와 냉정 사이에서

미사여구 같은 건 필요 없다.

요컨대 파우스트 폰 폴리도로는 왕가와 귀족들에게 완전히 싸움을 걸고 있다.

그건 조금 전 파우스트를 모멸했던 얼간이 하급 법복 귀족조차 확실하게 알 수 있을 정도로.

"파우스트 폰 폴리도로."

"네."

광기와 냉정 사이에 있다는 게 느껴지는 눈.

무슨 생각을 하는지 알 수 없다.

옥좌에 앉은 여왕, 나는 파우스트가 무슨 생각을 하는지 전혀 알 수 없었다.

분노의 기사라고 불리는 파우스트라고 해도 지금까지 예절만큼은 지켰다.

하지만 이 남자는 지금 왕가에도 귀족에도 완전히 싸움을 걸고 있다.

생각해라, 리젠로테.

파우스트는 무엇을 노리고 있지?

일부러 내 격노를 끌어내려는 건가?

아니, 단순히 파우스트 본인이 겉으로는 조용하나 내심 미친 듯이 분노하고 있나?

"농담이 과하군. 아무리 네가 빌렌도르프 전쟁의 영웅이라고 해도. 용서받을 수 있는 일과 없는 일이 있다."

"네, 저도 마찬가지로 용서할 수 없는 일이 있습니다. 이 폴리도로, 필요하다면 항상 전장의 선두에 서서 어떠한 적과도 싸우겠습니다. 실제로 여태까지도 그리했습니다. 다만 상부의 무능으로 죽는 것만은 사양이라고 말씀드리는 겁니다."

무능.

나에 대한 직접적인 모욕에 귀족 전원의 얼굴이 일제히 딱딱해지는 게 옥좌에서도 보였다.

알 수 없다.

파우스트 폰 폴리도로가 무엇을 노리는 건지 알 수 없다.

하지만.

"아스타테 공작, 그리고 아나스타시아. 폴리도로 경은 기분이 좋지 않은 모양이구나. 폴리도로 경에게 논공행상은 다시 날을 잡도록 하지."

두 사람에게 지금 당장 파우스트를 막으라는 사인을 보냈다.

지금이라면 아슬아슬하게 늦지 않는다.

개인으로서는 파우스트를 죽인다는 건 말도 안 되며, 지금까지 파우스트가 쌓은 공적에 안할트가 보인 대우로 불만이 가득히 쌓여서 분노한다고 해도 무리는 아니다.

용서한다.

그리고 공인으로서는 이 많은 눈이 보고 있는 가운데 여왕인 나에 대한 무례는 용서할 수 없는 입장이다.

하지만 빌렌도르프와의 화평 교섭의 열쇠는 전부 이 파우스트 폰 폴리도로가 쥐고 있다.

파우스트를 처벌이라도 했다간 빌렌도르프가, 아니, 카타리나 여왕이 협정 위반이라며 안할트를 전력으로 멸망시키려 들 것이다.

공인으로서도 파우스트를 처벌할 수는 없었다.

"끝까지 듣겠다, 그것이 당신과 저의 약속이었습니다."

파우스트가 허무함을 느낀 듯 중얼거렸다.

그 한마디에 파우스트에게 다가가려던 아스타테와 아나스타시아가 움직임을 멈추었다.

사실이다.

나는 파우스트와 서로의 말을 끝까지 듣겠다고 약속했다.

다만 네 말은 이미 탄원이라고는 할 수 없지 않은가.

그러나.

"리젠로테 여왕님, 파우스트 폰 폴리도로의 말을 끝까지 들어주십시오."

"폴리도로 경, 다음에 한 마디라도 모욕을 입에 담는다면 당장 왕성에서 쫓아내겠다. 그것만큼은 멈추어라."

아스타테와 아나스타시아.

두 사람은 약속을 지키게 만들 모양이다.

당초 계획, 파우스트에게 모든 것을 말하게 한 뒤에 달랜다.

아직도 그 계획을 속행할 생각인 것 같다.

"좋다."

분명 긴 설전이 되리라.

파우스트가 이렇게까지 냉정하게, 그러면서도 광기 어린 폭언을 어째서 입에 담는지. 그 진의도 이 자리에서 간파하겠다.

안할트 왕국의 여왕, 선제후인 리젠로테를 우습게 보지 마라.

"이야기를 계속하라, 폴리도로 경. 그리고 나도 묻겠다. 어째서 유목기마민족이 7년 이내에 안할트가지 오리라고 생각하지?"

"유목민은 통치를 하지 않기 때문입니다."

"뭐라?"

단순 명확하면서도 난폭한 이론이었다.

"유목민은 약탈하고, 학살하고, 파괴합니다. 왕족을 한 명도 남김없이 몰살합니다. 그다음은? 그대로 멸망시킨 나라의 문관을 전부 고용합니다. 지금까지와 같은 대우, 혹은 그보다 더 좋은 대우로. 그리고 그중에는 파르사 인이나 이교도 문관도 포함되겠죠. 이국의 상인이 재무 관료로서 일합니다. 아니, 애초에 유목민족 국가는 이국의 상인에게서 막대한 지원을 받아 발흥한 나라입니다."

"네가 무슨 말을 하는지 이해하기 어렵군."

"반대로 여쭙습니다, 리젠로테 여왕 폐하. 유목민만으로 통치할 수 있으리라 생각하십니까? 지반을 다지는 게 가능하리라고 생각하십니까? 지배층으로서 안정적으로 나라를 다스릴 수 있다고 생각하십니까? 그런 적성이나 소질이 있는 사람이 유목민에 몇 명이나 되겠습니까. 유목민은 삶의 방식을 바꾸지 않습니다. 정치는 전문적인 능력이 되는 문관을 고용하고, 토지의 선남선녀를 안도하게 하지 않고 전부 던져버리는 거죠."

생각한다.

하지만 결론은 나오지 않는다.

유목민에 대한 지식이 부족하다.

그녀들의 문화 같은 걸 리젠로테 여왕이 알 리가 없었다.

그걸 당연히 알고 있다는 듯 말하는 파우스트가 오히려 이상했다.

"그 지식은 어디에서 얻었지?"

순순히 물었다.

순간 파우스트는 당황했지만 정직하게 대답했다.

"빌렌도르프에서. 빌렌도르프에서 멸망한 페이롱 왕조의 장군 유에 님에게서. 어떻게 유목민족 국가가 발흥하고, 성립하고, 통치되었는지 들었습니다."

그렇군.

나는 이해했으나 작게 수군거리는 목소리가 들렸다.

폴리도로 경은 빌렌도르프에 속은 게 아닌가?

배신하는 게 아닌가?

그런 수군거림이 하급 법복 귀족에게서 새어 나왔다.

멍청하기는.

파우스트는 영명하다고는 할 수 없을지도 모르나 절대 무능하지 않다. 이 리젠로테를 배신하는 일도 절대 하지 않는다.

"문화란 무엇이라 생각하십니까, 리젠로테 여왕 폐하."

잇달아 날아오는 질문.

나는 대답에 고뇌했다.

그러는 사이에 파우스트가 말을 이었다.

"저는 밭을 경작하는 우리들── 농경민족이라 부르겠습니다. 우리에게 궁극적으로는 배를 채우는 것이라고 생각합니다. 그리고 그 배를 채운다는 점에서만 본다면 야만족인 유목민도 마찬가지입니다. 단 하나의 차이점은."

한 호흡 숨을 가다듬고.

"식량에 굶주리고 물까지 부족해서 가축의 젖으로 목을 축이는 유목민족의 문화란 단 하나. 농경민족에게서 약탈하여 배를 채운다. 그뿐입니다. 유목민의 규율과 규칙을 따라 집단을 형성한 국가는 농경민족처럼 도시를 통치하지 않고, 할 마음도 없습니다. 녀석들은 페이롱의 왕도를 빼앗고도 도시에 살지 않을 테죠."

"하지만 폴리도로 경."

나는 질문을 던졌다.

"유목민들은 페이롱을 정복했다."

"네, 맞습니다."

"그러면 끝이 아닌가. 네 주장은 이해할 수 있다. 하지만 내 결론은 변하지 않는다. 설령 통치를 피정복민에게 맡긴다고 해도, 지배자는 유목민이지. 피정복민에게서 거두는 조세로 먹고 살 수 있다."

그렇다.

그러면 끝이 아닌가.

그 의문에 파우스트는 역시 명확하게 대답했다.

"만족하지 않습니다."

"뭐라?"

"부족하다는 이유로 빼앗는 것은 참으로 단순한 이론입니다. 누구나 이해할 수 있습니다. 하지만 부족하지 않기에 침략하고 확장하는 일도 있습니다, 리젠로테 여왕 폐하. 빌렌도르프가 만족하였기에 우리 안할트를 침략하여 영토 확장을 노렸던 것처럼."

레켄베르 기사단장의 활약으로 빌렌도르프 북방의 유목민족을 쓸어냈다.

그리고 남은 전력으로 안할트를 공격했다.

흠.

반론해라, 리젠로테.

"적대 감정이라는 것을 이해하는가, 폴리도로 경. 예를 들어 빌렌도르프와 안할트에는 같은 신성 제국의 선제후이지만 쌍방을 증오하는 적대 감정이라는 게 있다. 우리와 유목민족 국가에는 지금 그것이 없지."

"네, 없습니다."

파우스트가 순순히 고개를 끄덕였다.

"종교적 알력도 없습니다. 유목민족 국가는 우리의 종교조차 쉽게 받아들일 테죠. 그 문화도 부정하지 않을 테죠. 가치관의 차이로 인해 싸울 이유는 없습니다."

유목민족 국가에 대해 잘 아는 것처럼 말한다.

파우스트는 빌렌도르프에서 유목민족 국가에 대한 어떠한 지식을 얻었다는 건가.

그 정보의 출처는…… 좋지 않군.

나는 파우스트의 의견을 더 자세히 듣고 싶다는 생각마저 조금 들었지만.

빌렌도르프가 출처여서야 진지하게 받아들일 인간이 얼마나 될지.

"하지만 동시에 유목민족 국가가 전쟁을 주저할 이유도 전혀 없습니다. 싸운다면 유목민족 국가가 반드시 이깁니다. 그렇다면 침략하는 데 아무런 망설임도 없죠."

"폴리도로 경. 거리가 가깝다면 네 의견도 이해할 수 있다. 하지만."

멀다.

아주 멀다.

이웃 나라 빌렌도르프 수준이 아니라 정말로 머나먼, 실크로드 동쪽 끝.

"아무리 유목민족 국가라고 해도 이렇게 먼 나라까지 침공할 이유는 어디에도 없다. 내 생각에, 전쟁이란 정치의 다른 수단이다. 전쟁은 생명의 위험을 동반하는 특이한 행위지. 따라서 전쟁은 진지한 행위의 진지한 수단이어야 한다고 본다. 그게 최소한의 규칙이 아닌가."

"리젠로테 여왕 폐하."

"나의 개인적인 주관이다만. 유목민은 그렇게까지 전쟁을 좋아하는가? 기분전환을 위한 유희처럼 학살과 약탈을 즐기고, 아득히 먼 실크로드 동쪽에서 서방 정벌을 저지르는 자들일까. 페이롱을 지배했다면 거기서 멈추는 게 지배자이지 않은가. 그리고 지반을 다지는 게 지배자가 가장 먼저 해야 하는 일이다. 네 의견은 일부 합리적이다. 하지만 역시 나는 이해할 수 없군."

그만 내 주관으로 말하고 말았으나.

역시 전쟁이란 생명의 위험을 동반하는 특이한 행위다.

이상 상태일 뿐, 기사와 병사를 위한 명예나 열광의 소산이 아니다.

거기에 기사도나 낭만 같은 건 본래 존재하지 않는다.

그 모든 것들은 전쟁에서 적을 죽이는 병사가 '대의명분'을 얻기 위한 특징에 불과하다.

병사의 정신과 행동을, 전쟁이라는 위험 앞에 드러내기 위해. 용기를 얻기 위한 정신적 이유를 덧씌웠을 뿐이다.

전쟁은 군사 계급들의 게임이 아니다.

절대 기사 앞에서 입에 담을 수 없지만.

"거기까지 이해하고 계신다면 설명을 생략할 수 있군요. 저는 리젠로테 여왕 폐하께서 전쟁론을 어디까지 이해하고 계시는지 솔직히 의문이었습니다. 진심으로 사죄와 경의를 바칩니다."

파우스트가 웃었다.

그 목소리는 진심으로 나에게 경의를 느끼는 것 같았으며, 조금 전 나를 모욕했을 때와는 정반대의 모습이었다.

하지만 한순간 보인 경의는 바로 표정에서 사라지며 또다시 광기와 냉정 사이에 있다는 게 느껴지는 눈으로 돌아왔다.

"즉, 리젠로테 여왕 폐하. 폐하의 말씀을 적절히 빌리자면, 유목민족 국가란 기분전환을 위한 유희처럼 학살과 약탈을 즐기고, 그러기 위해 아득히 먼 실크로드 동쪽에서 서방 정벌을 저지르는 무인입니다. 그야말로 교회를 저금통이라 부르며 화약통에 불을 붙여 교회에 던지고 킬킬 웃어대는 강도 기사처럼."

말문이 막혔다.

광기와 냉정 사이에 있음이 느껴지는 눈.

빌렌도르프 전쟁에서 아나스타시아의 본진에 레켄베르 기사단장이 보낸 정예가 습격, 군사적 혼란을 불렀던 첫 출진.

그 현장에서 파우스트는 빌렌도르프의 포위를 저지하기 위해 고작 20명의 영지민을 이끌고 레켄베르 기사단장의 기사단 50명에게 돌격했다.

"부디 재고해주십시오. 제발 한 번 더 이 파우스트 폰 폴리도로의 말을 듣고 다시 생각해주십시오."

피로 목구멍을 헹구는 것 같은 목소리로 엮어내는 파우스트의 탄원이 알현실에 울렸다.

군사적 천재란 결국은 무엇인가.

그건 아나스타시아나 아스타테와도 상통하는 바가 있으나, 최종적으로는 결단력이 있는 인물이야말로 군사적 천재의 자질을 갖춘 인물이라고 본다.

그야말로 실패하면 평생 비난을 받으며 오욕으로 점철된 나날을 보내야만 한다.

그런 두려움과 수치심을 버리고 결단할 각오가 필요하다.

만용이 아니다.

파우스트가 지금 하는 행동은 폭거도, 만용도 아니다.
이해해라, 리젠로테.
지금 파우스트는 빌렌도르프 전쟁에서 보여준 결단력, 군사적 재능을 모조리 동원하여 나에게 탄원하고 있다.
"미안하다. 폴리도로 경."
나는 어리석다.
네가 내 말에 심하게 반발한 것처럼 확실히 나는 어리석었다.
네 심정은 무엇 하나 진지하게 이해하려 하지 않았다.
이제 와 드디어 널 이해할 수 있다.
내가 지금 건넨 사과의 의미를 이 자리에 있는 사람 중 몇 명이나 이해했을까.
의심스러운 바이나, 지금은 두 사람의 대화다.
파우스트는 오직 둘이서 이어가는 토론에 임하고 있다.
파우스트 폰 폴리도로, 단 한 명에게 내 뜻이 전해지면 충분하다.
"대화를 계속하자. 파우스트."
"네, 리젠로테 여왕 폐하. 저는 조금 전 유목민족 국가를 머나먼 실크로드 동쪽에서 서방 정벌을 저지르는 무인이라고 불렀습니다. 그건 부정하지 않습니다."
한 호흡.
파우스트가 숨을 들이마셨다.
그리고 크게 내쉬었다.
소란스럽다.
귀족들의 웅성거림이 너무 소란스럽다.

"정숙!!"

노성.

파우스트에게는 보이지 않는 격노를 실어 귀족들을 향해 소리쳤다.

웅성거림이 정적으로 변했다.

"계속해라, 파우스트."

"네. 리젠로테 여왕 폐하."

파우스트가 크흠 헛기침을 흘렸다.

그리고 말을 이었다.

"유목민족 국가의 군사적 목표는 확실히 존재합니다. 그건 약탈하고, 죽이고, 파괴한다. 그것도 있을지도 모릅니다. 하지만 그 외에도 목표는 있습니다."

"무엇이냐."

"국가 정복과 교역권 확대입니다."

파우스트가 묘한 소리를 했다.

"교역? 유목민이 교역을, 아니, 어리석은 질문이었군. 애초에 실크로드는 유목민이 지나가는 길이었으니."

"맞습니다, 리젠로테 여왕 폐하. 유목민은 본래 교역을 행하는 민족입니다. 북방 유목민족도 인구가 과밀해지기 전에는 우리와 모피를 교역한 적도 있었죠. 만약 토크토아가 동서를 관통하는 실크로드 교역을, 그 교역권을 손에 넣는다는 꿈을 꾸었다고 한다면. 그 평생이 완결될 때까지 이룩하는 꿈을 꾸었다면. 아니, 애초에 토크토아가 이국의 상인으로부터 지원받은 최종 목표가 그것이라면."

크흠, 조금 갈라진 목소리.

파우스트는 조금 전부터 알현실에 있는 전원에게 말하는 듯한 크기로 말하고 있다.

목이 조금 마른 걸까.

종사를 불러 차 한잔이라도 대접해주고 싶다.

"실크로드 교역로에 있는 모든 도시를 손에 넣는 야망을 품어도 이상하지 않습니다. 즉, 유목민족 국가가 고작 7년 만에 안할트에 도래한다. 저는 그렇게 생각합니다. 영웅인 토크토아가, 그리고 그 지지자들이 살아있는 사이에 동방 교역로를 전부 지배한다는 야망을 품어도 이상하지 않다고."

후우, 말을 마치며 숨을 내쉰다.

파우스트는 조금 지친 모양이었다.

일단 말이 끝난 틈을 타서 생각했다.

앞뒤는 맞다.

파우스트 폰 폴리도로의 논리는 일단 아슬아슬한 선이기는 하나 일관성을 지녔다.

왜 안할트에 오기까지 7년이라고 추정하였는지, 그건 파우스트가 도출한 도착기한선이라고 해석했다.

파우스트의 말은 들을 가치가 있다고 판단했다.

토론을 계속하자.

"친위대! 파우스트에게 차를 한 잔 내어와라."

나는 내 목소리에 여왕 친위대 중 한 명이 바로 움직이는 것을 보고 고개를 끄덕이며 만족했다.

제59화 탄환 장전

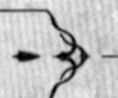

우선은 됐다.

첫 말뚝박기는 끝났다.

여왕을 매도하고 귀족 전원을 모욕했지만, 그럼에도 퇴장당하지 않고.

나는 이 자리에서 토론자로서 싸우고 있다.

여기는 전장이다.

나는 갑옷을 입고 이곳에 폴리도로 영주로서 서서 싸우고 있다.

그렇다면 나는 지지 않는다.

하지만 내 뇌리에 그린 이미지 보드, 그 도달 목표에는 아직 멀다.

"폴리도로 경. 차를 내왔습니다."

여왕 친위대의 이름도 모르는 대원이 찻잔을 내밀었다.

인사는 하지 않았다.

일부러 입에 담지 않았다.

나는 겁쟁이가 아니지만, 수많은 눈이 보는 자리에서 자유자재로 결심을 바꿀 수 있을 만큼 강심장은 아니었다.

죽음은 결코 두렵지 않다.

더 무서운 건 여왕 모욕죄로 내 폴리도로 령을 박탈당하는 것이었다.

하지만 리젠로테 여왕은 내가 빌렌도르프와 화평 교섭의 중개자이기 때문에 나를 처벌할 수 없다.

그래, 우선은 이거면 됐다.

첫 번째 과제, 리젠로테 여왕과의 토론은 클리어했다.

여왕은 내 발언에 어느 정도 이해를 보였다.

하지만 여기서부터는 한층 진흙탕이다.

내 발언으로 인해 악마가 내 다리에 달라붙어서 끌어내리려고 하는 사태에 빠질지도 모른다.

그래도.

지금부터 하는 발언은 전부 필요하다.

찻잔의 차를 비웠다.

그리고 여왕 친위대에게 돌려주었다.

동시에 여왕 폐하에게 말씀드렸다.

"그럼 리젠로테 여왕 폐하와의 대담은 여기서 일단 중단하겠습니다."

"뭐라?"

"법복 귀족 여러분에게도 여쭙고 싶은 게 있습니다."

메마른 목은 축였다.

나는 다시 리젠로테 여왕에게 등을 돌리고 알현실을 채운 귀족들을 돌아보았다.

"베스퍼만 가의 사람은 앞으로 나오시오."

베스퍼만 가.

빌렌도르프에서 돌아오는 길에 자비네 양에게서 그녀의 과거 이야기를 들었다.

과거 자신은 비밀공작을 생업으로 하는 귀족들의 대표를 맡는 가문의 장녀로 태어났다고.

그리고 너에게는 물려줄 수 없다는 말과 함께 가문에서 쫓겨나 제2왕녀 친위대에 배속되었다고.

현명한 판단이다.

아무튼, 아담하고 날씬한, 미숙하다고 해도 될 16살 소녀가 붉은 양탄자 앞으로 걸어 나왔다.

"마리나 폰 베스퍼만입니다! 제게 무슨 용건이십니까!!"

마리나의 또랑또랑한 목소리가 알현실에 울렸다.

그 힘찬 목소리는 군기가 바짝 들어 있어 나에게 호감을 주기엔 충분했다.

지금부터 할 말은 완전히 반대지만.

"베스퍼만 가는 외교관이긴 하나, 첩보도 생업으로 하고 있다고 들었다. 그런 베스퍼만 경에게 묻고 싶은데. 현재 안할트는 토크토아 카안에 대하여 무언가 정보를 파악한 바가 있는가?"

"——아뇨, 아무것도. 그 이름도 얼마 전 처음 알았습니다."

정직하다.

참으로 다루기 쉽다.

"정말로? 정말로 아무것도? 빌렌도르프에서는 유목민족 국가의 왕, 토크토아 카안의 이름만이 아니라 페이롱과 벌인 전쟁의 상황도 파악하고 있었는데? 아무것도 몰랐다?"

입을 다물었다.

베스퍼만 경은 순순히 침묵했다.

"빌렌도르프에는 초인을 비롯하여 동양에서 말하는 무장, 페이롱의 군사 계급이 실크로드를 통해 몇 명 넘어왔다. 그것도 모르는가?"

"네. 유감스럽게도 모릅니다."

계속 입을 다물 수는 없다.

그리고 유감이라는 말로 넘어갈 수도 없다.

아아, 마음이 좀 아프지만.

"즉, 안할트 왕국에서 첩보 총괄을 짊어진 베스퍼만 경이 고작 빌렌도르프에 다녀왔을 뿐인 나보다 아는 바가 없다는 게 현재 상황이라는 건가."

"무슨 말씀을 하고 싶으신 겁니까."

"우리나라의 첩보는 무능하다는 뜻이다. 빌렌도르프 전쟁에서 적의 침공을 읽어내지 못했을 때부터 아무것도 변하지 않았군."

대놓고 말했다.

마리나 폰 베스퍼만이 어안이 벙벙해진 얼굴이 되었다.

설마 대놓고 말할 줄은 생각지도 못한 모양이었다.

"이만 물러가도 된다."

"기다려주십시오! 변명을!!"

"다음 왕가 정기사단! 물론 지금은 북방 유목민족을 상대로 맞서고 있다는 건 알고 있다. 하지만 한 명 정도는 북방에서 대표가 와 있을 테지!!"

베스퍼만 경을 노려보며 시선만으로 입을 다물렸다.

키는 2m, 몸무게는 130kg이라는 거구, 그것도 전쟁 최전선을 뚫고 살아남은 초인 영주 기사의 시선이다.

아담한 16살 소녀의 입을 막고 물러나게 하는 것쯤은 쉬었다.

"왕가 정기사단. 왜 그러지? 나오지 않는다면 이 자리에서 경들의 무능함을 비웃게 된다!!"

"우리는 의무를 다하고 있다!!"

장신의 여성이 못 참겠다는 듯이 앞으로 나왔다.

몸에서 전장의 냄새가 느껴진다.

무관으로서 숙성된 냄새였다.

하지만 그대의 죄를 묻겠다.

"경이 말하는 의무란 지난 십수 년 동안 북방 유목민족을 상대로 태평하게 맞서는 일이란 말인가. 햇볕 쬐기라도 하는 건가."

"폴리도로 경, 반론하겠다!! 유목민은 조금 전 여왕 폐하께서 말씀하신 대로 인마일체가 된 기마 궁술을 당연하다는 듯이 사용한다. 경기병이기에 도망치는 속도도 빠르지. 쉽사리 근절할 수 있는 상대가."

"나라면 1년이다."

손가락을 하나 세워서 천장을 향했다.

알현실의 분위기가 정지된 것만 같았다.

웅성거림도 없다.

그저 어리석은 군중처럼 멍하니 입을 벌리고, 다들 알현실에서 있는 유일한 남자를 바라보고 있었다.

"1년이라 했나."

"그렇다."

“빌렌도르프의 영웅, 클라우디아 폰 레켄베르는 수년에 걸쳐 유목민족을 절멸시켰다. 그것을 모를 만큼 어리석지는 않을 텐데.”

그래, 그 레켄베르 기사단장조차 몇 년이 걸렸다.

하지만.

“나라면 1년이다. 이 파우스트 폰 폴리도로라면 1년 만에 북방 유목민족을 치울 수 있다.”

거창하게 말했다.

그렇지 않으면 이 자리를 돌파할 수 없다.

“단 그대들이 내가 생각하는 지휘계통을 진심으로 따른다는 조건이 필요하지만.”

“……좋다! 1년 만에 정리할 수 있다면 따르겠다.”

장신의 무관이 얼굴을 시뻘겋게 물들이며 분노한 목소리로 대답했다.

“약속했다. 정기사단 대표로서 한 말이니 어기지 말도록.”

“……그래. 이해했다.”

애초에 몇 년에 걸쳐 북방 유목민족을 상대하느라 쩔쩔맬 여유는 없다.

정말로 1년 만에 처리해야만 한다.

엄밀하게는 함께 참전하는 제후의 군역 기간이라는 짧은 기간 내에.

해야 할 일이 산더미처럼 남아있으니까.

“아아, 그래. 영주 여러분. 북방 유목민족 상대로 군역을 요구받는 분은 손을 들어주시길.”

침묵.

잠시 후, 제후를 비롯한 지방 영주 몇십 명이 손을 들었다.

"지금 말했듯 내년은 나도 군역에 참여한다. 그 참전을 요구할 것이 확정적이지. 물론 빌렌도르프와 화평 교섭이 끝난 지금 그렇게 되리라는 건 지금 손을 들어주신 전원이 파악한 바였겠지만."

한 호흡 쉬고.

"오랫동안 계속되는, 북방 유목민족을 상대로 한 무의미한 술래잡기를 1년 만에 끝내고 싶다면 나의 의견을 따라주길 바란다."

"발언하겠다."

지방 영주 중 한 명이 대표하듯 발언했다.

아스타테 공작령만큼은 아니지만 1만이 넘는 영지민을 자랑하는 제후 중 한 명이다.

"나를 따라 달라고 하였지. 그건 무슨 의미인가? 단순히 총지휘관으로서 추대하라는 의미는 아닐 텐데."

"명령의 상의하달을 철저히 따라주길 바라는 것뿐입니다. 다음에 올 큰 전쟁을 위해."

"그대는 안할트의 영웅이다. 무력으로도 외교적 측면으로도 보여주었지. 하지만 고작 300명의 영지민을 지닌 약소 영주를 따를 만큼 우리는 몰락하지 않았다."

반대하는 목소리.

그럴 줄 알았지.

나는 리젠로테 여왕 폐하를 돌아보고 물어보았다.

"리젠로테 여왕 폐하. 이제 와서 여쭙는 것도 우스운 일입니다만, 제 내년 군역은 무엇입니까?"

"물어볼 필요도 없다. 지금 네가 말한 대로 북방의 유목민족을 상대하게 되지."

"그렇다면 내년은 아스타테 공작에게 모든 군권을 맡겨주시기를 요청합니다."

리젠로테 여왕은 턱을 한 번 문지른 뒤.

내 눈을 똑바로 응시하며 이렇게 대답했다.

"네가 아니고? 너는 조금 전 북방 유목민족을 1년 만에 근절할 방법이 있다고 말했지 않나."

"방법은 있습니다만, 저는 장군으로서 재능이 없습니다. 제게 있는 건 오직 무예뿐입니다."

"조금 전 유목민족 국가에 대한 지식을 보면 그리 보이지 않는다만."

리젠로테 여왕이 턱에서 손을 떼고.

아스타테 공작으로 몸을 틀어 말했다.

"아스타테 공작, 본래 예정한 바이긴 하다만. 파우스트의 말을 어떻게 생각하지?"

"빌렌도르프의 압력이 없어진 지금 내년은 공작군도 유격대가 아닌 본격적으로 북방에 참전할 수 있을 테죠. 병사가 늘어나는 것이라면 저는 상관없습니다."

아스타테 공작은 나를 향해 생긋 미소 지으면서 고개를 끄덕였다.

리젠로테 여왕은 고개를 끄덕인 뒤 나에게 손가락을 가리키며 명령했다.
“왕가 정기사단, 그에 준하는 정규군에 관해서는 그리하겠다. 아스타테 공작에게 지휘권을 맡기지. 다만 제후의 군권만은 내가 허락할 수 있는 바가 아니다. 직접 허가받도록.”
“알겠습니다. 그렇다면 마저 대화하죠.”
나는 순순히 고개를 끄덕인 뒤 다시 지방 영주들에게 말했다.
패기를 끌어올려.
당당한 태도로.
“우리는 어디까지나 영지 보호 계약, 쌍무적 계약으로 인해 왕가를 따르는 몸. 그리고 군권은 죽어도 놓을 수 없는 것. 그건 잘 알고 있다.”
대답 없음.
모든 제후, 지방 영주들은 내 말이 계속 이어진다는 걸 알고 있다.
좋은 흐름이다.
“나도 마찬가지다. 고작 300명의 영지민을 지닌 지방 영주이나 영지에서는 주인이지. 군이 말하겠다. 아무리 작더라도 군주이자 왕이라 할 수 있다. 영주 기사란 그런 생물이라는 걸 어머니께 배웠다.”
웅성거림이 커졌다.
리젠로테 여왕 앞에서 마치 군주라는 듯한 발언.
이것도 이 자리에서는 감점 대상인가.
하지만 상관없다.

어차피 모든 게 마지막 단계에서 붕괴할 테니.
내가 이 자리에서 저지른 죄도.
내 미래도.
“영주가 있고, 영지민이 있고, 영주는 병권을 쥔다. 그렇기에 군주라 할 수 있다.”
걸어간다.
한 걸음, 한 걸음, 얼굴을 제외한 전신 갑옷 차림으로.
플루티드 아머, 전생에서는 마지막 기사 갑옷이라고 불린 그 모습으로 걸어간다.
“군권만은 양보할 수 없다. 절대로 놓을 수 없다. 어째서 나의 재산인 영지민을 남의 손에 맡기고, 그 손에 운명을 맡겨야만 하는가. 당신들의 논리는 지방 영주인 ‘나 자신’이 누구보다 잘 이해하고 있음을 헤아려다오. 그를 바탕으로 당신들에게 묻겠다.”
한 걸음, 한 걸음 걸어간다.
드디어 제후, 지방 영주들이 줄지어 서 있는 곳까지 도착하여——.
법복 귀족이, 내 패기에 겁을 먹고 조금씩 몸을 뒤로 물리는 가운데 완강하게 한 걸음도 물러나지 않는.
팔짱마저 끼고 있는, 아스타테 공작 다음으로 높은 후작과 변경백들이 기다리는 곳에 도착했다.
좋다.
아주 좋다.
“단도직입적으로 묻겠다. 당신들은 제 영지를 지킬 마음이 있는가?"

"물론."

후작이 짧게 대답했다.

다소 나이를 먹었다.

안할트의 이른 가주 상속을 생각하면 조금 눈에 띈다.

후계자가 마땅치 않은 모양이었다.

이제는 자식에게 기대하지 않고 손주에게 기대하고 있다나.

하지만, 그렇기에 현명하다.

"그렇다면 나의 의견을 들어다오. 파우스트 폰 폴리도로의 의견을 들어주시오."

조용히, 조용히 말했다.

최대한 패기를 유지하며, 위압감을 주면서, 그러면서도 제후에게는 신궁을 기했다.

법복 귀족은 두려울 게 없다.

하지만 영주 기사만큼은 두려워해야 한다.

"토크토아 카안을 상대로 패전이란 영지의 멸망이다. 그것을 이해해야만 한다."

"듣겠다."

신중하게.

나는 머릿속에서 말을 고르며 마음속으로 중얼거렸다.

인간은 사소한 모욕에는 보복하려 하지만 커다란 모욕에는 대단한 보복을 하지 못한다.

따라서 위해를 가할 때는 복수를 두려워할 필요가 없도록 해야만 한다.

상대를 공격한다면 철저하게.

상대가 반격조차 하지 못하도록.

'군주론'의 내용을 머릿속으로 떠올리며 신중하게 말을 골랐다.

"7년 대로 당신의 영지는 멸망한다. 받아들일 것인가, 거부할 것인가."

"거부한다."

후작이 유쾌하다는 듯 대답했다.

"그렇다면 당신은 아스타테 공작에게, 아나스타시아 제1왕녀에게 군권을 맡겨야 한다."

"그 또한 거부한다. 조금 전 폴리도로 경도 말했지. 군권만큼은 놓을 수 없다고. 그건 영주로서 모든 힘의 원천이다."

"그런 건 말 그대로 뼈저리게 알고 있지. 하지만."

주먹.

손가락 하나하나에 마법 각인이 새겨진 건틀릿으로 손이 덮여 있다.

나는 그 손으로 주먹을 쥐며 호소했다.

"지금부터 7년 뒤, 닥쳐드는 토크토아를 상대로 군권을 통일하지 않으면 우리 안할트는 확실하게 멸망한다."

나는 숨을 크게 들이마셨다.

연설 준비다.

상대방에게 반격의 여지도 주지 않고, 막힘 없는 대연설을 펼쳐야만 한다.

나는 조용히 그 준비를 갖췄다.
자, 파우스트 폰 폴리도로 일생일대의 최종 국면이다.
탄환은 장전되었다.
이제는 한 발 쏴주면 된다.
나는 들이마신 숨을 내쉰 뒤 연설을 개시했다.

제60화 탄환은 발사되었다

나는 기록관으로서 기록한다.

파우스트 폰 폴리도로가 외치는, 그 연설을 모조리.

폴리도로 경이 말했듯이 한 마디 한 마디 남김없이, 하다못해 후세에 도움이 되도록.

솔직히 말하겠다.

나는 폴리도로 경이 말하는 대로 7년 이내에 유목민족 국가가 침공하리라는 생각은 들지 않는다.

리젠로테 여왕 폐하께서 처음 말씀하신 게 진실이라고 본다.

하지만.

폴리도로 경은 그렇게 생각하지 않는다.

"주목! 눈을 크게 뜨고 괄목하라!!"

알현실의 중앙까지 걸어가서.

고작 300명의 영지민을 보유한 영주이면서, 영지민의 수가 1만이 넘는 후작이며 변경백 같은 상대를 향해 소리높여 말했다.

단 한 번도 눈을 깜빡이는 걸 용납하지 않겠다는 양.

"나는 굳이 신모처럼 자매애를 설파하고 싶은 건 아니다. 손을 잡고 화합하자고 내세우며 실속을 차릴 생각도 없다. 안할트 왕국에 바치는 충성의 증표로서 군권을 내놓으라고 말할 생각도 없다. 앞으로 올 위협에 대비하여 국가와 운명을 공유할 때가 왔다는 뜻이다."

교회의 신모처럼 차분한 어조로.

자신의 예측이 당연히 적중하리라는 듯, 조용히 연설을 시작했다.

"진다. 이대로는 확실하게 승리의 여지가 없다. 첩보가 도움이 되지 않고, 다들 그 존재를 모른다고 한다면 내가 설명하겠다. 상상해보도록. 지금도 북방 영지민을 괴롭히고 있는, 인간과 활과 말로 무장한 경기병 집단이 수만이라는 숫자를 이루어 들이닥치는 전장을. 그 만군이 초인적인 지휘관을 지녔으며 한두 명의 지휘관이 쓰러져도 바로 차석 지휘관이 지휘하는 시스템에서 나오는 전략을. 빌렌도르프 전쟁처럼 적 지휘관을 쓰러트리는 참수 전술은 통하지 않는다. 중기병인 적 지휘관에게 돌격하여 운으로 승리를 거두는 일은 일어나지 않는다. 그래, 당연한 일이지만 녀석들은 일대일 대결 같은 걸 받아들이지도 않는다. 아무런 이득도 없으니까!"

여기서 폴리도로 경은 잠시 침묵했다.

마치 영주 기사들의 상상에 맡긴다는 듯 침묵을 두었다.

실제로 그런 의도였을 것이다.

법복 귀족 중에는 폴리도로 경을 그 외모만으로 모멸하는, 쓸모없는 얼간이들이 있지만.

영주 기사는 다들 폴리도로 경의 군사적, 외교적 공적을 인정한다.

폴리도로 경이 말했듯 유목민은 1천이 될락 말락 하는 숫자로 북방 영지에 정규군을 묶어놓고 있다.

그런 유목민족이 1만이라는 숫자를 이루어 밀어닥친다면.
몇몇 영주 기사가 상상하고 얼굴을 찌푸리는 게 보였다.
"확실히 말하지, 토크토아 카안은 아바돈이다! 묵시록, 일곱 개의 재앙 중 다섯 번째다!!"
침묵을 깨트렸다.
폴리도로 경은 조금 전까지 신모처럼 온화하던 모습을 집어던지고 뜨겁게 절규했다.
"다섯째 천사가 나팔을 불었다! 나는 하늘에서 지상으로 떨어진 별 하나를 보았다! 그 별이 바닥없는 심연의 구멍을 열었다!! 녀석들은 온다!! 인간과 활과 말로 무장한 경기병 집단이 폭력을, 파괴를, 약탈을, 학살을 데리고 온다. 이 안에는 영주 기사로서 '새로운 지배자를 따르면 그만'이라고, 참으로──."
힐끗, 리젠로테 여왕 폐하의 얼굴을 살폈지만.
폴리도로 경은 미소마저 머금으며 연설을 계속했다.
"참으로 영주 기사로서는 '건전한 생각'을 지닌 자도 있겠지. 다만 녀석들의 유린과 수탈은 우리의 상상을 초월한다. 유목기마민족 국가에게 정벌이란 약탈에 불과하고, 남자를 포함한 영지민도, 재산도, 도시도 전부 불태우면서 약탈한다! 유목민에게 항복한다는 건 모든 것을 빼앗긴다는 뜻이며, 리젠로테 여왕 폐하를 배신한다면 배신자는 믿을 수 있다며 철저하게 이용만 당하다가 살해당한다!!"
팔을 들어 올렸다.
그 동작에 전원의 시선이 빼앗겨, 주목을 끌고 있다는 사실을

폴리도로 경은 완전히 자각하면서――.

작게, 그러면서도 모두의 귀에 들리도록 말했다.

"아무것도 기대하지 마라."

그 목소리는 정말로 작게 중얼거리는 것처럼 들렸다.

"영주 기사로서 앞으로 하는 대처에 얼마나 자신이 있다고 한들, 유목민족 국가에는 아무것도 기대하지 마라. 문화가 하나부터 열까지 다르다. 유목민은 지성은 있으나 이성은 없으며, 약탈과 학살을 문화로 하는 강력한 전투집단이다. 우리나라만이 아니지. 빌렌도르프도, 그리고 신성 구스텐 제국도 마찬가지다. 도망칠 곳은 어디에도 없다. 지금까지 그랬듯 쌍무적 계약으로서 수행하는 군역으로는 부족하다. 우리가 지금부터 임하게 될 전쟁은 그저――."

뜸을 들인다.

들어 올렸던 팔을 내렸지만, 그 주먹을 내리칠 책상이 없기에 허공을 갈랐다.

하지만 초인인 폴리도로 경의 주먹에서 허공을 때리는 어마어마한 소리가 나는 것이 모든 이에게 들렸다.

"생존 투쟁이다. 안할트와 빌렌도르프만이 아니다. 신성 제국을 전부 걸고서."

폴리도로 경은 아래로 내렸던 두 손을 들어 올리고는 가슴께를 벌리듯 작게 손을 벌렸다.

"우리는 이대로는 도태된다. 문화가 다르다. 리젠로테 여왕 폐하가, 왕가 일족이 살해당하는 것만으로는 끝나지 않는다. 본래의 토착 제후인 영주 기사의 영토 같은 건 전부 빼앗기지. 새로운 지배층으로 갈아치워진다. 설령 우리가 전후에 살아남아도 징세관이라는 역직을 받는 게 고작이다. 우리가 선조 대대로 이어받은 영지와 그 재산인 영지민은 전부 다 빼앗겨버리지. 이건."

또다시, 작게.

그러면서도 전원의 귀에 들릴 정도의 목소리로 발언했다.

"영주 기사로서는 죽음이나 마찬가지다. 아니, 틀렸군. 다시 말하지."

이어서 나온 말은 분노로 가득찬 음색이었다.

"죽음 그 이상의 굴욕이다."

침묵.

폴리도로 경은 다시 침묵을 두었다.

제후는 아무도 입을 열지 않았다.

아니, 열지 못하는 것이다.

폴리도로 경의 패기가 어마어마하여 누구 한 명 반론을 허락하지 않는 듯했다.

그리고 공포가 퍼진다.

폴리도로 경은 침묵을 이어갔다.

입을 열지 않았다.

폴리도로 경을 진심으로 업신여기는 어리석은 법복 귀족도.

이후 논공행상으로 폴리도로 경에게는 발리에르 님과 혼인이 약속되리라 예측하는, 나를 포함한 똑똑한 법복 귀족도.

폴리도로 경을 군사적 천재이자 외교면에서도 성과를 낸, 안할트 최고의 초인이라고 인정하는 영주 기사들도.

누구 한 명 입을 열지 못했다.

"군권이다."

다시 폴리도로 경이 입을 열었다.

"내가 생각하는 대항 수단은 지금, 안할트 왕국이 유목민족 국가에 대항해야 하는 수단은 군권 통일이다. 달리 방법은 없다. 제각기 독립적인 명령지휘계통. 신하의 신하는 신하가 아니다. 그런 마음가짐으로는 인간과 말과 활 덩어리에겐 일격에 처참하게 박살 나겠지. 무질서한 군대, 가능한 전술이라고는 기사가 전원 뭉쳐서 기마돌격 뿐. 그런 방법으로는 토크토아에겐 도저히 닿지 못한다."

뜨거운 목소리.

냉정하면서도 몹시 뜨거운 목소리였다.

"토크토아와 싸웠을 때 내가 예상하는 전장의 결과를 말해볼까."

폴리도로 경의 입에서 새어 나오는 한숨은 열 덩어리 같기도 했다.

"무식하게 기마돌격을 실시한 우리 안할트 · 빌렌도르프 연합군을 상대로 철수한 척했던 양익 경장기병에 의한 기마 화살 궁술, 요컨대 즉살공간, 유사 교차사격이라고 불러야 할 진형을 평지에서 구축하고."

일방적인 전투.

"기사단은 일방적인 원거리 공격으로 인한 동료의 죽음에 혼란. 그리고 기사단의 배후로 파고든 경기병이 연막을 피워서 돌격이 늦어진 후방 보병과 분단."

마치 교본에서 배우기라도 한 것처럼 이야기하는 폴리도로 경의 말에 역시나 아무도 입을 열지 못했다.

"그리고 토크토아의 중장기병이 혼란에 빠진 병사를 쳐부수고 끝. 전쟁 결과는, 그래. 유목민의 사망자가 1천이고, 우리가 1만 정도일까. 역사상 본 적이 없는 대패배가 되겠지. 우리는 후세에 웃음거리가 될 거다. 역사서를 읽는 모든 사람이 우리의 배경을 일절 고려하지 않고 이렇게 말하겠지."

웃음.

조소가 섞인 미소를 지으며 폴리도로 경은 말을 토해냈다.

"정말 멍청한 기사들이구나. 전술도 모르나 봐."

눈을 감는다.

그건 전장에서 우리의 죽음을 상상하는 것 같기도 했고, 그리고——.

"그것만은 사양이다. 아무것도 모르는 자들에게 무시당하는 건 선조께 면목이 없지 않나."

폴리도로 경은 눈을 크게 뜨고 선언했다.

"이대로면 우리는 유목민족 국가에 유린당하고, 맞설 방법도 없이 무의미하게 죽어가기만 할 뿐인 어리석은 자가 된다."

손을 들어 올렸다.

손가락 하나하나에 마법 각인이 새겨진 건틀릿으로 뒤덮인, 굳은살로 울퉁불퉁해진, 몹시 투박한 군인의 손이었다.

폴리도로 경이 주위에 흘리는 열기는 마침내 우리의 공기까지 태우려 하고 있었다.

"만약 제후가 내 말이 옳다고 생각한다면——."

한 걸음.

딱 한 걸음 걸었다.

그 한 걸음은 그 거구로 인해 아주 커서 제후 집단에게 성큼 다가갔다.

"우리의 영지민을 위해 떨쳐 일어나 영주 기사로서 앞으로 올 위협을 대비해 시간을 유효하게 사용하고 싶다면——."

다시 한 걸음.

호흡은 열을 흘리며 알선실의 공기를 계속 불태웠다.

"부디 내가 생각하는 지휘계통을 따라다오. 리젠로테 여왕 폐하에게, 왕가의 일원에게, 일시적이라도. 정말 일시적이라도 괜찮으니. 유목민에게, 유목민족 국가에게 대항할 때만, 군권을 맡겨다오. 그러면, 그렇게 한다면."

그 입에서 나오는 열은 마침내 결론을 내뱉었다.

"토크토아 카안의 위협을 깨부술 수 있다."

열은 전염된다.

연설은 끝났다는 듯 눈을 감고 침묵하는 폴리도로 경을 두고.

영주 기사가, 법복 귀족이, 각자 서로에게 토론을 시작한다.

처음 리젠로테 여왕 폐하의 주장이 옳다.

실크로드 동쪽에서 굳이 서방 정벌을 하러 올 리가 없다.

정벌 이유가 약하다.

여기까지 얼마나 거리가 떨어져 있는지 폴리도로 경은 모르는 건가.

빌렌도르프 동쪽에 있는 대공국은 어떻게 반응할 것인가.

아니, 그보다 더 동쪽에 있는 나라들은 어떻게 되는가.

애초에 폴리도로 경은 어떻게 이렇게까지 정보를 입수했는가.

우리나라의 첩보는 그렇게까지 뒤떨어지는가.

헛소리다, 폴리도로 경은 빌렌도르프에서 거짓 정보를 들은 거다.

그렇게 폴리도로 경에게는 불리해지는 번잡스러운 대화.

잇달아, 연달아, 서로 의견이 오간다.

일부 제후가 진지한 얼굴로 폴리도로 경의 다음 발언을 기다리려고 했으나, 그건 없다.

제후들 앞으로 딱 두 걸음 다가갔을 뿐.

후작, 변경백 등 지목당한 제후는 발언에는 섞이지 않았다.

침묵하는 폴리도로 경의 얼굴을 물끄러미 바라보며 그와 마찬가지로 입을 다물고 있다.

무언가를 입에 담을 마음은 없다.

아무것도 하지 않는 건 아닐 것이다.

머릿속으로는 폴리도로 경의 연설과 귀에 들리는 의견을 정리하면서 숙고하고 있다.

"애초에 폴리도로 경이 겁쟁이인 거지. 저 남자가 한 일이라고는 기껏해야 빌렌도르프에 승리하고 몸을 팔아서 화평 교섭을 얻어낸 정도가 아닌가."

누군가가 그렇게 말했다.

'불필요' 항목에 이름이 이미 적혀있는 하급 법복 귀족이었다.
빌렌도르프 전쟁에서, 그리고 화평 교섭에서. 전란의 피해에서 폴리도로 경이 영지를 구해준 변경 영주 기사들이 다들 매섭게 노려보았다.
다혈질인 영주 기사는 이 자리에 여왕이 없었다면, 검 휴대가 허락되는 자리였다면 당장에라도 베어버렸다는 듯한 얼굴로 격양하고 있다.
물론 폴리도로 경이 고향을 구해준 나도 당연하게 분노했다.
"저 멍청한 것. 이 자리에서 쫓아낼까요?"
옆에 있는 부하 문장관이 말했다.
내가 든 펜이 분노에 떨리는 걸 보고 견디지 못한 모양이었다.
"됐다, 잡음도 필요하니. 어차피 올해 안으로 나라에서 사라질 쓰레기고."
나는 부하에게 차갑게 대답했다.
어리석은 자는 더없이 어리석다.
훗날 리젠로테 여왕 폐하에게 보고해서 반드시 제거해야지.
"유목민 같은 걸 두려워할 필요는 어디에도 없지 않은가. 우리 안할트 왕국은 무적이다."
그렇게 말하는, 역시나 '불필요'로 분류된 하급 법복 귀족이 있었다.
그녀 또한 북방 유목민족을 상대로 고생하는 법복 귀족의 대표와 군역을 맡는 영주 기사들이 사납게 노려보았다.
허락된다면 이 자리에서 목을 졸라 죽였을 것이다.

역시 멍청이는 멍청이다.

결론부터 말하자면 이 자리는 그런 저급한 대화를 하는 단계가 아니다.

내가 이 자리에서 기록한 파우스트 폰 폴리도로의 연설은 전부 역사에 남을 것이다.

그런, 역사에 남을 정도의 폭주를 보여준 어리석은 자인가.

아니면 안할트 왕국, 아니, 신성 구스텐 제국의 수호자인가.

그것을 후세 사람이 판단하기 전에 우리가 판단해야만 한다는 상황에 놓여있다.

폴리도로 경의 말을 믿는다면 고작 7년밖에 없다.

그리고 실제로 폴리도로 경의 말을 따르지 않는다면 아마 유목 기마민족 국가에겐 이기지 못할 것이다.

아니, 설령 폴리도로 경의 말을 따른다고 해도 이길 수 있을까.

우리는 구석으로 몰렸다.

지금 이 자리에서 눈을 감고 그저 침묵하는 폴리도로 경의 손에.

아니, 폴리도로 경 본인도 어디까지 고뇌한 끝에 지금 연설을 한 것일까.

그 폭주라고도 할 수 있는 도발로 인해 이 자리에 있는 전원의 마음에 풍파를 일으키고 생각을 촉구하여, 모든 이의 감정을 끌어냈다.

이미 아무도 폴리도로 경의 말을 무시하고 이 자리를 떠날 수 없다.

그건 리젠로테 여왕 폐하고, 아나스타시아 제1왕녀도, 아스타테 공작도 마찬가지였다.

침묵.

알현실이 이렇게나 논쟁의 장소가 되었음에도 왕가의 실력자 삼인방은 상황을 지켜보기만 할 뿐 움직이지 않는다.

그리고 마침내 침묵하던 제후 집단의 주인, 후작이 발언했다.

“파우스트 폰 폴리도로 경.”

“네.”

“지금 연설 이상으로 확실한 근거가 있다면 나는 그대의 말을 따랐을 것이다. 하지만 아무것도 없기에 폴리도로 경도 이렇게 연설하였겠지. 그건 이해한다. 그렇다면 아무 일도 없을 경우. 토크토아가 침공하지 않았을 경우, 그대가 어떻게 될지도 이해하고 있겠지?”

그렇다.

폴리도로 경은 책임을 져야만 한다.

아무 일도 없을 때, 그 책임을.

알현실에 조용한 정적이 찾아왔다.

“물론입니다. 그리고 저는 그 결론에 따라 처형인의 손을 번거롭게 할 만큼 어리석지도 않습니다.”

광기와 냉정 사이에 있는, 그런 눈빛으로.

폴리도로 경은 조용히, 그러면서도 모두의 귀에 들리도록 발언했다.

그리고 마침 폴리도로 경 옆에 있던, 어딘가 조마조마한 표정으로 서 있는 사제.

그 노파가 설마 하는 표정으로 폴리도로 경에게 경악한 시선을 보냈다.

"사제님, 지금부터 게슈를 부탁드립니다. 신께 맹세를 바치고 싶습니다."

전신에 소름이 돋았다.

파우스트 폰 폴리도로 경은 기사의 금기라 불리는 게슈를.

처음부터 이 자리에서 그 죽음의 맹세를 할 생각이었다고, 이 순간 비로소 이해했다.

제61화 게슈

전생의 현대 사회에서 아일랜드의 대수도원장은 '나의 드루이드는 그리스도입니다'라는 유명한 말을 남겼지만, 이 이세계에서는 그 말을 남길 것도 없다.

이 세계의 드루이드란 일신교의 교황, 주교, 사제를 의미한다.

물론.

그런 건 다들 교양으로는 알고 있어도 바로 떠올리지 못할 테지만.

켈트인의 신화.

이 세계에서는 어디 사람이라고 불리는지는 모르지만 그건 중요하지 않다.

딱 하나만 기억하면 된다.

어머니 마리안느가 어린 시절 잠들기 전에 들려주었던 신화 속 기사 이야기와 그 말을.

게슈.

그래, 나는 기억한다.

고대 켈트에서 이뤄졌던 맹세, 금기, 약속의 이름을.

저주받은 주문의 이름을 성명하게 기억한다.

그래.

전생에서는 쿠 훌린이나 디어뮈드의 사망 원인으로 유명한 그것.

이번 생의 이세계에서는 그런 저주받은 주문 같은 건 아무도 맹세하지 않는다.

하지만 하겠다.

기사 사이에서는 완전히 금기가 된 의식을.

나는 오늘 이 자리에서 게슈를 맹세하겠다.

"사제여, 나의 드루이드여. 맹세를 받을 준비는 되었소이까!!"

나는 광기 어린 눈으로 사제를 노려보았다.

부디 나를 도와다오.

켈튼파의 사제, 나의 드루이드여.

신도인 나의 맹세를 들어다오.

내 힘으로도 계획으로도 감당할 수 없는 일이 일어나버렸다.

이 이세계에서 나는 만부부당의 초인으로서 전장에 서며 한 번도 두려움을 느끼지 않았다.

그러나 지금의 나는 유목기마민족 국가라는 아직 눈에 보이지 않는 존재에 완전히 겁을 먹었다.

그 두려움을 깨트리기 위해서는.

지금 내 각오를 주위에 보여주기 위해서는 저주받은 주문 게슈가 필요하다.

지금 이 자리에서 배를 가르겠다.

"신도 파우스트 폰 폴리도로. 저는——."

"사제여, 나의 기사의 맹세를 받아들일 수 없다고 말하려는 셈이오?"

내 이 몸은, 지금은 선조 대대로 이어받은 그레이트 소드를 들고 있지 않다.

하지만 거절한다면 베어버리겠다는 듯한, 그런 압박감만큼은 버리지 않고 사제에게 말을 걸었다.

"신도인 기사 한 명의 맹세를 사제로서 받아들일 수 없다고 말하려는 셈이오?"

"저는, 저는 사제로서——."

사제는 그 늙은 얼굴의 주름이 한층 깊어지듯 망설임도 깊어졌다.

하지만 망설임은 한 순간.

이어서 작은 목소리로 대답했다.

"받아들이겠습니다. 신도 파우스트 폰 폴리도로. 당신의 맹세를."

"감사하오!"

나는 주위 귀족들을 향해 흘리던 패기를 한층 더 강하게 쏟아내며 소리치려 했다.

하지만.

"멈춰라! 사제! 파우스트! 이 자리를 무엇이라 생각하는가!"

리젠로테 여왕의 말.

사제는 대답했다.

"황공하게도 리젠로테 여왕 폐하 앞입니다. 그리고 수많은 제후와 법복 귀족들이 모여있는 자리임은 익히 알고 있습니다!"

노파인 사제가 정정한 목소리로 리젠로테 여왕에게 당당히 대답했다.

"그런 자리에서 우리 신도가 기사의 맹세를 열망합니다! 지금 확실히 알았습니다. 우리 신도는 이 자리를 위해 목숨을 바치려 한다는 것을! 그 각오에 대답하지 않는다면 어찌 종교 지도자라 할 수 있겠습니까! 어찌 사제일 수 있겠습니까! 이를 거절하면 세례도 성직자도 교회도 그 존재 이유를 잃어버립니다!!"

"너는! 왕명을 듣지 못하겠다는 말인가!!"

"원하신다면 이 주름진 목을 베어가셔도 거역하지 않겠습니다. 하오나 이 계슈만큼은 막을 수 없습니다!"

사제는 입을 다물고 내 눈을 응시했다.

그래, 그래야 나의 드루이드지.

이미 아무도 의식을 막을 수 없다.

"여왕 친위대, 무엇을 하느냐! 빨리 사제를 제압해라!!"

리젠로테 여왕이 얼굴을 새빨갛게 붉히며 노성을 질렀다.

하지만 여왕 친위대는.

이 자리를 경호하는 그녀들은 안절부절못할 뿐 움직이지 못했다.

규정이 없다.

여왕 앞이라고 해도, 영주 기사와 법복 귀족이 가득한 자리라고 해도.

계슈를 해서는 안 된다는 규정은 어디에도 없다.

반대로 사제와 기사의 신성한 맹세를 방해해서는 안 된다는 규정은 있다.

계슈는 금기지만, 어디까지나 신성한 드루이드를 통해 신에게 바치는 맹세다.

그렇기에 망설인다.

차라리 뭘 모르는 평범한 위병이었다면 신속하게 나와 사제를 제압할 수 있었을 테지만.

여왕 친위대가 배운 교양과 예법이 발목을 잡았다.

뭐, 어차피 사제를 제압하려고 해 봤자 내가 가로막을 뿐이지만.

나는 외쳤다.

"이 맹세가 깨지는 순간 하늘이 무너져 나를 짓누를지어다. 땅이 꺼져 나를 삼킬지어다. 바다가 갈라져 나를 휘감을지어다!"

사제가 마주 외쳤다.

"신도 파우스트 폰 폴리도로여! 그대의 맹세를 읊어라!!"

"맹세한다!!"

내가 맹세를 외치려고 한――.

그때.

"애들아, 움직여!!"

발리에르 님의 절규.

검도 들지 않은 제2왕녀 친위대, 14명이 그 명령에 튕겨 나가듯이 움직였다.

이 자리에서 움직일 수 있는 건 현명한 사람이 아닌 어리석은 사람.

리젠로테 여왕 폐하도, 아나스타시아 제1왕녀도 이 이상 사태에 움직이지 못한다.

아니.

모욕하는 생각을 하는 걸 용서하십시오, 발리에르 님.
당신의 마음은 감사합니다.
하지만 늦었다.
나는 달려든 자비네의 팔을 붙잡고 그대로 몽둥이처럼 휘둘러 제2왕녀 친위대를 밀쳐냈다.
미안하긴 하지만 자비네의 등을 바닥에 내동댕이쳐서 잠시 움직이지 못하게 했다.
그리고 외쳤다.
"나는 맹세한다! 7년 이내에 이 안할트에 묵시록, 일곱 재앙의 다섯 번째. 그와 동등한 유목기마민족 국가가 닥쳐 들리라! 나는 그에 분골쇄신하여 팔다리가 부러진다고 해도 저항할 것을 맹세한다!"
변칙적인 게슈.
단순히 무언가를 금기로 지정하여 맹세하는 게슈가 아니다.
마치 선서.
기사로서, 영토를 지키기 위해 목숨을 걸고 싸우겠다는 당연한 맹세.
하지만.
이건 이 중세 비슷한 판타지 이세계의 영주 기사로 태어나 영지민과 어머니의 무덤을 지키기 위해 나에게 주어진 숙명적인 터부라고 생각한다.
신념이라면, 나의 기도는 신에게 닿는다.
"그럼 다음으로 묻겠다! 그대는 그 맹세가, 7년 내로 유목기마민족 국가가 닥쳐들지 않는다면 어찌할 것인가!!"
침묵.
한순간의 정적이 스쳤다.
아무도 움직이지 않는다.
아무도 말하지 않는다.
대신 모든 이가 귀를 기울이려고 한다.
왕성, 알현실.
여왕 폐하, 수백의 제후와 법복 귀족이 자리를 채운 이곳에서, 나는 입을 열었다.
"배를 가르겠다. 이 나라를 공연히 어지럽힌 책임을 지고, 배를 갈라 죽겠다."
맹세가 깨졌을 때의 금기를 입에 담았다.
"나는 하늘이 무너지지 않는 한, 땅이 꺼지고 바다가 나를 삼키지 않는 한, 이 약속을 지키리라."
"이로써, 이로써 신도 파우스트 폰 폴리도로의 맹세는 이루어졌다. 이 맹세는 죽어서도 지켜야만 한다."
사제는 신의 중개인으로서, 드루이드로서 내 맹세에 응했다.
빛.
눈 부신 빛이 나를 감쌌다.
정말로 황당할 만큼, 신에게 맹세하여 축복이 내려왔다는 듯 휘황하게 빛나는 신성한 빛이었다.
그것이 번개처럼 1초 만에 사그라들었다.
의식은 성립되었다.

나는 사제에게 인사했다.

"사제님, 협력 감사드립니다."

"당신은 처음부터 이런 각오로 오신 겁니까?"

"처음부터. 당신을 속이고 데려와서 죄송합니다."

나는 사제에게 깊이 머리를 숙였다.

원망해도 어쩔 수 없다.

하지만 달리 방법이 없었다.

내 지능으로는 떠오르지 않았다.

단순히 전생의 일본 무장처럼 배를 가르면서 탄원해봤자 이야기를 들어주지 않았을 것이다.

이 이세계의 문화를 따라 할복 비슷한 일을 행함으로써 의미가 생긴다.

"어쩜 이렇게 어리석은 짓을 한 거냐, 파우스트 폰 폴리도로."

어디선가 떨리는 목소리가 들렸다.

옥좌에서 난 소리였다.

"너는 게슈를 무엇이라 생각하지?"

"신께 바치는 맹세라고 인식합니다."

"농담이라고, 신벌이 거짓이라고 생각하는 건가? 이 세계에는 게슈를 깨서 죽은 영웅이 셀 수 없이 많거늘!"

마법도 기적도 있다.

그 정도는 안다.

이 세계는 중세 판타지 세계다.

게슈를 깨면 신은 반드시 벌을 내릴 것이다.

“드루이드인 사제와 신성한 약속하였습니다. 약속을 어긴다면 신께선 반드시 제게 벌을 내리시겠죠.”

“7년 이내에 유목기마민족 국가가 오지 않는다면 그대는 죽는다.”

“그리 맹세했습니다. 걱정하지 마십시오. 신께서 손을 대실 것도 없이 제가 직접 배를 갈라 생사를 정할 생각입니다.”

리젠로테 여왕이 일어났다.

그리고 부들부들 떨면서 얼굴은 시뻘겋게 물들였으나.

이윽고 크나큰 한숨을 내쉬었다.

마치 이미 가족이 죽은 것을 한탄하기라도 하듯 피를 토하는 듯한 목소리였다.

“너의 계슈는 무의미하다. 무의미하단 말이다. 파우스트 폰 폴리도로 경. 이 자리에 있는 누가 네 말을 믿고 군권을 나라에 맡겨도 좋다고 맹세할 수 있을까. 들어라, 너는 나를 설득하는 것만이 아니라 모든 기사에게 이해를 구하고 싶었던 것이겠지만. 그런 건──.”

“여왕 폐하!”

제후 중 한 명.

얼굴도 잘 모르는, 즉 나처럼 작은 영주의 영주 기사일 것이다.

그 사람이 앞으로 천천히, 천천히 걸어 나와 무릎을 꿇고 예를 취하며 말을 이었다.

그 목소리는 심하게 떨렸다.

본래 리젠로테 여왕을 만날 자격인 입성권(入城權)이 없으며 발언권 또한 여왕이 허락하지 않는 한 없고.

제2왕녀 상담역이 아니라면 나도 완전히 같은 처지였을.

그런 작은 영지의 기사였다.

"앞으로 7년 동안 유목민과 관련된 사안에 한정하여 일시적으로 군권을 여왕 폐하께 맡기겠노라 맹세하겠습니다."

그녀가 미약하게 두려워하면서도, 그러면서도 용기를 쥐어짠 표정으로.

내 앞에 서서, 그리고 나를 너머 리젠로테 여왕 폐하를 바라보며 말했다.

"어째서냐."

리젠로테 여왕이 조용히 이유를 물었다.

영명한 여왕 폐하라면 이유는 바로 짐작했을 것이다.

그래도 물었다.

"저희 영지는 빌렌도르프 국경선과 가깝습니다. 폴리도로 경이 없었다면 지금쯤 빌렌도르프에 멸망했을 테죠. 그런 폴리도로 경이 목숨을 걸고 게슈를 맹세했기 때문입니다. 저희 영토가, 영지민이, 은혜도 모르는 자가 아님을 폴리도로 경에게 보여주기 위함입니다."

그 말이 끝난 직후였는지, 직전이었는지.

마찬가지로 몇 명의 영주 기사가 옆으로 걸어 나왔다.

다들 역시 모르는 얼굴이다.

나는 그녀들과 연이 있다는 걸 전혀 몰랐다.

하지만 그녀들은 누구 한 명 걸음을 멈추려 하지 않았다.

나와 여왕 폐하의 눈앞에서 무릎을 꿇고 예를 갖추었다.

"너희도 그러한가."

"이유는 같습니다. 한 번 영지를 구해주었기 때문입니다."

그런가.

나는 나도 모르는 사이에, 빌렌도르프 전쟁을 통해 모르는 귀족과 인연이 생겼었구나.

은혜 같은 건 전쟁이 끝났을 때 형식상의 감사장이 온 게 전부.

나는 그것으로 모든 관계가 끝났다고 생각했다.

하지만 감사장을 보냈던, 얼굴도 몰랐던 안할트의 영주 기사들은 다들 긍지 높고 은혜를 모르는 척하는 걸 용서할 수 없는 기질을 지녔다.

눈시울이 뜨거워지며 눈물이 흐르려는 걸 필사적으로 참았다.

——참으려고 했지만, 나는 겉보기와 다르게 정에 약한 인간이었던 모양이다.

뺨을 타고 눈물이 계속 흘러내렸다.

그리고.

"거기 너희들, 옆으로 좀 비켜. 오히려 내가 중앙에 서야지."

"아스타테 공작!!"

무심코 목소리가 나왔다.

계속 침묵하던 아스타테 공작이 천천히 걸어 나왔다.

그 권력 차이로 무릎을 꿇고 있던 작은 영지의 영주 기사들을 치우면서 중앙에 자리를 잡았다.

그리고 마찬가지로 무릎을 꿇더니 리젠로테 여왕에게 예를 갖추었다.

"아스타테, 너도 그러한가."

"빌렌도르프 전쟁의 전우이기 때문입니다. 무엇보다 폴리도로 경이 목숨을 걸고 맹세했습니다. 그것을 조금도 믿을 수 없다는 건, 아무것도 믿지 못하겠다는 건."

잠시 침묵한 뒤.

"그건 영주 기사로서 자질이 의심스럽습니다. 그 긍지를 의심받을 겁니다."

주위를 도발하듯이 선언했다.

체면.

그 자리, 수많은 사람이 모여있는 곳에서 영주 기사의 체면에 침을 뱉으며 도발했다.

이윽고 아스타테 공작의 상비군에 은혜를 입은 사람.

빚이 있는 사람.

그러한 영주 기사가 마찬가지로 옥좌 앞에 일직선으로 깔린 붉은 양탄자 위로 걸어 나와 무릎을 꿇고 한 명씩 이름을 댔다.

그 안에는 귀족 파티에조차 불리지 못하는 나도 알 정도로 커다란 영지의 영주 기사도 있었다.

그녀들의 후원을 받는 영주 기사들도 이런 모습을 눈앞에서 보면 움직이지 않을 수 없다.

줄을 이루듯이 무릎을 꿇었다.

"저희도 앞으로 7년 동안은 같은 조건으로 여왕 폐하께 군권을 맡기겠노라 맹세합니다."

맹세.

그건 나와 사제, 그녀를 통해 신에게 한 맹세에 이어서 이루어졌다.

영주 기사들과 리젠로테 여왕의 맹세 의식이었다.

좋다.

내 바람이 눈앞에서 이루어진다.

하지만.

아직 충분하지 않다.

전원이 아니다.

아직 영주 기사 전원이 아니다.

드디어 절반을 채웠을 때.

"폴리도로 경, 하나 묻겠다."

나에게 각오가 있는지 물었던 후작이 조용히 질문했다.

"말씀하십시오."

나는 눈물을 훔치며 감동해서 빨개진 얼굴을 필사적으로 얼버무리고 대답했다.

아직 아무것도 끝나지 않았다.

정신 차려라, 파우스트 폰 폴리도로.

"확실히, 확실히 1년 만에 북방 유목민을 쓰러트릴 방법이 있는 것이겠지? 그리고 새삼 물어보는 것도 우습지만, 그대는 그 목숨을 걸 정도로 유목민족 국가가 안할트를 공격하리라 확신하고 있고."

"맞습니다."

"그렇다면 조건이 있다."

천천히 앞으로 걸어 나와서.

붉은 양탄자에서 길게 형성된 줄 맨 끝에 자리하게 되었음에 쓴 웃음을 지으며.

"폴리도로 경이 내년 군역에서 우리와 함께 북방 유목민을 1년 이내에 쓰러트리는 것을 목격한다면, 군권을 맡기기만 하는 것이 아니라 영지를 총동원하여 유목민족 국가 대책을 위해 힘쓸 것을 약속하겠다. 나를 실망하게 하지 말아다오."

붉은 양탄자 위에서 무릎을 꿇고 예를 갖추었다.

후작이 이끄는 파벌이 집단으로 줄을 이루더니, 일부는 쓴웃음을 지으며 후작을 따라 예를 갖췄다.

이로써 찬동하는 숫자는 영주 기사의 과반수에 도달했다.

마지막에 남은, 그럼에도 판단을 정하지 못하는 영주 기사들에게.

내 옆으로 걸어온 아나스타시아 제1왕녀가 뜻밖의 행동을 보였다.

"남은 제후에게는 내가 부탁하겠다."

아나스타시아 제1왕녀가 결정타를 날리듯이 깊이 머리를 숙였다.

"아나스타시아 제1왕녀 전하! 고개를 들어주십시오!! 폴리도로 경의 말을 믿으라고 말씀하시는 겁니까!!"

"그대들도 이해하고 있을 터. 폴리도로 경은 게슈를 맹세하여 각오를 보여주었다. 어리석지. 정말, 정말로 어리석다."

욕을 들었다.

그래도 어쩔 수 없다. 스스로도 어리석다고 생각한다.

하지만.

"하나 그런 어리석은 자를 막지 못한 것에 책임을 느낀다. 이 어리석은 자를 끝까지 따라가 주고 싶다. 지옥 같은 빌렌도르프 전쟁에서 함께 싸웠던 전우다. 그대들이 폴리도로 경의 말을 끝까지 믿지 못한다면, 게슈를 맹세했음에도 믿을 수 없다면 대신 나를 믿어다오. 장래의 안할트를 짊어질 나를 믿어다오."

나는 아나스타시아 제1왕녀가 머리를 숙이는 모습을 본 적이 없었다.

그 파충류 같은 안광으로 사람을 찌르는 게 아주 잘 어울리는 분이시다.

하지만 이렇게 그녀는 영지의 크기를 불문하고 끝까지 판단을 내리지 못하는 영주에게 머리를 숙이고 있다.

"……알겠습니다."

마지막까지 판단을 보류하던 영주 기사들도 결국 저항하지 못했다.

전원이 붉은 양탄자를 밟았다. 그 줄에는 아스타테 공작이 홀로 선두에서 머리를 숙이고 있을 뿐, 그 외엔 서열 구분조차 없다.

유목민을 상대로 리젠로테 여왕 폐하의 지휘 아래에서 군권이 통일된 순간이었다.

제62화 자긍심

의식은 끝났다.

내 게슈 의식, 그리고 리젠로테 여왕에게 바치는 맹세 의식.

두 개의 의식이 끝나고 지금은 다들 붉은 양탄자 위에서 물러나 원래의 장소로 돌아갔다.

하지만.

"그대들의 결심은 잘 알았다. 폴리도로 경의 결심도. 적어도 유목민에 대해서는 일치단결하여 전쟁에 대비하는 건 내가 바라는 바이기도 하지. 동방 교역로에서 유목기마민족 국가가 오든, 오지 않든. 헛수고는 아니다."

리젠로테 여왕이 자신의 의견을 늘어놓았다.

그렇기는 하지만.

"지금 생각해보니, 그대들이 군권을 맡겨주었다고 한들 법복 귀족인 정기사단의 무관들로 구성된 현재 시스템을 그대로 적용하는 건 어렵다. 법복 귀족을 따르는 걸 순순히 받아들이는 영지민도 적을 테지. 따라서 이 일은 후에 자세히 이야기해보도록 하지."

내 행동은 헛수고가 되지 않았고, 결과를 보여주었다.

그렇기야 하지만.

"그러니까, 그. 저기, 파우스트 폰 폴리도로 경."

안다.

알고는 있는데.

"슬슬 그만 울어라."
리젠로테 여왕에게서 다정한 목소리가 날아왔다.
도저히 눈물이 멈추지 않는다.
나는 어리석다.
안할트 어디에도 아군은 없다고 생각했다.
내가 해야만 한다고 나 자신을 몰아세웠다.
그저 폭주한 끝에 파국이 올 뿐일지도 모른다고 생각했다.
하지만 빌렌도르프 전쟁에서 구한 영지의 영주 기사들은 같은 영주 기사로서 나를 전부터 인정하고 있었고.
전우인 아스타테 공작과 아나스타시아 제1왕녀도 마지막에는 나의 폭주를 막지 않고 편을 들어주었다.
나는 행복한 사람이고, 동시에 어리석은 사람이다.
"실례했습니다. 곧, 곧 울음이 그칠 것입니다. 조금만 더 기다려주십시오."
"그렇게 해주고 싶다만."
리젠로테 여왕은 부드럽게 쿡쿡 웃었다.
동시에 영주 기사들 사이에서도 웃음이 새어 나왔다.
업신여기는 웃음이 아니다.
오히려 다정하게 들리는 웃음이었다.
처음으로 느끼는, 안할트 귀족들의 따뜻한 감정이었다.
"시간이 없어서 말이다. 유목민에 대한 건 다들 네 의견을 받아들였다. 다들 한가하지 않아. 이제 그만 본래의 논공행상으로 넘어가마."

"네, 면목 없습니다."

나는 머리를 숙였다.

기사 견습으로서 나를 보좌하는 마르티나가 옆에서 손수건을 내밀었다.

그걸로 뺨과 눈을 닦았다.

"그러면 논공행상을 시작하마. 빌렌도르프와 화평 교섭 성립, 참으로 훌륭했다. 지금까지 쌓은 공적인 빌렌도르프 전쟁, 그리고 카롤리느 반역과 때가 겹친 발리에르의 첫 출진에서도 금전을 내렸지."

"덕분에 영지민에게 감세 정책을 펼칠 수 있었습니다."

제대로 보수를 주는 건 고맙다.

뭐, 일은 욕이 나왔지만.

일 내용을 보면 완전히 블랙 기업이었거든.

"그리고 이번 화평 교섭에 앞서 아나스타시아가 그대가 지금 입은 플루티드 아머를 하사했지. 번듯한 갑옷이 필요하다 생각했기 때문이다. 빌렌도르프에서는 갑옷이야말로 기사의 예복이니 말이다."

"이 갑옷은 훌륭한 물품입니다. 빌렌도르프에서도 도움이 되었습니다."

이미 빌렌도르프에서 일대일 대결로 실전에 써 보았지만 가볍고 움직임도 제한되지 않았다.

화기인 머스킷총의 일격에도 쉽게 버틸 수 있을 것이다.

훌륭한 갑옷이다.

"물론 이번 화평 교섭이 성립되면 거금의 보수를 사전에 약속하였다. 그것도 주지. 하지만 그것만으로는 조금 부족하다. 그리 생각하지는 않는가?"

"네?"

생각 안 하는데요.

전혀 생각 안 해봤다.

영지민이 300명밖에 안 되는 작은 지방 영주다.

작위가 올라간다고 해 봤자 어느 정도 격식을 갖춰야만 하니 민폐가 될 뿐이고, 법복 귀족과 다르게 작위가 올라간다고 해서 수입이 늘어나는 것도 아니다.

토지는 갖고 싶지만, 폴리도로 경 인근은 지방 영주의 토지만 있고 왕령이 없다.

그걸 떼서 달라고 할 수도 없는데다 고립 영토 같은 방식으로 받아봤자 대리인을 파견해야만 하니 이것도 귀찮다.

좋은 일은 아무것도 없다.

리젠로테 여왕의 의도를 파악하기 위해 머리를 이리저리 굴렸다.

그렇다면.

혹시.

혹시나.

"적어도 왕가는 폴리도로 경의 공적에는 부족하다고 생각하며, 동시에 다른 영주 기사도 마찬가지로 불만을 품고 있다. 따라서 폴리도로 경에게는 금전 말고도 별도의 보수를 마련하였다. 즉, 아직 독신인 그대에게 신부를 마련해주려고 한다."

신부.

신부가 생기는 건가.

나는 붉은 양탄자 위에 쓰러져있던 자비네를――.

그 로켓 가슴의 주인이 제2왕녀 친위대에게 다리를 잡혀 벽 앞으로 질질 끌려가는 걸 보았다.

내가 한 일이지만 바닥에 꽂은 건 좀 과했나.

아무튼, 그런 자비네의 시체 비스무리한 걸 곁눈으로 보며 조금 아쉬워했다.

자비네여.

로켓 가슴이여.

안녕히.

네 로켓 가슴은 개인인 나의 마음을 흔들었지만, 머리가 너무 침팬지라서 폴리도로 령의 신부로 들이기에는 조금 걸린다고 나의 이성이 제지를 걸었다.

그러니까 작별이다.

굿 바이, 아디오스.

네 로켓 가슴은 앞으로도 은근슬쩍 보기만 할게.

그런 생각을 하는 사이에도 리젠로테 여왕의 말이 이어졌다.

"즉 혈통이다. 그대가 지금까지 쌓은 공적에 적합한 신부를 마련하였다."

왔다.

왔구나.

지금까지 안할트 왕국에서 비인기남으로 살기를 22년, 전생의 동정 이력까지 합치면 대충 40년.

그런 나에게도 동정을 버릴 기회가 찾아왔다.

문득 빌렌도르프의 카타리나 여왕의 얼굴이 머리를 스치며 첫 키스의 감촉이 입술에 되살아났지만.

그건 그거, 이건 이거.

나는 폴리도로 령의 영주 기사로서 후계자를 만들어야 하는 의무가 있다.

즉 나는 나와 손을 잡고 폴리도로 령을 통치하며 함께 군역에 나가는, 그런 신부를 받을 기회가 마침내 찾아왔다.

옆에 있는 발리에르 님을 보았다.

조금 전까지는 벽 앞으로 연행당해 시체 비스름한 상태인 자비네가 신경 쓰였던 모양이지만.

지금은 어째서인지 얼굴이 조금 빨개져서 아래를 보고 있다.

생각해보면 긴 여정이었다.

이 안할트에서는 2m의 키와 130kg가 넘는 몸무게를 지녀서 전혀 인기가 없는 몸이었고.

제2왕녀 상속역이 된 건 좋지만 발리에르 님에게는 자기가 마련해줄 수 있는 신부는 없다고 거절당하고.

마지못해 말려든 빌렌도르프 전쟁에서는 아나스타시아 제1왕녀의 손에 최전선에 배치되고.

폭유 아스타테 공작은 그 커다란 가슴을 팔에 밀착해놓고 음담패설을 속닥여대고.

정조대 속에 있는 아들놈이 아프다고 고통을 호소하는 나날.

그리고 왕가는 왕가대로 사적인 자리에서는 육체미를 자랑하고 싶은 건지 실크 베일 하나만 몸에 걸친 32살 과부의 거유와 16살 파충류 안광 미인의 미유가 유혹해대는 나날.

고추 아파라.

그 기도문도 끝이다.

오늘로 그것도 끝난다.

축하한다, 아들놈아. 내일은 홈런이다.

머리가 살짝 맛이 갔지만 그 정도로 기쁘다.

이제 이 기나긴 고통의 나날이 끝난다.

자, 리젠로테 여왕님, 신부를 소개해주십쇼.

"파우스트 폰 폴리도로 경에게는 나의 차녀이자 제2왕녀 게오르크 발리에르 폰 안할트를 신부로 내린다."

순간 머리 회전이 정지했다.

옆을 보았다.

내 옆에서는 140cm도 안 되는 작은 키의 14살짜리 빨간 머리 빈유 꼬맹이 미소녀가 얼굴을 붉히고 있었다.

그 시선은 계속 아래를 향하고 있다.

잠깐.

잠깐만.

"물론 왕위 계승권은 상실되며 앞으로는 폴리도로 경의 이름을 이어받게 된다. 다들 앞으로 잘 부탁한다!! 물론 그 핏줄에 불만은 없을 테지? 폴리도로 경."

불만밖에 없거든요.

뭐가 슬퍼서 14살 빈유 꼬맹이 미소녀와 결혼해야 하는데.
나는 거유를 원한다.
가슴사랑맨이다.
"역시 발리에르 님께서 혼인하시게 되는가."
"좋은 혼담이군요. 폴리도로 경에게는 명예로운 혈통이 내려져야 합니다."
영주 기사와 법복 귀족이 수군거리면서 자기들 좋을 대로 떠들어댔다.
기다려.
집요한 것 같지만 나는 가슴사랑맨이다.
"파우스트 폰 폴리도로. 생각해보면 네 어머니, 선대 폴리도로 경인 마리안느에게는 미안하구나. 너라는 구국의 영웅이 될 초인을 키우면서 지금까지 광인이라도 되는 듯한 대우를 받았으니. 그 오명도 왕가의 피를 들임으로써 씻어낼 수 있을 것이다."
아니, 확실히 그건 언젠가 씻어내고 싶었는데.
마리안느 어머니는 내 마음속에서는 무엇과도 바꿀 수 없는 사랑하는 어머니다.
나와 영지민만이 그것을 이해하고 있으면 충분하다고 생각했지만, 동시에 세간의 광인이라는 오명을 씻어주고 싶기도 했다.
하지만 이런 형태가 아니다.
나는 살며시 옆에 있는 발리에르 님의 모습을 보았다.
역시 얼굴을 붉히고 바닥을 보고 있다.
"물론 싫다고 하지 않을 테지? 발리에르."

리젠로테 여왕의 말.

거절해라 꼴통 빈유 꼬맹이!

아니, 아무리 머릿속이라고 해도 꼴통은 말이 심했다.

발리에르 님은 꼴통은 아니다. 범재다.

그냥 빨간 머리 범재 빈유 꼬맹이다.

"네, 받아들이겠습니다."

왜 거절하지 않는 건데.

너 빈유 꼬맹이잖아!

가슴사랑맨과는 절대 손잡을 수 없는 사이잖아!

왜 그런 단순하면서도 엄연한 사실을 모르는 거냐!!

페도필리아나 상대하라고, 이 애새끼야!!

아니, 아무리 머릿속이라고 해도 애새끼는 말이 심했다.

발리에르 님에게는 아무런 죄도 없다.

그저 나를 평화롭고 편한 군역이라면서 빌렌도르프 국경선 요새 경비로 보내 빌렌도르프 전쟁이라는 지옥에 휘말리게 만들거나.

편한 산적 퇴치였던 첫 출진에서는 어째서인지 지방 영주의 반역으로 전선이 확장되는 사태에 휘말리거나.

……잘 생각해보면 나는 옆에 있는 이 꼬맹이 때문에 상당한 역경을 겪었잖아.

발리에르 님의 의사와는 상관없는 일이라는 건 알지만, 역경을 겪기는 했다.

그래, 나는 가슴사랑맨이다.

토크토아는 공격할 것이다.

그 유목민족 국가는 7년 이내에 반드시 쳐들어온다.
그건 전생의 지식을 통해 확신하고 있지만.
만약 침공이 없다면 어떻게 되지?
나는 죽을 때까지 7년간의 성생활을 꼬맹이와 함께하며 끝내는 건가.
싫다.
용서할 수 없다.
용서할 수 있을 리가 없다!
신은 죽었냐!
아니, 조금 전 계슈로 신의 존재를 직접 느낀 참이긴 하지만!!
"그러면 파우스트 폰 폴리도로. 형식상인 질문이지만 묻겠다. 나의 딸, 발리에르 폰 안할트를 발리에르 폰 폴리도로로서 영지에 받아들이겠는가."
리젠로테 여왕의 말이 나에게 날아왔다.
잠깐 기다려.
조금이라도 괜찮으니 시간을 줘.
씽킹 타임이다.
스위칭 윈백*.
궁지에 몰렸을 때는 나 나름의 의식을 통해 스위치를 전환하듯 멘탈을 회복시킨다.
나 나름의 스위칭 윈백은 가슴이다.
이때 생각한 건 필연적으로 리젠로테 여왕의 실크 베일 너머에 있는 알몸이고, 그 거유였다.

*죠죠의 기묘한 모험의 와무우의 멘탈 회복법.

자연스럽게 발기한다.

고추 아파라.

정조대 속에 잠들어 있던 아들놈의 통증 덕분에 나는 이성을 되찾았다.

"신분이 너무 다릅니다. 저는 300명의 영지민을 부양하는 것이 고작인 소영주입니다."

나는 냉정한 어조로 반론했다.

내 생각에도 완벽한 대답이었다고 본다.

하지만 리젠로테 여왕은 움츠러들지 않았다.

"빌렌도르프 전쟁의 영웅이자 화평 교섭을 성공시킨 기사다. 여왕인 내가 인정했으니 아무도 항의할 수 없다. 받아들여라."

반론조차 틀어막는 거냐고.

틀렸다, 이 자리에서 거절은 허락해주지 않는다.

뭔가, 뭔가 반론할 방법이 없나?

적어도 14살 꼬맹이를 신부로 맞는 건 안 되잖아.

가슴사랑맨의 자긍심이 그걸 용서하지 않는다.

그건 꼬맹이와 가슴사랑맨이 약속한 단 하나의 게슈다.

신에게 맹세하지 않아도 지켜지는 서약이다.

이런 건 일어나면 안 된다.

나는 생각했다. 뇌를 풀파워로 돌려서 도출한 말을 입에 담았다.

"안 들어갑니다."

"뭐라?"

리젠로테 여왕이 의아한 목소리를 냈다.

잘 안 들렸던 걸까.

나는 한 번 더 발언했다.

"그러니까, 안 들어갑니다."

"그건 들렸다. 뭘 말하는 것이냐."

들렸다면 계속 말하게 하지 말라고.

그런 표정으로 나는 재차, 한층 자세하면서도 애매하게 읊조렸다.

"그것이…… 제 하반신의 중요한 부분이 발리에르 님의 중요한 부분에는 도저히 안 들어갈 거라는 말씀입니다."

참으로 애매한 표현이다.

하지만 의미는 통했다.

리젠로테 여왕은 영명하다.

따라서 부드럽게 대답했다.

"파우스트 폰 폴리도로 경. 너는 아직 순결하기에 모르는 것도 어쩔 수 없지만, 여자의 기관이란 의외로 유연하다. 아무리 네 하반신의 중요한 부분이 그 거구에 걸맞은 크기라고 해도."

"미성숙한 발리에르 님의 배에서 찢어지는 소리가 나도 괜찮다는 말씀이십니까. 제 물건은 일반적인 크기가 아닙니다."

나는 어디까지나 냉정한 태도를 유지하려고 애쓰면서 대답했다.

리젠로테 여왕인 일시 정지하더니 주변에 시선을 두리번거리며 다음 말을 쉽게 잇지 못했다.

그리고 주위 귀족들, 여성진은 얼굴을 붉히며 웅성거리더니 나를 손가락질하면서 무언가를 수군거리기 시작했다.

이 세계에서는, 그래, 이 맛이 간 세계에서는 내 하반신의 중요한 부분의 크기는 아주 강렬한 섹스 어필이 된다.

사실 저 사람은 수수해 보이지만 가슴이 엄청나게 큽니다, 같은 비유라고 할까.

붕대로 누르고 있었지만, 그 밑에는 거유가 있었다고 해야 할까.

따라서 여자는 얼굴을 붉힌다.

그리고 남자인 나는 전생의 가치관 때문에 전혀 부끄럽지 않았지만, 이 세계의 상식으로는 피치 못하게 본인의 사이즈를 고백한다는 굴욕을 받는 중이다.

그래서.

이 자리의 유일한 남자인 나를 제외하고 다들 얼굴을 붉히며 웅성거렸다.

회의는 이어진다. 하지만 진전은 없이 대화가 겉돌게 되었다.

제63화 약혼 성립

웅성거림이 멈추지 않는다.

이러는 나 아스타테도 흥분했다.

어? 파우스트의 그게 그렇게 크다고?

나는 엉덩이파다.

엉덩이파이긴 하지만, 딱히 앞에 관심이 없는 것까진 아니다.

파우스트의 거구를 보아 크다는 건 상상했다.

설령 작다고 해도 그건 그거대로 반전미가 있으니 흥분했을 것이라고 자신 있게 말할 수 있다.

나는 파우스트를 크기와 상관없이 사랑한다.

하지만 커서 나쁜 건 없다.

그건 이 안할트의 여자 전원이 공통적으로 지닌 의견이었다.

물건의 크기는 안할트에서는 중요한 섹스 어필이다.

따라서 얼굴을 붉히면서도 파우스트의 물건 크기에 대해 수군거리는 목소리가 멈추지 않는다.

"조용히! 그러고도 기사인가. 아니, 그 이전에 숙녀가 되어야지!!"

리젠로테 여왕의 외침.

탁월한 장악력으로 순식간에 조용히 만들었다.

뭐, 그건 좋은 일이지만.

"파우스트, 그, 뭡니까. 크다는 게, 그러니까."

리젠로테 여왕이 파우스트에게 건네는 목소리는 공중에서 분해되어 흩어졌다.

이제 어떡한다.

리젠로테 여왕 폐하도 분명 난감하시겠지.

그녀는 공인으로서는 훌륭한 인물이지만 개인으로서는 꽤 순진한 구석이 있다.

법복 귀족이 아무리 재가를 추천해도 그녀는 삼촌 로베르트 말고는 배우자를 원하지 않았다.

뭐, 지금은 파우스트에게 열중한 것 같지만.

아무튼 어쩔 수 없으니 도와주기로 할까.

"리젠로테 여왕 폐하, 발언해도 괜찮겠습니까."

"아스타테 공작? 무언가 의견이 있는가."

"네."

나는 얼굴이 새빨개진 아나스타시아를 곁눈질하며——이 녀석은 당분간 못 써먹겠네. 순진한 건 어머니를 닮았나——그런 생각을 하면서 발언했다.

"폴리도로 경, 경의 물건은 일반적인 크기가 아니라고. 분명히 그렇게 말했지?"

"네, 그리 말했습니다."

정숙하고 무구하고 귀여운, 순박하고 고지식한 동정 파우스트가 얼굴 한 번 붉히지 않고 자연스럽게 말했다.

부끄럽지는 않은 걸까.

이 순수한 남자치고는 드문 모습이다.

"발리에르 제2왕녀 전하와 결혼하는 게 싫은 건 아니고?"
"아닙니다."
어째서인지 파우스트는 시선을 살짝 돌리면서 대답했다.
흠, 거짓말 같은데.
역시 발리에르는 파우스트의 취향이 아닌 거겠지.
그런 생각이 들지만, 그건 됐고.
"그렇다면 진실인지 아닌지 확인해도 문제없겠지?"
"확인?"
파우스트가 의아한 얼굴이 되었다.
그런 파우스트의 얼굴도 사랑스럽다.
"이건 중요한 일이다, 폴리도로 경. 이번 일을 잘 풀어서 설명해주지. 조금 전 리젠로테 여왕 폐하께서도 말씀하셨듯이 폴리도로 경이 쌓아온 공적에 대해 왕가가 내어준 보수는 충분하지 않아. 쌍무적 계약이 성립되지 않는단 말이다. 폴리도로 경이 발리에르 제2왕녀 전하를 신부로 맞는 건 황공하다고 거절하고 끝낼 수 있는 일이 아니지. 이해했나?"
"이해했습니다."
"물론 싫다면 왕가도 강요할 마음은 없을 테지만…… 한 번 더 묻겠다. 싫은 건 아니지?"
파우스트는 고개를 아래로 숙인 채 얼굴을 붉힌 발리에르를 힐끗 바라보고는.
잠시 뇌리에 무언가 생각이 스친 것 같았으나.
파우스트는 분명히 대답했다.

"싫지 않습니다."

아마도 다양한 인물의 입장을 고려했겠군.

거절하면 왕가도 난처해지고 파우스트도 거절할 수 있는 입장이 아니다.

싫어도 싫지 않다고 말할 수밖에 없다.

뭐, 파우스트에게 발리에르는 싫은 여자라기보다는 보호해야 하는 대상으로 보고 있을 테지만.

어디까지나 제2왕녀 상담역이라는 위치에서 이탈할 마음이 없는 거겠지.

아무래도 파우스트는 14살의 미성숙한 발리에르를 애초에 성적인 대상으로 보지 못하는 것 같다는 느낌이 든다.

귀족끼리만이 아닌 평민끼리라고 해도 14살에 결혼하는 건 그리 드문 이야기가 아니지만.

"그렇다면 조금 전에 말했던 '그것'. 크기는 거짓 주장이 아닌 거지?"

"이 파우스트 폰 폴리도로, 신께 맹세코 거짓말은 하지 않았습니다."

"좋다. 그렇다면 확인해보자."

나는 아나스타시아의 어깨를 툭 쳐서 정신을 차리게 했다.

얼굴의 홍조는 아직 가라앉지 않았지만 의식은 돌아온 모양이었다.

"아, 아스타테?"

"아나스타시아 제1왕녀 전하, 상담역으로서 진언드립니다. 지금부터 폴리도로 경의 발언이 참인지 아닌지 확인해봐야 하지 않겠습니까."

"확인하다니, 어떻게?"

아직 넋이 나갔냐, 아나스타시아.

나는 무시하고 목에 힘을 줬다.

"알렉산드라!"

제1왕녀 친위대 대장의 이름을 불렀다.

190cm의 미인이 역시나 붉은 얼굴이긴 하지만 대답했다.

"네! 바로 시동을 불러 확인하도록 하겠습니다!"

그래, 그러면 된다.

아무리 파우스트에게 욕정을 느낀다고 해도 정신을 똑바로 차려야지.

나처럼 흥분하면서도 머리는 냉철하게 돌려야 한다.

나는 파우스트의 엉덩이를 구경하면서도 전장에서 냉정하게 인간을 죽일 수 있다고.

"폴리도로 경, 이쪽으로 오십시오!"

알렉산드라가 폴리도로 경의 손을 잡고 에스코트하듯 데려갔다.

다른 방에서 확인하는 거겠지.

그래, 파우스트의 물건이 얼마나 큰지 확인하는 것이다.

나도 확인하고 싶다.

이 자리를 지휘한 이상 나에게는 그 권리가 있지 않을까?

나는 순간 그런 생각을 했지만, 나중에 발광한 아나스타시아가 내 목을 졸라 죽이려 들 것 같았기 때문에 그만뒀다.
파우스트는 얌전히 알현실 밖으로 나갔다.

※

알현실에 시동이 한 명.
별로 본 적이 없는 얼굴인데, 신입인 걸까.
어느 영지에서 왕도로 보낸 건지는 모르지만 알렉산드라가 데려온 걸 보면 미인계 같은 걸 노리지 않는, 멀쩡하고 행실 바른 시동일 것이다.
"리, 리젠로테 여왕 폐하께 인사 올리는, 영광을 받게 되어 망극합니다."
긴장하는 것도 무리는 아니다.
눈앞에는 여왕 폐하. 심지어 주변은 법복 귀족과 영주가 에워싸고 있다.
영주 기사라고 하지만 영지민이 300명 밖에 안 되는 작은 영지의 영주임에도 불구하고 의연한 자세를 보이며 조금 전에는 연설까지 했던 파우스트가 특이하다.
정말이지 나의 파우스트는 영웅이다.
"미사여구는 되었다. 결론부터 말해라. 시동이 확인한 파우스트의 물건 크기는 어떠하였는가."
"네, 넵. 길이를 재 보았습니다."
시동의 얼굴이 살짝 파리하다.

무언가 충격을 받은 듯한 얼굴이었다.
“20cm가 넘습니다.”
크다. 설명 생략.
그 크기는 상상을 초월했다.
주위가 완전히 웅성거리기 시작했다.
“내 남편의 두 배잖아!”
“그건 경의 남편 크기가 너무 작은 것 아닌가?”
“죽여버린다?! 친구인 경이라고 해도 그 발언만큼은 용서 못 해!!”
잡다한 대화.
다들 그 크기에 귀를 의심했다.
아니, 잠깐 기다려.
잘 생각해보자, 아스타테.
시동이 확인한 건 어디까지나 평상시 사이즈니까…… 완전체는.
완전체로 변신하면 어떻게 된다는 거지?
깜짝 놀란 얼굴로 파우스트를 보았다.
역시나 순수한 파우스트는 얼굴을 붉히지 않은 채 어째서인지 태연했다.
파우스트는 어머니 마리안느가 홀로 키웠다고 들었다.
신사로서 성교육이 다소 부족한 게 아닌지 걱정이 되는데.
그런 걱정을 뒤로.
“실례지만 말씀드립니다. 완전체면 25cm가 넘습니다.”
머스킷 총의 총신이세요?
태연한 얼굴로 나온 파우스트의 대답을 듣고 내 가랑이를 보았다.

과연 나라고 해도 전부 다 들어갈 수 있을까.

그런 생각을 하는 사이에도 주위는 웅성거렸다.

"역시 폴리도로 경! 다리 사이의 물건도 영웅이구나!"

"그걸 알았다면 무슨 수단을 강구해서라도 결혼을 신청했을 텐데!"

"지금부터라도 늦지 않았지. 폴리도로 경, 나와 결혼해주시오!"

글러 먹은 귀족들이었다.

안할트의 가치관, 홍안의 미소년을 선호하는 취향을 냉큼 뒤집어버릴 정도의 현실이었다.

그 정도로 파우스트의 다리 사이에 잠든 섹스 어필은 매력적이었다.

크다는 건 좋다.

듣기로는! 빌렌도르프의 고추는 특대 고추! 음, 좋구나! 느낌 좋고! 상태 좋고!

전부 좋구나! 맛도 좋고! 아주 좋고! 너에게 좋고! 나에게 좋고!

그런 음탕한 노래가 뇌리에 떠올랐다.

이 노래의 핵심은 야만족 빌렌도르프가 선호하는 근육질 남자조차 고추가 크다면 안할트에서도 환영이라고 노래한다는 점이다.

실제로 속까지 닿는지 아닌지는 중요한 문제가 아닐까.

파우스트 폰 폴리도로라는 남자는 아스타테에게 엉덩이도 좋고 고추도 크다는, 완전히 완벽초인이었다.

그걸 손에 넣을 수 있다.

그러기 위해서도.

"그렇기에 지금의 발리에르 님을 폴리도로 령의 신부로 맞을 수는 없습니다. 정말로 안 들어갑니다. 구체적으로는 배가 찢어집니다."

발리에르와 결혼하는 걸 파우스트가 받아들일 필요가 있다.

그렇지 않으면 나와 아나스타시아의 정부(情夫) 계획도 수행될 수 없다.

어떻게든 파우스트의 마음을 돌릴 필요가 있다.

"폴리도로 경, 지금의 발리에르 님이라고 했지? 즉 발리에르 제2왕녀 전하의 몸이 미성숙하기에 어쩔 수 없다고 말하고 싶은 것이지?"

"네, 그렇습니다."

결국 파우스트는 정치적 센스는 살짝 약한 구석이 있다.

조금 전 연설, 게슈에서는 다들 어마어마한 패기에 압도당했지만, 이런 부분에서는 실수한다.

뭐, 그런 점이 귀여운 거지만.

"그렇다면 이렇게 하는 건 어떤가. 파우스트는 이웃 나라 빌렌도르프의 여왕 카타리나와 2년을 기다린다고 약속했지?"

"네, 맞습니다."

"그렇다면 우리나라도 2년을 기다리는 건 어떨까."

사실은 그렇게 기다리고 싶지 않지만.

나, 아스타테 공작은 20살이 되어버리지만.

어쩔 수 없지.

"2년입니까?"

살짝 떨떠름하게 파우스트가 중얼거렸다.

불만 덜 숨겼다, 파우스트.

그게 네 미숙한 점이지.

"그래, 2년이다. 발리에르 제2왕녀 전하는 아직 14살. 확실히 키도 몸도 너를 받아들이기 적절한 수준은 아니겠지. 그건 인정한다. 하지만 2년 뒤에는 달라질걸."

나는 두 손을 깍지 끼고 내 유방을, 전장에서는 방해되는 폭유를 들어 올렸다.

파우스트의 시선이 이쪽을 향하며 동공이 커지는 게 보였다.

"발리에르 제2왕녀 전하도 왕족의 일원임은 틀림없지. 왕족의 핏줄은 다들 발육이 좋다. 2년이나 기다리면 그 몸도 여성으로서 굴곡이 생길 테지. 네 다리 사이에 있는 그 커다란 것도 받아들일 수 있다."

어째서인지 파우스트가 얼굴을 찌푸렸다.

무언가 무척 아프다는 듯 몸을 웅크렸지만 이유는 모르겠다.

고민하는 건지, 아니면 장래 발리에르의 모습을 상상하는 건지.

"……알겠습니다. 발리에르 님께서 2년 뒤 여성으로서 제 물건을 받아들일 수 있는 몸이 된다면 폴리도로 령의 신부, 발리에르 폰 폴리도로로서 맞이하겠습니다."

"그래, 좋다."

파우스트가 꺾였다.

이로써 우리의 정부 계획도 좌절되지 않고 순조롭게 진행된다.

왕가의 체면도 세웠고, 파우스트의 입지도 발리에르와 약혼한 덕분에 강화되었고, 영주 기사는 폴리도로 경이 제대로 공적에 보답받았으니 안심. 전부 원만하게 해결되었다.

나는 리젠로테 여왕을 향해 몸을 돌리고 입을 열었다.

"여왕 폐하, 결단을 부탁드립니다."

"으, 으음. 아스타테 공작의 의견이 좋겠군. 채용한다. 오늘 이 자리로 파우스트 폰 폴리도로 경과 나의 딸 발리에르 폰 안할트의 혼인을 약속한다. 지금부터 두 사람은 약혼자임을 선언한다!"

빰을 붉히고 바닥을 보고 있던 발리에르가 고개를 홱 들어 파우스트의 얼굴을 보았다.

뭐야. 뭐 하고 싶은 말이라도 있는 건가.

"파우스트, 마지막으로 만약을 위해서 물어보는 건데. 진짜로 안 싫은 거지? 진짜 싫으면 말해. 설령 이게 귀족적 결론으로 피할 수 없는 일이라고 해도 나는 널 방해하고 싶지 않아."

"발리에르 님."

파우스트와 발리에르가 서로를 바라본다.

2m가 넘는 거구의 남기사와 140cm가 안 되는 작은 제2왕녀 커플.

조금 부럽다.

"싫지는 않습니다. 결코, 전하를 싫어하는 게 아닙니다, 발리에르 님. 하지만 반대로 여쭙습니다. 저는 정말로 영지민도 300명밖에 안 되는 소영주에 불과합니다. 호화로운 생활은 불가능합니다."

아니, 파우스트는 나와 아나스타시아의 정부가 되고 우리가 돈을 듬뿍 안겨줄 생각이니 고생하진 않을 테지만.

파우스트가 모르는 곳에서 왕족이 주도하는 폴리도로 령 개발 계획도 진행되고 있다.

폴리도로 령은 빌렌도르프 국경선에서 조금 떨어진 곳에 있는 영지이지만, 작은 산도 강도 있고 영지 면적도 그렇게까지 작지는 않다.

아직 개발의 여지는 있다.

이 세상에는 가문을 잇지 않는 평민 차녀나 삼녀도 많이 있다.

그 외엔 남자만 손에 넣는다면 영지민을 늘리는 건 어렵지 않다.

……물론 파우스트는 싫어할 테지만.

파우스트는 지역민을 중심으로 완만한 인구 상승을 바라고 있겠지.

그건 아스타테 공작령을 통치하는 영주 기사로서 이해할 수 있다.

하지만 그래서는 곤란하다.

아나스타시아 제1왕녀와 아스타테 공작의 정부가 통치하는 영지로서는 너무 작아서 곤란하다, 파우스트.

나는 살짝 자기혐오를 느끼면서도 발리에르의 말에 귀를 기울였다.

"호화로운 생활 같은 건 됐어. 나는 파우스트가 있으면 행복해. 아, 하지만 제2왕녀 친위대 대원들의 미래를 끝까지 지켜보고 싶으니까 이따금 왕도에 돌아올지도 모르지만."

"괜찮습니다."

파우스트가 자상하게 미소 지었다.

아마도 발리에르의 다정함, 제2왕녀 친위대를 잊지 않는 면모가 마음에 든 모양이겠지.

정말로 자상한 미소였다.

발리에르에게 조금 질투가 난다.

그 질투는 리젠로테 여왕도 마찬가지인 듯했다.

"그러면 쌍방 양해도 구했으니 두 사람은 약혼자가 되었다! 다들 성대하게 축복하라!!"

가까운 사람만 알 수 있는, 리젠로테 여왕의 조금 못마땅한 목소리.

그 목소리가 만들어낸 외침에 알현실에 있는 기사들이 성대한 박수를 보냈다.

제64화 그대, 사랑하는 남자의 말을 의심하지 말지어다

왕궁 안에 있는 아나스타시아 님의 거실.

아나스타시아 님의 동생인 발리에르 님과 폴리도로 경의 결혼이 정해지고 한 시간 뒤.

"솔직히 말하마, 피곤하군."

"동감."

제1왕녀 아나스타시아 님이 장의자에 몸을 눕혔다.

아스타테 공작도 마찬가지다.

그 모습을 바라보는 나, 알렉산드라도 마찬가지로 바닥에라도 쓰러지고 싶은 기분이었지만.

제1왕녀 친위대의 대장으로서 오기와 초인으로서의 자부심으로 참았다.

뭐, 장의자에 누워있는 아나스타시아 님도 아스타테 공작도 마찬가지로 초인이긴 하지만.

"결국 이번에는 파우스트에게 당했다는 건가?"

"아니, 마지막엔 이러니저러니 해도 우리 둘 다 파우스트의 의견에 동의했는걸. 그건 거짓말이 아니잖아?"

"그건 그렇지만."

솔직히 침대에 눕고 싶은 기분이시겠지만.

아나스타시아 님은 몸을 벌떡 일으키고 말했다.

"단도직입적으로 말하지. 아스타테, 너는 파우스트의 연설이 옳다고 생각하고 동의했나?"

"아니, 솔직히 지금도 의심스러워. 리젠로테 여왕의 말이 타당하다고 봐."

리젠로테 여왕의 말씀.

전쟁은 진지한 행위의 진지한 수단이어야 한다.

따라서 토크토아는 아직 서방 정벌을 하지 않는다.

나도 같은 의견이다.

하지만.

"하지만 아나스타시아. 난 지금은 파우스트의 말도 타당하다고 느껴."

교역권 확대.

지금은 신성 구스텐 제국과 페이롱 왕조가 소규모로 교역할 뿐이었다.

실크로드 부활에 의한 교역권의 확보.

토크토아가 이끄는 유목민족 국가의 재무 관료가 이국의 상인이라는 점에서 기인하는 뜻밖의 발상.

파우스트 경이 빌렌도르프에서 수집한 정보.

하지만 그걸 생각하면.

"공작인 내 의견을 제1왕녀 전하께 말씀드리지요. 파우스트 폰 폴리도로 경의 말은 일리가 있어. 그건 부정할 수 없지. 그래. 부정할 수 있을 리가."

"그래서 파우스트의 게슈에 이어 군권을 어머니에게 바쳤다? 아스타테 공작, 모친께서 슬퍼하실 거다."

"어…… 내가 여기 있는 동안 영지를 맡기고 있으니까……. 오늘 일을 모르는 어머니는 격노하시겠지. 한정된 조건이라고 해도 왜 군권을 내어줬냐고."

아스타테 공작은 여전히 장의자에 누워있다.

등을 의자에 붙이고 손을 크게 뻗어서 팔랑팔랑 휘저으며 말했다.

"하지만 필요해. 유목민족 국가가 쳐들어온다고 가정해보자. 그렇다고 가정하면, 파우스트의 말대로 확실히 군권 통일이 필요해. 그건 틀린 판단인가?"

"틀리지 않지."

아나스타시아 님이 여느 때처럼 파충류 같은 안광으로 아르카익 스마일을 지으며 대답했다.

나도 틀리지 않았다고 단언할 수 있다.

이전에 현지 시찰이라는 명목으로 제1왕녀 친위대 대장의 직무를 부대장에게 맡기고 북방 유목민 퇴치에 가담한 적이 있다.

강력한 유목민을 죽이려면 한 명이라도 많은 초인이 필요하기 때문이다.

힘든 전투였다.

폴리도로 경의 말을 빌리자.

인마일체의 기마궁술을 당연하다는 듯이 사용한다.

경기병이라서 도망치는 속도도 빠르다.

쉽게 근절할 수 있는 상대가 아니다.

그런 녀석들이 치고 빠지기를 반복하며 북방의 마을을 덮치고 약탈한다.

초인의 기량으로 나는 생채기 하나 없이 몇 명이나 죽였지만.

녀석들의 사기 유지력은 기이한 수준이다.

내가 나의 롱 보우로 말을 쏴 죽여서 어떤 유목민이 바닥으로 굴러떨어졌을 때.

도망칠 수 없다고 판단한 유목민은 그 자리에 서서 자기가 가지고 있던 화살이 전부 떨어질 때까지 활을 쏴 자기 부족 유목민이 도망칠 시간을 벌었다.

몇 번이나 그런 현장을 보면서 나는 유목민이 다들 그런 행동을 한다는 걸 이해했다.

가족이 인질로 잡혀 있다시피 하는 상태겠지.

아마도 항복했다는 딱지가 붙으면 가족이 살해당한다.

항복해서 부족의 체류지 같은 정보가 새어나가 우리가 보복하는 걸 두려워하는 거겠지.

효과적인 건 빌렌도르프의 클라우디아 폰 레켄베르가 했던 것처럼 부족장, 그리고 차석 지휘관을 연이어 적의 사정거리 밖에서 사살하고 기마돌격을 하는 방법.

참수 전술로 사기를 무너트린 뒤 중기병의 기마돌격으로 모조리 다 짓눌러버리는 초강력 황폐화 전술이다.

내년 군역에서 폴리도로 경이 유목민 토벌에 참가한다면, 그를 레켄베르 포지션에 둔 전술로 왕가 정기사단에 제안하려고 생각했을 정도다.

하지만.

폴리도로 경의 말로는 그것도 토크토아 카안이 이끄는 1만의 기병에게는 통하지 않는다.

절망적이다.

"아스타테 공작으로서 다시 말씀드립니다. 왕가에게 손해가 있었나? 만약 토크토아가 공격하지 않아도 책임은 전부 파우스트가 지잖아. 무슨 손해가 있는데?"

"……괴로워 보이네, 아스타테."

"당연하지. 괴로워. 전술의 천재라고 불리면서도 이번 상황 변화를 읽어내지 못했어. 나는 진짜 바보 멍청이야. 무능해. 뭐가 귀흉신 아스타테냐고. 빌렌도르프 전쟁에서 그 녀석은 나와 함께 사지에 있었어. 하지만 이번만큼은 그 녀석 혼자 사지에 서 있다고."

아스타테 공작이 장의자에 누운 채로.

두 손으로 얼굴을 가리고 눈물을 흘리듯 신음했다.

"토크토아가 침공하지 않으면 7년 뒤에는 파우스트가 죽어. 침공하길 바라지 않지만, 침공하지 않으면 내가 사랑하는 남자가 죽는다고."

"아스타테."

"파우스트가 죽는단 말이야, 젠장!"

아스타테 공작이 벌떡 일어나 테이블을 크게 내려쳤다.

매서운 타격음이 울리며 초인의 힘으로 튀어올랐던 테이블의 다리가 바닥을 두드린다.

"진정해, 아스타테."

아나스타시아 님의 심경도 아스타테 공작과 그리 다르지 않을 것이다.

하지만 지극히 냉정해지려고 애쓰고 있다.

아나스타시아 님은 첫 출진에서 실수를 하나 저지른 적이 있다.

첫 출진인 빌렌도르프 전쟁에서 레켄베르의 책략에 빠져 본진에 빌렌도르프의 정예 기사 30명이 침투, 돌격.

재능 있는 친위대 30명 중 10명을 잃었다.

아나스타시아 님은 그 왕가의 핏줄에서 오는 발광 상태에 들어가 적의 정예 중 15명을 핼버드로 베어죽였다.

아스타테 공작과 통신이 끊어진 사이 빌렌도르프 군은 레켄베르의 지휘에 따라 우리 군을 포위.

그곳에서 폴리도로 경이 레켄베르를 상대로 일대일 대결을 신청하여 승리하지 않았다면 그대로 패배했을 것이다.

아나스타시아 님은 그때 일을 치명적인 실수였다고 후회하신다.

그래서 어떤 때라도 냉정하고자 한다.

파충류 같은 안광은 한층 예리해지고 냉혹함마저 감돌게 되었다.

……사실 친위대원들에게는 다정한 분이시지만.

최근에는 동생 발리에르 님에게도 친절히 대하게 되었지만 그렇다고 해서 당시의 굴욕을 잊은 건 아닐 것이다.

따라서 아나스타시아 님은 냉정하게 말한다.

"파우스트는 죽지 않아."

"왜 그렇게 생각하는데?!"

"파우스트의 예감이 적중한다고 보니까."

소리가 순간 사라진 것 같았다.
나도 한순간 귀를 의심했다.
아스타테 공작이 당황한 얼굴로 짧게 대꾸했다.
"뭐라고?"
"토크토아는 7년 이내에 침공할 거야. 어머니 리젠로테와는 다르게 딸인 아나스타시아 제1왕녀는 토크토아가 침공할 가능성을 높게 본다고."
"파우스트의 말은 일리가 있어. 일리가 있지만, 가능성은 낮아. 동방 교역로 동쪽에서 이 먼 곳까지 침략해오겠냐고."
침이라도 퉤 뱉을 것 같은 표정으로 아스타테 공작이 고개를 돌렸다.
하지만 아나스타시아 님은 냉정하게 말을 이어갔다.
"정말로 신탁일 가능성이 있어."
"뭐? 정신 나갔냐? 아나스타시아. 화형당한 이국의 '그'와 같다는 거야?"
"내가 보면 이국의 '그'는 진짜 미친 것뿐이고. 전장의 규칙조차 몰랐던 남자 초인. 뭐, 그런 건 상관없지. 내가 아는 정보로는 파우스트가 빌렌도르프에 머무른 짧은 기간 내에 유목민족 국가에 관해 그만한 지식을 얻었다고는 볼 수 없어."
아스타테 공작이 목을 앞으로 돌렸다.
하지만 그 표정은 비웃듯이 일그러져 있었다.
"그 많은 사람이 모인 자리에서 신나게 비웃음을 당한 안할트 왕국 첩보 총괄 베스퍼만 경의 정보 같은 건 수준이 뻔하잖아?"

"베스퍼만 가는 그런 말을 들을 정도로 무능하지 않아. 뭐, 빌렌도르프에서 레켄베르가 구축한 강력한 방첩—— 사후 2년이 지났는데도 전혀 풀어지지 않는 그 견고함은 인정하지만."

클라우디아 폰 레켄베르는 만능형 초인이었다.

정치 · 군사 두 분야에서 막대한 성과를 보였으며, 그건 정보망 구축과 방첩에까지 재능을 보였다.

빌렌도르프 전쟁에서 적의 침공을 읽지 못한 건 베스퍼만 가의 무능함이 아니라 레켄베르의 능력이 더 뛰어났다고 말해야 할 것이다.

그 패배의 대가를 치러야만 했던 폴리도로 경, 아나스타시아님, 아스타테 공작, 그리고 나 같이 빌렌도르프 전쟁 피해자들은 신나게 물고 뜯어도 용서될 테지만.

"아무튼, 빌렌도르프조차 도저히 그만한 정보를 입수했을 것 같지 않단 말이지. 빌렌도르프는 확실히 파우스트에게 유목민족 국가에 관한 정보를 줬어. 페이롱 왕조에서 넘어온 초인의 정보도 줬고. 하지만 파우스트가 지닌 정보와 지식은 한 단계 위에서 얻은 거야. 도저히 빌렌도르프에서 조달한 내용 같지 않아."

"그래서 신탁? 신께서 내려주셨다고?"

"그래. 그렇게 생각하는 게 앞뒤가 맞아. 파우스트는 우리도 빌렌도르프도 모르는 무언가로 정보를 얻은 거지. 그건 무엇일까. 어용상인 잉그리드 상회? 죽은 어머니 마리안느의 영지 경영 일지? 아니면 실크로드 동쪽 끝에서 넘어온 음유시인?"

전부 해당하지 않는다.
확실히 폴리도로 경이 입수할 수 있는 정보는 한정적이다.
내가 봐도 빌렌도르프가 유목민족 국가의 정보를 그만큼 가지고 있을 것 같지 않다.
아나스타시아 님의 말을 듣고 깨달은 거지만.
그렇다면 정말로——.
"정말로 신탁이라고?"
"신탁이라고 말해봤자 신빙성이 없지. 아무도 믿지 않아. 파우스트는 고민한 끝에 자기 입으로 빌렌도르프에서 얻은 정보라며 유목민족 국가의 상황을 연설하고 마지막에 게슈를 맹세하여 사람들의 신뢰를 얻었어."
"으음."
아스타테 공작이 입을 누르면서 생각에 잠기는 자세를 취했다.
확실히.
확실히 폴리도로 경이 신탁을 받았고 그 지식을 사람들이 이해하기 쉽게 연설한 것이라면 앞뒤가 맞는다.
"나는 이 이상은 설명이 안 돼. 파우스트는 절대 머리가 나쁘지 않아. 오히려 두뇌 회전은 빠른 편이지. 하지만 정치력이 없어. 게슈까지 맹세하게 한 결의와 그만한 정보량의 연설로 영주 기사들을 수긍시킨 이상."
"파우스트가 그렇게까지 결심하게 만든 건 신탁이 있었기 때문이라고 생각하는 게 확실히 개연성이 있다고 할지, 골치 아프지 않다고 해야 할지, 이해하기 쉽다?"

"나는 이해하지 못하는 걸 싫어해. 파우스트가 정보를 얻을 수 있는 수단은 신탁 말고는 없어."

아나스타시아 님은 이해할 수 없는 상황을 싫어한다.

그렇다면 다소 불가사의해도 이해할 수 있는 추측을 선택한다.

무엇보다 나도 듣다보니 아나스타시아 님의 생각이 맞는 것 같다.

"그렇다면 파우스트의 말을 고스란히 믿는 건가?"

"믿지. 파우스트가 그렇게까지 말한 이상은 믿어."

거기까지 단언한 뒤 아나스타시아 님은 말을 끊고.

나와 아스타테 공작 두 사람이 귀를 기울여야 간신히 들릴 작은 목소리로 중얼거렸다.

"사랑하는 남자가 목숨을 걸고 한 말이니까 믿어주고 싶잖아."

신탁이라거나.

다른 정보원이 없다거나.

이런저런 이유를 붙여보긴 했지만, 아나스타시아 님의 본심은 그것이겠지.

"그래, 알았어. 좋아. 나도 그렇게 할게."

아스타테 공작은 시원하게 웃으며 대답했다.

아나스타시아 님과 아스타테 공작의 마음은 완전히 동조했다.

사랑하는 남자를 위해 아주 뼛속까지 믿어보기로 할까.

그 게슈에서 보여준 결의를, 폴리도로 경이 그때 그 자리의 입장이나 향후 이익을 생각해서가 아니라 앞으로도 진실로 만듦으로서 결론을 내린 것이다.

“그렇다면 해야 할 일은 넘쳐나겠네. 우선은 내년 유목민족 토벌, 파우스트가 말했던 것처럼 1년 안에 처리하자고. 참전하는 왕가 정기사단과 군역으로서 참전하는 영주 기사. 그 연계, 아니, 군권 통일이라고 해야 하나. 어려운 문제야.”

아스타테 공작이 웃는 얼굴로 대단히 어려운 문제를 입에 담았다.

아나스타시아 님이라면 해낼 수 있다고 믿기 때문이다.

“물론 그래야지. 협력해줘, 제1왕녀 상담역.”

아나스타시아 님이 날카로운 안광의 아르카익 스마일이 아니라 드물게도 부드럽게 풀어진 얼굴로 말했다.

“아무렴요, 명 받들겠습니다.”

아스타테 공작은 웃으면서 고개를 끄덕였다.

아나스타시아 님과 아스타테 공작은 정말로 좋은 파트너다.

나는 입꼬리를 올리며 조용히 아득한 기분을 느꼈다.

——결국 아나스타시아, 아스타테, 알렉산드라, 이 세 명은 눈치채지 못했다.

파우스트 폰 폴리도로의 생각.

정보의 출처가 너무나도 수수께끼였기 때문에 신탁이었다는 걸로 치부하였지만.

실제로는 전생자가 전생의 지식으로 알고 있던 내용이기에 신탁보다도 근거가 없고 불확실하다는 것을.

빌렌도르프의 정보가 있었기에 확신했지만, 그 두려움을 불러온 것은 다른 근거가 있었기 때문이라는 것을.

이 세계의 누구도 알지 못한다.

1천 명 정도가 들어갈 수 있는 거대한 막사였다.

돌로 된 성벽으로 둘러싸인 페이롱의 왕도가 있음에도 불구하고 유목민족 국가의 여왕인 토크토아는 그곳에 살지 않는다.

싫기 때문이다.

그건 토크토아만이 아니라 다른 유목민도 마찬가지였다.

유목민인 그녀들은 돌로 만든 도시에 사는 게 무엇보다 싫었다.

그것은 우리가 살 장소가 아니다.

딱히 그녀들이라고 해서 자유분방하게 초원을 달리고 원하는 때에 원하는 장소에서 사는 건 아니다.

부족마다 고유의 하영지(夏營地), 동영지(冬營地) 등 정기적으로 찾아가는 점유적 목지를 지니고 있다.

인구 과밀화로 인한 부족 간의 싸움이 발생하여 토지를 빼앗는 일도 있지만.

이제는 그런 일도 없다.

토크토아라는 강력한 초인의 출현으로 부족 간의 전투는 사라졌다.

대외적으로는.

뒤에서는 줄어들기는 했어도 부족 간의 전투와 살육이 일어나고 있다.

하지만 그것도 중재, 때로는 한쪽을 처벌하는 왕이 있는 이상

역시 옛날과는 다르다고 할 수 있다.

아무튼.

어쨌거나 석조 도시는 유목민인 그녀들이 사는 장소가 아니라고 정해놓고 있다.

다만 무슨 일에도 예외는 존재한다.

왕도에 살아도 괜찮다고 생각하는 유목민도 적잖이 존재한다.

토크토아의 딸 테오라가 그중 한 명이었다.

테오라, 유목민 사이에서는 '생각하는 자' 혹은 '보는 자'라는 의미의 이름을 지닌 소녀.

그녀는 왕도 거주지에서 나와 막사에 들어가 그 중앙을 향해 똑바로 걸어갔다.

막사의 내부 구조는 이해하고 있었다.

"어머니, 계십니까."

"물론 있다. 석조 도시 같은 곳에 좋다고 사는 괴짜 딸 테오라여."

"필요한 일입니다. 알고 계시잖습니까."

테오라는 탄식하며 대답했다.

그녀 역시 유목민 생활을 더 오래 했다.

막사나 게르, 요컨대 이동식 집에서 지내는 게 싫은 건 아니었다.

테오라가 왕도에서 지내는 건 이민족 실무 관료들의 수장을 맡고 있기 때문이었다.

그녀는 유목민으로 태어났지만 정치적인 능력이 아주 뛰어났다.

"오늘에야말로 국호를 정해주십시오."

"또 그 이야기인가."

토크토아 카안.

테오라의 어머니이자 20만의 기병 군대를 이끄는 유목민족의 수장은 아무래도 상관없다는 듯 중얼거렸다.

"페이롱은 멸망했습니다. 페이롱 왕조를 땅끝까지 몰아세워 왕족의 핏줄 하나 남기지 않고 몰살하는 사이에도 우리 국가의 규모는 확장되고 있습니다."

"퀴레겐은 귀순했지. 똑똑한 여자들이다. 나도 모르게 우리 왕가에 준하는 지위를 내려주고 말았으니."

"유능합니다. 처음부터 전력 차를 이해하고 전면 항복했죠. 그 민족은 경제 감각이 뛰어나 재무 관료로서만이 아니라 통치를 위한 문관에도 기용할 수 있기에 도움이 됩니다. 수십 년 뒤라면 모를까 지금 막 지배한 페이롱의 백성을 중용하는 건 어려우니까요."

테오라는 어머니의 말에 힘을 주어 고개를 끄덕였다.

정말로 도움이 많이 되었다는 얼굴이다.

통치를 위한 인재가 부족하다.

실무 관료가 정말로 부족하다.

본래 유목민의 수는 페이롱 왕조에 비하면 아주 소수다.

기병 20만의 가족을 포함해도 토크토아가 이끄는 유목민의 수는 백만이 채 되지 않는다.

그래도 수천 만의 인구수를 자랑하는 페이롱 왕조를 멸망시켰다.

그녀들, 유목기마 민족은 그야말로 미친 듯이 강하다.

"강하다, 강하다, 우리는 무적이다. 번개도 천둥도 우리를 저지할 수는 없도다. 그리 떠드는 것은 상관없습니다. 하지만 통치 실무를 담당하는 사람도 고려해주시지요."

"그렇게 부족한가?"

"오히려 어떻게 충분하다고 생각할 수 있는 건가요!"

천연덕스럽게 말하는 어머니를 보며 테오라는 돌이라도 던지고 싶어졌다.

얼마나 고생하는 줄 아는 건지.

그게 어머니이자 강렬한 카리스마를 지닌 초인 토크토아 카안은 모른다.

방날(放埒).

말이 담을 벗어났다는 뜻의 단어가 딱 어울리는 성격이었다.

즉 무슨 일에도 속박되지 않고 자유롭다.

국가를 정복한 뒤의 통치 같은 건 머릿속에 없다.

그렇기에 테오라가 고생한다.

하지만 퀴레겐이 귀순하자 또 전면적으로 긍정하며 나라를 통째로 삼키더니 왕가에 준하는 지위를 내려 백성을 중용한다.

토크토아에게는 그렇게 즉흥적인 부분이 있었다.

그리고 그 즉흥적인 부분이 이 국가에는 좋은 방향으로 작용했으니 지금이 있다.

그렇기에 테오라는 이 어머니이자 유목민족 국가의 여왕 토크토아를 전면적으로 부정하기 힘들었다.

테오라는 화제를 처음으로 되돌렸다.

"됐습니다. 그보다 오늘에야말로 국호를 정해주시죠."

"귀찮은데."

반복하지만 토크토아는 자유분방하다.

나라의 이름을 결정하고 거기에 얽매이는 것조차 귀찮아한다.

그래서 국호를 정하기 싫어한다.

테오라는 그걸 이해하고 있으나, 국호를 정하지 않으면 토크토아 외 모든 사람이 더욱 귀찮아진다.

지금까지는 단순히 유목민의 말로 '인간 무리'라는 뜻을 지니는 울루스라고 불렀다.

응? 국가가 커졌다고?

그럼 대울루스.

그걸로 충분하지 않은가.

토크토아는 지금까지 그렇게 치워버렸다.

너무 심하다.

"어머니, 울루스는 국가의 이름이 아닙니다. 그건 인간 집단이라는 뜻을 지닌 단어입니다."

"우리가 계속 사용한다면 국가라는 뜻을 갖겠지. 아니, 이미 그렇다고 해도 아무 문제 없다. 역사를 만드는 건 우리니까."

"그렇겠지만요."

일리는 있다.

그건 그렇다고 해도, 국가 이름은 정해야지.

문관으로서는 너무나 귀찮았다.

테오라는 오늘에야말로 국가 이름을 정하게 만들 생각이었다.

"그럼 몽골."

"네?"
몽골이라는 말의 의미.
그건 유목민 사이에서 '소박하고 취약하다'는 의미를 지닌다.
이 어머니는 헛소리를 하는 건가.
"예케 몽골 울루스. 크고, 소박하고 취약한, 국가. 이거면 됐다."
"안 됐습니다. 국가 이름에 소박하고 취약하다는 의미를 붙이는 멍청이가 어디에 있다는 겁니까."
"재미있잖나."
재미있는지 재미없는지로 국가 이름을 정하지 마라.
테오라는 두통을 느꼈다.
분명 토크토아 카안의 이름을 듣기만 해도 몸을 부르르 떨면서 마음이 타오르는 유목민 노얀, 즉 부족을 보유한 영주들은.
그녀들은 웃으면서 그 이름을 받아들일 게 틀림없다.
역시 우리의 여왕이다.
재치있다.
어머니의 말로 인해 지금부터 이 국가의 이름은 대몽골국이다.
아아, 그래. 이 사람은 항상 이렇지.
항상 재미있는지 재미없는지, 그 이유만으로 돌진한다.
테오라는 현기증을 느꼈다.
하지만 자신이 맡은 일은 제대로 해내야 한다.
테오라는 토크토아와 성격이 전혀 닮지 않고, 아버지를 닮은 성격이라 불리며 자랐다.
물론 그래서 부끄러웠던 적은 없다.

결코 문약한 딸이 아니고, 전장에서는 1만의 기병을 이끄는 만인대장.

왕의 딸로서도 일하면서 페이롱 왕조를 멸망시키고, 페이롱을 지키는 수백이 넘는 초인을 적으로 상대하며 토벌, 혹은 회유하여 동료로 포섭했다.

대로는 페이롱의 기술자나 초인을 직접 찾아가 계책에 빠트리기도 했다.

만능형 초인인 그녀를 업신여기는 사람은 울루스, 지금은 대몽골국으로 국호가 정해진 유목민족 국가에는 한 명도 없었다.

"알겠습니다. 대몽골국으로 국호를 공포하겠습니다."

"이봐, 진심으로 할 거냐? 얼간이 같은 이름인데."

"어머니께서 말씀하셨잖아요!!"

틀렸다, 이 사람에게 맞춰주다간 한도 끝도 없다.

국호는 정했다.

국호가 정해졌다. 테오라가 보기엔 얼간이 같은 이름이지만.

다음으로 넘어가자.

"파르사 함락, 고생하셨습니다."

"드디어 끝났지."

얼마 전까지 토크토아는 파르사 왕조를 멸망시키기 위해 외국에 나가 있었다.

많은 인축(人畜)이라는 이름의 남자, 그리고 재보를 약탈하고 돌아왔다.

그 전쟁에 참전한 무장의 논공행상, 재화 배분이 드디어 끝나고 지금 간신히 모녀가 대화할 시간이 생겼다.

파르사와의 전쟁 계기는 모처럼 우호를 맺으려고 우리나라에서 파견한 사절단과 상단을 저쪽이 죽이고 재화를 약탈했기 때문에.

대외적으로는 그렇게 되어있다.

실제로는 당연히 아니지만.

"파르사의 토지를 드디어 손에 넣었다. 게다가 상인을 오냐오냐 받아주기만 할 수도 없지. 그 녀석들에게는 좋은 약이 되었을 거다."

처음부터 침략이 목적이다.

처음부터 파르사가 보유한 고원, 즉 새로운 목지를 귀족들에게 수여하고 전리품 분배, 약탈, 학살 등 우리가 파르사에서 저지른 일들이 목적이었다.

어머니는 그야말로 내가 태어나기 전부터 이국의 상인에게서 원조를 받고 있었다.

금전적 지원은 물론이고 페이롱이나 파르사의 투석기 기술자, 무기 장인 소개.

나아가 재화로서 부족에게 나눠주는 남자를 데려다주는 것까지 지원받았다.

물론 이유는 있다.

그녀들 이국의 상인은 보답으로 재무 관료의 지위를 원했다.

어머니가 그 뛰어난 직감 말고는 어디까지 내부 실정을 이해하고 있는지 모르지만, 지금 문관의 수장이자 정치적 능력이 탁월한 테오라는 이해할 수 있었다.

수천만의 백성을 지닌 페이롱 왕조의 재무 관료라는 지위, 징세권, 강력한 보상.

나라에서 받는 봉급만이 전부가 아니다.

아니, 오히려 그런 푼돈은 필요로 하지도 않는다.

징세를 대행한다는 건 국고로 들어가는 막대한 돈을 조금 슬쩍할 수도 있다는 뜻이다.

더욱이 그녀들은 상인으로서 장사도 잊지 않았다.

원정군이나 대외 전쟁을 위한 물자 조달 및 수송망을 확보하는 가운데 국가가 주도하는 초대형 통상 · 유통을 만들어낸다.

당연히 재무 관료로서 특별한 지위를 지닌 그녀들은 그것을 이용해서 돈을 번다.

이미 그녀들은 어머니에게 투자한 돈의 몇백 배는 되는 금액을 벌었을 것이다.

앞으로는 몇천 배까지 벌어댈지도 모른다.

하지만 해고하지도 못한다.

대신할 인재가 없으니까.

테오라는 작게 중얼거렸다.

"좋은 약이라."

그녀들을 대신할 인재가 어디에 있다는 말인가.

누가 당시 머나먼 페이롱 왕조 북쪽 대초원까지 찾아와 어머니 토크토아 카안을 지원했을까.

그 자리에서는 아무런 보답도 필요 없다고, 일방적으로 투자할 뿐이라고.

대신 먼 장래, 당신이 페이롱 왕조를 정복하면 우리를 재무 관료로 삼아달라고 말했다.

그녀들은 유목민의 소질, 20만이라는 기병을 보유한 국가가 성립한다면 반드시 강대해지며 페이롱 왕조를 정복할 수 있다고 확신할 수 있었겠지.

하지만 보통 사람의 시각에서는 완전히 꿈같은 이야기고, 헛걸음이자 돈 낭비에 불과할 뿐이다.

내 어머니가, 단 한 명의 초인 토크토아가 현재 이렇게 되리라고 확신할 수 있는 괴물 같은 녀석들이다.

그 이국의 상인이자 우리나라의 현 재무 관료들은.

다소 마음에 들지 않아도 대신할 사람은 없다.

절대로 적으로 돌리면 안 된다. 오히려 중용해야 한다.

왜냐하면 그녀들이 돈은 좀 빼돌리지만, 그건 유목민에게 시켜도 마찬가지일 테니까.

아니, 더 심할지도 모른다.

테오라는 그렇게 판단했다.

잡상.

생각을 멈춘 테오라는 현실로 돌아왔다.

"상인에게는 좋은 약이 될 거라 말씀하셨습니까."

"파르사의 상인은, 지금은 우리나라의 백성이 된 자들은 조국인 파르사와는 우호로 인한 교역로 보호와 확장으로 돈을 벌 생각이었다. 헛소리 말라지."

토크토아가 마유주를 마셨다.

잔에 담긴 게 아니라 소의 위를 사용해서 만든 자루의 주둥이에 직접 입을 대고서.

유목민으로서 옛날부터 이어진 습관은 여왕이 된 지금도 사라지지 않았다.

"배신자는 죽어야지. 그리고 배신하지 않은 인간에게도 조금은 본보기를 보여줄 필요가 있고."

"뭐, 부정은 안 합니다."

토크토아는 조국 파르사에 침공하는 걸 반대한 실무 관료와 상인을 사절단과 상단으로서 보낸 뒤 이쪽에서 공작원을 몰래 보내 죽였다.

불쌍하게도 파르사의 총독에게 죄를 뒤집어씌우고 그 이름으로 상단이 보유했던 짐을 팔아치웠다.

그 후에는 간단했다. 죄도 없는 총독을 비난하고 처벌하라며 파르사에 사자라는 이름의 시비를 걸었다.

파르사는 토크토아 카안에게 저항하는 길을 선택했다.

그리고 멸망했다.

대몽골국이 너무 강했기 때문에.

그리고 많은 파르사인 실무 관료가 국정이나 지리에 관련된 상세한 정보를 토크토아에게 제공했기 때문에.

"으음, 죽였지, 죽였어. 파르사에서는 정말 많이 죽였다, 테오라. 너는 마음에 들지 않을 테지만."

"마음에 안 듭니다."

테오라는 이미 포기하긴 했으나, 유쾌하다는 듯한 어머니의 말에 부정적으로 대답했다.

“인간의 목숨은 더 효율적으로 사용해야 합니다. 죽음은 그 기능을 상실하게 만들죠.”

“테오라, 인간의 목숨에 의미 같은 건 없다. 죽으면 그저 핏물과 고깃덩어리지. 가축과 마찬가지야. 흙으로 돌아간다. 하지만 유일하게 이 세상에 남기는 게 있다. 죽음에 대한 공포지.”

테오라는 절대 어머니가 싫은 건 아니다.

하지만 인격적인 부분만큼은 옹호할 수 없었다.

온화한 성격인 테오라에게 어머니의 잔혹성을 인정하는 건 너무나 힘든 일이었다.

“죄도 없는 총독, 그녀는 어머니의 눈앞에서 두 눈과 두 귀에 펄펄 끓는 은을 흘려 넣어 죽었다고 들었습니다. 정말로 아무런 죄도 없는데. 그녀는 마지막까지 어머니에게 자신의 무죄와 자비를 호소했다고 들었습니다.”

“나는 앞서 말했다, 테오라. 배신하지 않았던 인간에게도 약간의 본보기가 필요하다고.”

마유주를 마시며 토크토아가 기분이 좋다는 듯 말했다.

“이제 파르사인은 아무도 배신하지 않지. 두려움이야말로 인간을 억누른다. 나나 너를 모시는 ‘구 파르사인’ 실무 관료들은 단 한 명의 희생으로 다음 희생자를 내지 않을 수 있게 되었지. 감사를 듣고 싶을 정도군.”

토크토아는 이따금 두려움이라는 것이 얼마나 효율적인지를 주변에 설파한다.

확실히 효율적이기는 했다.

그녀들의 조국 파르사는 이미 정복되었다.

우리는 침공했다. 파괴했다. 방화했다. 학살했다. 약탈했다. 그리고 떠났다.

파르사인은 이제 아무도 거역하지 않는다.

"그래도 파르사 침공에서는 사람을 너무 많이 죽였습니다."

"제대로 죽였지. 많이 죽였다. 공포에 질려서 토크토아의 이름을 듣기만 해도 울부짖으며 목숨을 구걸할 정도로 죽였다."

토크토아는 세 번이나 죽였다는 말을 입에 담았다.

이어서 나오는 건 항상 하던 말.

"공포야말로 인간을 지배한다."

마유주를 다 마신 건지 자루가 쪼그라들었다.

토크토아는 빈 자루를 바닥에 던지고 말했다.

"이제 파르사인은 우리의 통치에 거스르지 않아. 깔끔하게 멸망시켰다. 다만 내버려 두면 언젠가 인구도 원래대로 돌아가겠지. 그래, 내 손주 세대에는 돌아올 거다. 하지만 공포는 흐려지지 않지."

토크토아가 목을 옆으로 틀어 뚜둑뚜둑 뼈 소리를 내면서 물었다.

"이제 파르사에 관한 건 됐지 않나? 테오라."

"네, 됐습니다. 파르사에 관한 건 이제 아무 말도 안 하겠습니다."

테오라의 말은 무엇 하나 토크토아에게 닿지 않을 것이다.

포기할 수밖에 없었다.

지나간 일을 입에 올려봤자 소용없다.

하지만 지금부터 꺼낼 이야기는 생각을 바꾸길 바랐다.

"지난 집회에 제가 결석한 사이에 서방 정벌이 결정되었다고 들었습니다."

"뭐냐, 벌써 들켰나."

"어머니!"

무슨 생각인 건지.

파르사 침공을 막 끝낸 참인데.

지배한 파르사의 목지를 귀족들에게 배분했으니까 끝, 하고 넘어갈 수 있는 것도 아니다.

정복한 이상 통치해야만 한다.

"파르사 통치는 어떻게 하실 거죠?!"

"깔끔하게 멸망시켰잖냐. 인구가 늘어날 때까지 당분간은 괜찮다. 파르사는 이국의 상인들에게 지사직을 맡겼다. 딸들에게 영토도 배분했고."

아마도 파르사 통치는 제대로 돌아가지 않는다.

테오라는 눈썹을 찡그렸다.

징세권이 돈으로 매매되고, 치안은 어지러워지고, 인두세나 임시징세의 반복 징수가 이뤄질 것이다.

지사들이 횡령해서 국고에는 한 푼도 들어가지 않는다.

그런 부패한 광경이 쉽게 상상이 갔다.

테오라와 다르게 다른 자매는 통치에 적성이 없다.

자기만 사치할 수 있다면 충분하고, 국가나 백성의 안녕을 바라는 마음은 없을 것이다.

일반 백성의 궁핍 같은 건 아랑곳하지 않는다.

테오라의 귀에 백성의 원한이 들리는 것 같았다.

한 번 더 말하지만, 다른 자매는 통치에 적성이 없다.

애초에 유목민에게 그런 걸 요구하는 게 무모한 요구다.

토지에 적응한 딸, 손녀 세대에 세제개혁이 이뤄지길 기대할 수밖에 없다.

"어머니는 인간의 마음을 모르십니다."

"알지. 너는 묘한 딸이구나, 테오라. 인간은 너처럼 아랫사람을 신경 쓰는 사람이 드물다. 오히려 네가 이상한 거지. 그 점을 이해하고 있는가?"

"그런 건 압니다."

테오라는 작게 대답했다.

유목민으로서는, 아니, 지금 지배한 이 토지의 구 페이롱인과 비교해도 역시 내가 이상한 것이겠지.

전장이라면 용맹하게 싸운다.

하지만 필요해서 하는 약탈이라면 모를까, 필요하지 않은 약탈까지 할 필요는 없다.

테오라는 먹고 살 수 있는 물자를 손에 넣으면 충분하다고 생각하는 성격이었다.

그래서.

그렇기에 사양이었다.

"서방을 정벌한다. 저 멀리 서쪽 안할트와 빌렌도르프의 북방에 좋은 초원지대가 있다더군. 그곳을 거점으로 삼고 두 나라를 멸망시킨다. 중간에 있는 나라의 영지는 부하나 다른 딸에게. 테오라에게는 그 안할트와 빌렌도르프의 땅을 주마. 네가 바라는 이상적인 치세를 하고 싶다면 거기서 하도록."

"기다려주세요. 저는 땅 같은 건 필요 없고, 이 나라의 실무 관료의 수장은 어떻게 하실 생각이십니까!"

"테오라, 이해를 한 거냐 못한 거냐. 네가 지금까지 쌓아온 공적이 있으니 어딘가의 토지를 나눠주지 않을 수도 없고, 실무 관료의 수장을 이대로 계속 시키는 것도 안 된다. 이대로 수장을 계속한다면 마치 네가 내 후계자 같지 않으냐. 후계자는 따로 있다."

안다.

테오라는 알고 있다.

어머니의 후계자는 되지 못한다는 것도, 언젠가 어딘가의 땅을 나눠 받게 된다는 것도.

하지만 테오라는 자신의 입장을 잊고 그냥 페이롱 왕도에 머무르면서 실무 관료로 일할 수 있다면 그걸로 충분했다.

그것으로 자신의 인생은 행복했다.

하지만 토크토아에게 말해도 통하지 않는다.

허락해주지 않는다.

"서방 정벌을 준비해라. 서쪽 끝까지 가겠다. 과거에 있었다는 실크로드, 지금은 쇠퇴하여 수백 명의 여행자나 상인만이 오가는 길. 그 교역로를 다시 만들어내서 정벌하는 것을 내 인생의 마침

표로 삼겠다."

토크토아에게는 꿈이 있었다.

이 대륙을 전부 통일한다는, 보통 사람은 이해할 수 없는 터무니 없는 꿈이.

상인의 이익에도 정복지 통치에도, 나아가 딸의 애원에도 좌우되지 않는다.

그건 단순한 개인의 원대한 꿈이었다.

거기에 휘말리는 인간은 견디지 못할 고통이겠지만.

테오라는 눈을 감고 앞으로 그 꿈을 위해 죽어갈 사람들을 위해 묵념하듯이.

작은, 정말로 작은 한숨을 내쉬었다.

사랑을 알았다.

봄은 그를 생각하면 화창해지고, 여름은 피부가 열을 띠고, 가을은 쓸쓸하고, 겨울은 온기가 그립다.

이 빌렌도르프의 여왕 이나카타리나 마리아 빌렌도르프에게 파우스트 폰 폴리도로에게 품은 사랑은 계절의 의미를 알게 해주는 것이었다.

그 남자는 내가 눈치채지 못했던 어머니 레켄베르의 사랑을 마음속 깊은 곳까지 때려 넣고.

그것을 몰랐던 내 어리석음은 자신과 마찬가지임을 가르쳐주었다.

레켄베르와 파우스트가 카타리나라는 구멍 난 조각상에 사랑으로 펄펄 끓는 쇳물을 흘려 넣었다.

나는 그 순간 사랑을 알았다.

나의 마음은 적국의 영웅 기사, 나의 어머니를 쓰러트린 남기사에게 기울었다.

기울어버리고 말았다.

"이것은 악일까, 군무 대신이여. 나는 마음속 깊이 사랑하는 어머니를 죽음으로써 나에게서 빼앗아 간 남자를 사랑하고 말았다."

1백 살은 넘었을 노파가 조용히 대답했다.

"악일 리가 없습니다, 카타리나 님. 우리 빌렌도르프 건국 사상 최강의 영웅인 클라우디아 폰 레켄베르가 그것을 비난하리라 생각하십니까?"

"어머니가 나를? 말도 안 된다. 어머니에게서는 생전 그만한 애정을 받았으니."

그런 일로 비난할 리가 없다.

전장에서 정정당당하게 일대일로 대결한 끝에 쓰러진 어머니가 그런 일로 나를 원망한다는 건 말이 안 된다.

"그렇다면 괜찮지 않겠습니까."

"그건 빌렌도르프의 군무 대신으로서 하는 대답이라 받아들여도 상관없는가?"

"그러합니다."

나는 아마도, 조금 안심했다.

시시한 일이지만 내가 '배려'한 건 사랑하는 어머니가 아니다.

레켄베르를 사랑한 국민들은 비난할 가능성이 있다고, 문득 그런 생각이 들었기 때문이다.

물론 기우에 불과하다.

내가 바라는 대로 파우스트에게, 마치 화평 교섭을 위한 거래 같은 형태로 사랑을 고백하고 말았지만.

그건 군무 대신의 입장에서도 긍정한 일이다.

빌렌도르프의 풍조가 나의 사랑을 전면적으로 긍정한다.

일대일 대결, 전사로서의 결말과 자긍심은 모든 것을 긍정하니까.

딸인 내가 어머니를 쓰러트린 남기사에게 사랑을 느낀다고 해도 비난받을 이유는 없었다.

"사랑은 열광이라 들은 적이 있습니다. 최근에는 희곡에서도 그러한 말이 유행하고 있습니다."

"희곡이라. 세간에서 유행하는 작가명으로는 셰익스피── 이름이 기억나지 않는군. 목까지 올라오긴 했지만."

군무 대신은 무언가 하고 싶은 말이 있는 모양이었다.

평소에는 죽도록 시시껄렁한 헛소리라며 흘려넘기지만.

오늘은 기분이 좋았기에 진지하게 들어주지.

"폴리도로 경에 대한 모욕죄로 붙잡힌 그 극작가가 쓴 말입니다. '파우스트와 줄리엣'이라는, 우리 빌렌도르프에서 큰 반향을 얻은 희곡에 나오는 대사죠."

극작가에게는 비교적 자유로운 창작을 할 수 있게 놔두지만, 희귀 사례로서 한 명만 감옥에 처넣어둔 자가 있었지.

"카타리나 님── 희곡의 내용을 아십니까?"

"빌렌도르프의 기사 줄리엣이 일대일 대결 도중 파우스트 폰 폴리도로 경이 빌렌도르프를 적대하는 폴리도로 가가 아니고, 가문도 영지도 영지민도 버린다면 나 또한 가문을 버리고 사랑의 도피를 하겠다고 호소하는 거였지. 빌렌도르프의 기사 중엔 그 줄리엣에 자기를 대입해놓고 흥분하는 자도 많다던가."

황당한 내용이다.

그 파우스트 폰 폴리도로라는 한 인간의 존재는 어머니의 사랑과 폴리도로 가문에 대한 집착으로서 존재한다.

그가 가문, 영지, 영지민을 버린다는 건 한없이 말이 안 되는 이야기다.

그리고 만약 그것들을 버린다면 이 카타리나는 그를 사랑할 수 없게 되리라.

거기에 있는 건 모든 것을 잃어버린 얼빠진 덩어리이니.

사랑으로 펄펄 끓는 쇳물이 흘러들어오기 전의 이 카타리나와 마찬가지다.

둘 다, 아무런 가치도 없는 산물이다.

버릴 리가 없다.

"하지만 내용까지는 알고 있어도 희곡을 직접 들은 건 아니다. 군무 대신은?"

"저는 희곡을 보러 갔기에 모든 내용을 암송할 수 있습니다."

어머니 레켄베르의 사랑을 이해한 이 카타리나라면 조금 이해할 수 있는 부분이 있다.

꿈이든 무엇이든 상관없으니 희곡 속으로 뛰어들어 나로 대입하고.

파우스트와 연애해보고 싶다는 건 나도 이해한다.

어느 정도라면 그런 희곡을 쓴다고 해도 죄가 되진 않았을 테지만.

"어떤 대사가 폴리도로 경의 치명적인 모욕이 되는지 기억하는가?"

"극 중에 이러한 대사가 있었습니다. 너무도 실례였기에 극을 본 일부 인간에게서 투서가……."

자기를 감옥에 보내지 말아 달라고 군무 대신이 말했다.

네가 없으면 빌렌도르프의 군무가 정지되니 안 보낸다.
그렇게 말하며 입꼬리를 살짝 올렸다.
군무 대신은 내가 감정을 보이자 기쁘다는 듯 웃고는 희극을 읊었다.
"나에게 적은 당신의 이름뿐. 설령 폴리도로 가의 사람이 아니라 해도 당신은 당신이야. 파우스트—— 왜 그러지? 이름에 무슨 의미가 있다는 거야? 장미라는 꽃에 어떤 이름을 붙이든 그 향기는 변하지 않을 터. 파우스트, 당신의 피도 살도 아닌 그 이름 대신 나의 모든 것을 받아 들여줘."
완전히 폴리도로 경에 대한 모욕죄다.
눈앞에서 그런 헛소리를 한다면 파우스트는, 파우스트 폰 폴리도로는 분노에 미쳐서 그 기사를 전력으로 매장할 것이다.
"파우스트 폰 폴리도로에게 폴리도로라는 이름은 피와 살. 폴리도로 가를 버리는 것만은 절대 하지 않지."
"그렇습니다. 뭐, 이 희곡의 결말에서도 폴리도로 경은 모든 유혹을 뿌리치고 '나는 마지막까지 폴리도로 경이다. 가문을 버리고 너를 선택할 일은 없어'라며 사랑하는 줄리엣을 일대일 대결로 죽이는 엔딩입니다만."
"참으로 빌렌도르프다운 해피 엔딩이군. 줄리엣도 분명 죽는 순간에는 흥분했을 거다."
영지와 영지민을 위해서라면, 어머니가 사랑한 모든 것을 지키기 위해서라면 마지막까지 싸우다 죽을 남자가 파우스트다.
이름을 버릴 바에야 죽기 살기로 저항하여, 게슈든 뭐든 맹세해서 전사를 긁어모아 절대로 이기지 못할 상대에게도 맞서다 죽을 것이다.

그런 남자다.

“작가는 이미 죽였나? 결말을 생각하면 나쁘지 않은 희곡이지만, 역시 폴리도로 경에 대한 치명적 모욕이 들어간 건 곤란하지.”

“죽이지 않았습니다. 그 셰익스피── 어쩌고 하는 인간의 본명이 마음에 걸렸기 때문이죠.”

“흐음.”

장래를 생각하면 빌렌도르프의 국부, 다음 여왕의 아버지가 될 남자를 모욕했다.

사형이 타당하다고 보지만.

그 극작가의 본명에 무언가 의미가 있나?

“본명이 줄리엣이었습니다.”

“그…… 자신의 본명을 일대일 대결에서 죽는 기사에 붙여서 희곡을 쓴 건가?”

“희곡이 되긴 했지만 애초에 본인은 그럴 의도가 없었다고 발언하더군요…….”

분위기가 달라졌다.

감정을 잘 모르는 이 카타리나도 어렴풋하게 이해가 갔다.

그 줄리엣, 사형하기에는 불쌍한 이유가 있군.

“즉, 그러니까, 그게.”

나는 조금 당황하며 틀렸을지도 모르지만 질문을 이어갔다.

“내 예상에, 희곡의 원형은 개인의 꿈을 정리한 일기였다?”

"그렇습니다. 감옥에서 자세히 이야기를 들어보자 폴리도로 경에게 매료된 빌렌도르프 기사의 개인적인 몽상이라는 측면이 강했고── 그것이, 희곡이라는 형태로 세간에 나와버리긴 했지만, 본인의 말에 의하면 친구에게 일기를 들켰는데 어느새 희곡으로 세간이 공개되었다고 하니 본인에게는 죄가 없는 부분이 많았습니다. 카타리나 님의 표현을 빌리자면 꿈을 정리한 일기 같은 것. 그런 작은 망상에 트집을 잡아서 사형을 선고하는 것도 조금 불쌍했습니다."

말문이 막혔다.

음, 조금, 아니 상당히 불쌍한지도 모른다.

문제는 희곡으로 세상에 나와버렸다는 점뿐이다.

빌렌도르프의 법은 개인적인 망상에 관여하지 않는다.

내용도 결말을 생각하면 그리 나쁘지 않고…….

"요컨대 군무 대신이 나에게 굳이 우회적으로 하고 싶었던 말은 무엇인가?"

"불쌍하니까 감옥에서 석방해주시지 않겠습니까? 제가 본 바로는 희곡을 쓰는 재능이 있으며, 개인적으로 앞으로도 다양한 이야기를 쓰게 해보고 싶기도 하온지라……."

"음…… 그것도 어느 의미 고문 같은 셈이라고 본다만. 네가 하고 싶다면 그것도 좋겠지."

나는 너그럽게 손을 흔들어 군무 대신에게 허락을 내렸다.

나는 노파에게 연애 상담을 하려고 했지만.

아무래도 입장상 정무 지시가 되는 결말이 많다.

자주 있는 일이라며 한숨을 쉰 나는 미래의 위대한 극작가가 될지도 모르는 줄리엣을 석방하러 감옥으로 향하는 군무 대신의 의기양양한 뒷모습을 바라보았다.

내가 파우스트 폰 폴리도로 경을 처음 본 것은 빌렌도르프 전쟁에서였다.

제1왕녀 친위대의 일원으로서 그와 처음으로 만났을 때는 경악했다.

이렇게 못생긴 남자라니.

가슴은 카이트 실드처럼 두껍고 팔은 그레이트 소드보다 굵으며 볼살 대신 근육으로 가득 찬 건지 목소리도 굵었다.

징이 깨져라 두드리는 것 같은 목소리였다.

처음 인사하면서 그와 악수했을 때도 경악했다.

손바닥은 미친 듯이 훈련한 결과인지 마치 곰 발바닥처럼 두꺼운 근육으로 덮여있었다.

손가락도 떡갈나무처럼 딱딱하다.

내가 전력으로 팔씨름을 해도 패배하는 모습을 쉽게 예상할 수 있었다.

체구는 선천적인 것이니 어쩔 수 없고, 얼굴 자체는 그럭저럭 괜찮다고 할 수 있지만.

이런 사람 같지 않은 두꺼운 손바닥은 영 아니었다.

징 같은 목소리로 웃는 것도 글렀다.

이쯤 되니 동정마저 느꼈다.

이런 남자의 손을 잡고 함께 길을 걷고 싶은 여자는 거의 없을 거다.

——첫인상은 그랬다.

뒤에서 험담하는 건 기사로서 참으로 부끄러운 행동이니 제1왕녀 친위대이면서도 그를 조롱하는 여자는 처음부터 한 명도 없었지만.

그래도 폴리도로 경 이야기가 나오면 다들 말문을 흐렸다.

'그런' 남자는 나쁜 의미로 현실에 존재한다고 생각하지 못했다.

아아, 이것도 험담이라고 할 수 있을지도 모르겠군.

지금의 나는 폴리도로 경을 모욕하는 말을 들으면 극도로 분노하여 벌게진 얼굴로 주먹을 날릴 것이다.

이렇게 인상이 뒤집힌 건 역시 빌렌도르프 전쟁 때였다.

나는 전장에서 생사가 오락가락하는 상황에 처했다.

빌렌도르프 전쟁에서 척후를 맡은 내가 빌렌도르프에게 들통나 기사 몇 명에게 쫓기던 때.

도망칠 때 다쳐서 피를 흘리면서도 말을 타고 도망쳤지만, 그 말조차 크로스보우에 맞아서 죽었다.

저항을 생각했으나 출혈이 너무 심해서 걷지도 못할 것 같다.

포위당해서 이 목숨도 여기까지임을 느꼈지만, 그래도 기사로서 영광 있으라!

빌렌도르프의 기사 몇 명을 길동무로 삼는다면 내가 기사로서 살아온 가치도 있었다고 할 수 있다.

그렇게 절규하며 하다못해 내 존재를 세상에 각인하고자 검을 들었을 때.

전신이 동면을 준비하는 것처럼 털로 부숭부숭한 말이 달려왔다.

괴물처럼 커다란 말이었다.

그 이름은 '플뤼겔', 폴리도로 경의 애마이자 '날개'라는 이름 뜻 그대로 인간의 머리조차 뛰어넘어 나를 감싸듯이 앞에 섰다.

말을 탄 사람은 당연하게도 폴리도로 경이며, 빌렌도르프 녀석들은 폴리도로 경이 나타난 순간 나를 완전히 무시했다.

폴리도로 경의 목을 쳐라! 빌렌도르프 최고의 영광이다!!

눈빛이 확 달라져선 덤벼들었지만 그 곰 같은 손이 거머쥔 무기, 인간의 몸뚱이만큼 큰 그레이트 소드를 폭풍 같은 굉음을 내며 휘두르고 나니 그것으로 끝나버렸다.

적 기사의 갑옷이 폭발한 듯한 소리를 내면서 찌그러졌고, 살점이 터지는 소리를 내며 몸이 허공을 날았다.

내가 기억하는 건 거기까지. 그 후는 출혈이 너무 심해서 기억이 뚝뚝 끊어졌지만.

그 곰처럼 두꺼운 손이 내 뺨을 쓰다듬고 징소리 같은 크기로 내 의식을 확인하는 남자의 목소리.

피투성이인 내가 어디에서 피를 흘리는지 확인하고는 자신의 옷을 찢어서까지 내 상처를 동여맨 것.

내 몸을 업는 체인메일 너머의 등근육.

폴리도로 경이 내 목숨을 구해준 것.

그것만은 기억한다.

나는 그 후로 망했다.

실혈사가 가까워지는 차가운 의식 속에서 그의 등에서 전해지는 육체의 열을 알고 말았다.

앞으로 어떤 남자를 만나도 이보다 더 좋은 남자와 만나지 못하리라는 걸, 분명 만족하지 못하리라는 걸 이해하고 말았다.

아무리 비웃음을 사도 괜찮으니 그와 손을 잡고 거리를 걷고 싶다.

더없이 투박하고 안할트에서는 못생겼다는 말을 듣는 남기사에게 반해 버렸다.

어머니에게 부탁하자.

어떤 수단을 써서라도 어머니를 움직이는 거다.

빌렌도르프 전쟁이 끝나는 대로 이 남자와 혼인을 맺을 수 있도록 어머니에게 부탁하는 거다.

외동딸의 목숨을 구해주었으니 반드시 허락해주시겠지.

무가(武家)의 관점에서 보면 불평할 곳이 없는 남자이니 어머니도 받아들여 주겠지.

폴리도로 경과 만든 딸이야말로 우리 가문의 후계자로 적합하다.

이해해줄 것이다.

붕대로 둘둘 감긴 몸을 본진에 눕히며 나는 그렇게 맹세했다.

※

그래, 아쉽지만 그대의 행동을 한 번 지적해야만 한다.

물론 그대에게 악의가 있었던 게 아니라는 건 안다.

오해도 하지 않는다.

그렇게 노려보지 말고 침착하게 들어다오.

그대가 평소 외동딸의 목숨을 구해준 파우스트 폰 폴리도로에게 호의와 경의를 입에 담고 있었다는 건 알고 있으며, 그렇기에 딸과 혼인을 바랐겠지.

딸도 퍽 긍정적이었다고 하고.

아니, 폴리도로 경 말고는 같은 침대에서 자고 싶지 않다고도 했다던가.

나쁜 건 아니다.

사리 분별 있는 무가라면 빌렌도르프 전쟁에서 레켄베르 경을 쓰러트린 그에게 경의를 표하고, 또 그 핏줄과 연을 맺고 싶어하는 게 당연하다.

그러니까 우선은 편지부터.

그대는 폴리도로 경에게 명확한 호의를 담은 문장을 편지에 담아 소소한 선물과 함께 종사를 보냈지.

우선은 소소한 축하연에 초대부터 하는 것이니 지적할 일은 아니다.

그것을 중간에 붙잡아 편지를 가로챈 건 나다.

변경백인 나다.

그렇게 적의를 보이면서 화내지 마라. 사정은 설명할 테니.

종자에게는 상처 하나 내지 않았고 선물도 이쪽에 있으니까 그대로 돌려주지.

하지만 그 전에.

이상하다고 생각하지 않았는가?

그대의 그건 좋은 아이디어이긴 하나, 아직까지 누구 한 명 같은 행동을 하지 않았다고 생각하는가?

그럴 리가 없을 텐데.

냉정하게 생각해보도록. 아무리 폴리도로 경이 근육질의 추남이라고 세간에서 멸시당한다 한들, 그대가 느낀 호의와 경의를 다른 사람이 느끼지 않는다고 생각했는가?

그렇지 않지?

이것은 나만이 아니라 빌렌도르프 전쟁에서 폴리도로 경에게 빚을 진 장원 영주 일동의 총의라고 생각하면 된다.

우리는 외동딸의 목숨을 넘어 영지를 구해주었다.

그 남자의 매력은 얼굴이 아니라 내면에 있다고.

우리는 그를 무척 높게 평가하지.

적어도 이 변경백이 딸과 혼인을 생각했을 정도로는.

냉정해졌는가?

차를 들겠나?

설탕 과자는 어떻지?

필요 없나. 그렇다면 됐다. 강의 시간이다.

세 가지 사실과 그대가 목적을 달성하려면 어떻게 해야 하는지 방책을 하나 가르쳐주지.

① 폴리도로 경과 인척이 되고 싶어 하는 귀족은 드물지 않다.

② 같은 행동을 한 모두가 실패했다.
③ 폴리도로 경은 그 사실을 모른다.
④ 우리는 앞으로 어떻게 해야 하는가.

이 네 가지다.

먼저 ①은 그대도 냉정해지면 이해할 수 있을 테지.

빌렌도르프 전쟁에서 커다란 전공을 세웠으니까.

심지어 그 야만족의 대영웅 레켄베르 경을 쓰러트렸으니 무가의 평가가 나쁠 리가 없다.

그래, 외모는 확실히 비호감상이지.

폴리도로 가의 평판도 나쁘고, 미치광이 마리안느의 아들이라는 건 다들 알고 있다.

남자면서 전장에 나와 여자들 사이에서 기염을 토하며 전장을 휘저어놓는 기사다.

추남, 평판이 나쁜 집안, 난폭하고 조신함이라고는 조금도 없는 남자다.

가슴은 카이트 실드처럼 두껍고 팔은 그레이트 소드보다 굵으며 볼살 대신 근육으로 가득 찬 건지 목소리도 굵다.

징을 힘껏 두드린 듯한 목소리로 말하는 남자 같은 건 세상에 파우스트 경밖에 없을 거다.

이래서는 혼담 하나 오지 않는다고 해도 이상하지 않지.

실제로 나는 폴리도로 경이 그렇게 말하며 자조적으로 웃는 모습을 본 적이 있다.

하지만 그게 뭐가 어떻단 말인가.

그는 외동아들, 작은 변경지이긴 하지만 어엿한 장원 영주 중 한 명이다.

재산도 있고 영지도 있으며 그를 따르는 영지민도 있다.

시골이라도 괜찮으니 시집가서 남편의 외모에는 다소 눈을 감아줄 수 있다고.

폴리도로 경 대신 가주 혹은 성주가 되어 장원 영주로서 훌륭하게 독립하고 싶다고.

일대 기사 중에는 그렇게 생각하는 여자가 썩어날 정도로 많을 거다.

본래대로라면 리젠로테 여왕 폐하께서── 이건 폐하께는 절대 말하지 말도록.

여왕 폐하께서 어딘가 좋은 혼처를 찾아서 중개해 주고, 혼인을 맺은 양가로부터 감사받고 끝나는 정도의 일이겠지만.

그야말로 폴리도로 경이 가주 상속을 위해 처음 왕도에 왔을 때 여왕 폐하께서 신경을 써주시면 되는 일이었다.

어째서인지 '신경을 써주지 못하신' 모양이지만.

반복하지.

본래대로라면 폴리도로 경에게 혼담 하나 없는 건 이상하다.

폴리도로 경과 인척이 되고 싶은 귀족은 드물지 않으니까.

이게 첫 번째다.

왜 그러지? 얼굴이 파랗군.

눈치챈 것 같지만, 강의를 계속하지.

②다.

폴리도로 경과 인척이 되고 싶은 자는 많지만, 같은 일을 시도한 사람은 전원 실패했다.

이 이상은 말하지 않아도 이해할 수 있지?

먼저 리젠로테 여왕 폐하께서 폴리도로 경의 혼인을 주선하는 일에 소극적으로 반대하신다.

어디까지나 소극적이지만.

이 변경백이 했던 것처럼 굳이 그에게 가는 혼담을 말소해버리는 건 아니다.

아무리 근육질인 폴리도로 경이 여왕 폐하의 성적 취향과 일치한다고 해도 그 부분에서 자제를 못 하시는 분이 아니니까.

순간 리젠로테 여왕 폐하께서 분노하셨다고 착각했지?

그렇게 옹졸한 분이 아니시다.

아니라면 괜찮지 않냐고?

본론은 여기서부터.

젊음 때문에 옹졸——은 아니고, 융통성이 없는 두 사람이 있다.

빌렌도르프 전쟁을 함께 한 아나스타시아 전하와 아스타테 공작님이 혼담을 없애고 있지.

이 변경백이 그대에게 했던 것처럼 폴리도로 경에게 가는 편지를 전부 '검열'하신다.

예를 들어 빌렌도르프 전쟁에서 본인의 변경 영지를 구해주었음을 고마워하는 감사장이나 사소한 선물 정도라면 제대로 전달

된다.

폴리도로 경은 그 징을 힘껏 두드린 듯한 목소리로 기분 좋게 받아들여 주었겠지.

하나 직접 만나서 인사하고 싶다거나 딸과 만나보지 않겠냐거나 사소하게나마 축하연에 오지 않겠냐는 내용이 있다면 검열당한다.

폴리도로 경이 왕가가 마련해준 저택에도 편지도 종사도 통과를 못 하지.

심지어 아스타테 공작님이 호출해서 심문한다.

공작인 내가 침을 발라놓은 남자에게 손을 낼 생각이냐고.

황당하지?

황당한 일이고, 이게 평소 공작님이 보이는 욕심이라면 이 변경백이라고 해도 그에 맞는 태도를 결심했을 거다.

하필이면 이 변경백이 마련한 딸과의 혼담을 그녀가 없애버렸으니까.

당신 때문에 폴리도로 경은 지금도 귀족 사회에서 미움받고 있다고 착각한다고, 처음에는 진심으로 일갈하려고 했을 정도지만.

그, 뭐냐.

아무래도 공작님만이 아니라 아나스타시아 전하도 폴리도로 경에게 심취하셨다더군.

즉 장래 안할트를 이어받을 투 톱이 그를 원한다.

그는 우리 두 사람 것이니 손대지 말라고.

그러니까, 그, 뭐냐.

공작님만이라면 암투도 해봤겠지만, 차마 전하의 심기까지 거스를 마음은 들지 않더군.

리젠로테 여왕 폐하도 두 분을 강하게 질책해주시지 않을 테지.

음, 그래.

한심하다고 생각할지도 모르지만 세상에는 파워 밸런스라는 게 있다.

어쩔 수 없는 일이지.

그 ③이다.

③ 폴리도로 경은 그 사실을 모른다.

자, 아쉽게도 지금 설명한 이유로 자신이 의외로 인기가 있다는 사실을 전혀 모른다.

모든 혼담이 아나스타시아 전하와 아스타테 공작의 손에 가로막히고 있으니까.

자기 같은 추남은 전혀 인기가 없다고 웃지.

솔직히 나는 그의 처지를 연민해야 할지 기뻐해야 할지 모르겠다.

그래, 왕가의 눈에 들어서 모든 혼담을 방해받는 상황은 불쌍하지.

하지만 평생 이대로일 리도 없을 테고, 상대가 국가 권력자 두 명이라면 그리 나쁘지는 않지 않을까.

이러니저러니 해도 그 두 사람은 폴리도로 경을 명확한 호의로 대한다.

홀대하지는 않겠지.

아무래도 300명의 영지민을 지닌 소영주라는 입장상 국서까지는 못 하겠지만.

사실상 미래의 안할트 왕과 미래의 공작 아버지인 셈이니까.

폴리도로 가의 더럽혀진 명예, 그를 훌륭하게 키워낸 '미치광이 마리안느'의 오명을 씻어낸다는 의미로는 좋은 인연이라고 본다.

결코 나쁜 이야기는 아닐 테니까 항의할 수도 없었지.

다만.

그러니까, 폴리도로 경이 본인을 낮게 평가하는 성격이라는 건 조금 알고 있지만.

구국의 영웅이라고 해도 아무 지장이 없으니 조금 더 자신이 인기있다는 걸 깨달아도 괜찮을 텐데.

……푸념을 늘어놓았군.

하다못해 폴리도로 경에게서 변경백인 나에게 편지 한 통이라도 보내준다면 달리 움직일 방도도 있었으리라고 보지만.

별수 없지, 망상을 기대해봤자 무의미하니.

자, 이것이 그대가 이해해야 하는 ①~③의 사실이다.

이해했는가?

했다면 다행이군.

자 그럼, 여기까지 듣고서 어떻게 생각하지?

순순히 혼인을 포기할 건가?

폴리도로 경을 축하연에 초대하는 걸 관둘 건가?

그래.

그럴 리가 없지.

그대도 우리도, 가벼운 마음으로 폴리도로 경에게 자신의 딸을 주려고 한 것이 아니니까.

그저 우리에게 이득이 있으니까 이용하려는 의도로 폴리도로 경에게 접촉하려고 한 게 아니지.

폴리도로 경에게 호의와 경의를 느낀다.

빌렌도르프와의 국경선과 가까운 곳에 있는 장원 영주 일동은 빌렌도르프 전쟁에서 빚을 졌다.

영지가 그 레켄베르에게 침략당할 위기였는데 그가 구해주었다.

우리의 영지는 빌렌도르프 국경 근처. 폴리도로 경이 없었다면 지금쯤 빌렌도르프에게 멸망당했을 거다.

물론 폴리도로 경도 왕가에게 명령받은 군역이기에 싸웠던 것뿐, 참전 의무를 다했던 것뿐이지.

이론만 놓고 본다면 감사해야 할 일이 아닌지도 모른다.

폴리도로 경도 우리에게 은혜를 베풀었다고 생각하지 않을 테고.

원칙으로는, 대외적으로는 군대를 파견해준 왕가에게 감사하고 우리도 은혜와 봉공을 마치면 끝이다.

하지만 상대가 신경 쓰지 않는다고 해서, 그런 이유로 은혜와 빚을 잊어버려서는 우리는 가축보다도 못하다.

은혜와 봉공의 쌍무적 계약은 딱히 군주와 기사 사이에서만 존재하는 게 아니야.

폴리도로 경도 우리와 같은 안할트의 귀족이고, 그런 동지의 전공이 우리를 구해주었다.

고마워해야만 하고, 무언가 보답을 해야만 한다.

따라서 그대의 행동을 지적했다.

아스타테 공작님에게 발각되어 협박당하고 포기하기 전에.

그래, 우리는 동료를 찾고 있다.

아나스타시아 전하와 아스타테 공작님에게 우리의 의견을 읍소하기 위한 동료를.

즉 이 변경백은 그대를 권유하는 거다.

편지가 증발하고, 혼담이 가로막히고, 축하연 초대를 방해받아도.

그럼에도 포기하지 않았던 자들의 모임에 들어오지 않겠는가?

아무튼 머릿수가 필요하다.

아나스타시아 전하와 아스타테 공작님에게 요구하기 위해서는.

그래.

피의 배분을 요구하는 거다.

폴리도로 경에게 더 많은 신부를 들이라고 요구하는 거다.

물론 우리의 딸이지.

이 남자가 한 명 태어날 때 여자는 아홉 태어나는 세계에서 왕족이 폴리도로 경을 독점한다는 건 과욕이 아닌가.

설령 두 명을 신부로 들인다고 해도 앞으로 일곱 명은 들여야 도리에 맞지 않겠는가.

나는, 이 변경백은 어떻게든 손녀에게 폴리도로 경의 피가 흐르기를 바란다.

그건 초인의 희귀한 핏줄을 원한다거나, 왕족의 이복자매라는 지위를 원한다거나——.

그런 게 없다고 한다면 거짓말이지만, 핵심은 아니다.

나는 폴리도로 경에게 호의와 경의를 느끼고 우리 일족에 폴리도로 경의 핏줄을 들이고 싶다.

우리 영지의 장래를 위한 후계자를 그 남자의 핏줄로 만들고 싶다.

이 마음은 거짓이 아니다.

그 정도는 해야지, 이 정도는 해야지.

우리 영지를 지켜준 그에게 호의와 경의를 보여야 한다고 생각한다.

이 변경백이나 장원 영주 일동이 보일 수 있는 최대한의 경의가 폴리도로 경과의 혼인이다.

……물론 전하와 공작님이 우리의 요구를 받아들였다고 한들 폴리도로 경이 싫다고 하면 거기서 끝이지만.

물러날 타이밍은 잘 알고 있어야지.

아이를 만드는 것이 남자의 의무라지만 너무 많은 여자에게 둘러싸이는 것도 보통 남자는 싫어할 테고.

폴리도로 경에게 악의를 품고 딸과 교제를 강요하는 건 본의가 아니다.

자, 어떤가?

이렇게 권유하는 것도 한 번뿐이다.

모든 계획을 진행하기 전에 아스타테 공작님에게 들통나서 백지가 되는 건 사양이니까.

하지만, 그래.

그 남자의 피를 이어받은 손주를 이 손으로 안아보고 싶다는 유혹.

파우스트 경에게 명확한 호의와 경의를 느끼는 그대가 그 유혹을 이길 수 있을 거라고 생각하진 않는다만.

결론부터 말하자면 내 게슈는 실패했다.

안이하게 봐서는 안 되는 거였다.

리젠로테 여왕 폐하만큼 과감한 인간을 안이하게 본 것이 가장 큰 패인이었다.

게슈에는 사제와 기사의 신성한 맹세를 방해해서는 안 된다는 규정이 있다.

그렇지만 그런 규정 같은 건 결단을 내린 폐하의 눈앞에선 아무런 의미도 없는 헛소리에 불과하다.

"여왕 친위대! 비켜라!!"

게슈를 맹세하려는 사제와 이 파우스트의 눈앞으로.

옥좌에서 일어난 리젠로테 여왕 폐하가 맹렬한 기세로 달려왔다.

"폐하! 부디 제가 게슈를 맹세하게 해주십시오!!"

"거절한다!"

이때 나는 여왕 폐하를 확실히 안이하게 봤고, 판단도 잘못 내렸다.

게슈 서약은 나 혼자서 임할 수 없다.

사제 없이는 불가능하니, 퀼른 사제를 제압해버리면 지속할 수 없음에도 불구하고.

나는 사제를 감싸는 게 아니라 나에 대한 공격에 대비했다.

"거기까지다!"
여왕 폐하가 손수 퀼른 사제를 제압하여 바닥에 쓰러트렸다.
내가 여기서 리젠로테 여왕 폐하에게 폭력을 휘둘러 저항할 수 있을 리도 없다.
이미 의식을 속행하는 건 불가능해졌다.
드루이드 없이는 의식을 치를 수 없다.
체념이 뇌리를 시쳤지만, 포기하지 못하고 말했다.
"폐하, 사제와 기사의 신성한 의식을 방해……."
"파우스트가 목숨을 걸면서까지 전부 해낼 각오였다. 적어도 네 안에서는 유목기마민족의 침공을 확신한다는 것. 그것도 잘 알았다!!"
하지만 내 의지가 전혀 통하지 않은 것도 아닌 모양이었다.
리젠로테 폐하는 사제의 신병을 친위대에게 넘긴 뒤 주변을 휙 둘러보았다.
"알았지만, 목숨을 거는 것은 너무도 아깝지 않은가. 여기에 있는 전원에게 묻겠다. 그대들은 파우스트 폰 폴리도로가 죽어도 된다고 보는가?"
조용한 질문이었다.
변경백이 대표하듯 대답했다.
"아닙니다. 폴리도로 경이 이룩한 빌렌도르프 전쟁의 전공. 또한 그는 빌렌도르프와 화평 교섭을 성사시킨 주역입니다. 그런 폴리도로 경을 잃는다는 건 너무나도 아깝다고 생각합니다. 안할트 왕국에겐, 불경하오나 리젠로테 여왕 폐하의 상실과도 필적하는 손해일 테죠."

정말로 내 죽음을 바라지 않는다고 진심으로 호소하는 것처럼 느꼈다.

그렇게까지 말해준 변경백에게는 고맙지만—— 말은 그렇게 해도, 나에게는 이미 방법이 남아있지 않았다.

나에게는 다른 사람들이 각오하는 대신 내어줄 게 아무것도 없다.

믿어주기 위해서는 목숨이라도 걸 수밖에 없지 않은가.

무릎을 푹 꿇고 고개를 숙였다.

무릎 위에 두 주먹을 올려놓고 눈물 한 방울을 흘렸다.

"저는 그저, 믿어주길 바라는 것뿐입니다. 지금 이대로는 패배합니다."

"……."

여왕 폐하는 잠시 천장을 바라보았다가.

생각을 거듭한 후 입을 열었다.

"좋다, 믿어보마."

믿어지지 않는 말이었다.

그렇게 완강하던 폐하가 순순히 고개를 끄덕였다.

"……다들, 잘 들어라. 유목기마민족 국가가 침공하는지 하지 않는지, 그건 확신할 수 없다. 하지만 애초에 북방 유목민을 상대로 일치단결하여 싸우는 것은 본래 내가 바라는 바이기도 하지. 그러기 위해 파우스트의 말대로 명령의 상의하달을 철저히 맞춘 군권 통일 자체는 나쁘지 않은 발상이다. 군제개혁이라 봐야겠군."

그래.

그렇게 되는 것 자체는 딱히 리젠로테 폐하에게 손해가 아니다.

변경백이 조금 난처하다는 듯 입을 열었다.

"가능하다면 훌륭한 일이라고 봅니다. 하지만 저희는 따르고 싶지 않습니다. 폴리도로 경도 말했듯이 저희 장원 영주는 영지의 보호 계약, 쌍무적 계약에 의해 왕가를 따르는 몸입니다. 왕가의 지휘라고는 하나 따를 수 있는 일과 없는 일이 있습니다."

왕권은 절대적이지 않고, 우리가 개처럼 모든 명령을 따르는 것도 아니다.

확실히 그 말대로다.

애초에 이번에 이 자리에서 연설한 건 리젠로테 폐하만이 아니라 장원 영주를 설득하기 위해서이기도 했다.

폐하가 아무리 이해해준다고 해도 해결되는 이야기가 아니다.

"안다. 안심하도록, 그대들에게만 부담을 지울 마음도 없고, 애초에 유목민 대책에 한정된 제안이다. 잠시 이야기하지."

폐하는 불안하다는 듯 지켜보는 귀족들을 둘러보고.

즐겁다는 듯 입을 열었다.

"그래. 이 리젠로테 선제후가, 안할트 왕국이 만약을 대비해 재화를 축적해두었다는 건 다들 알고 있을 테지. 신성 제국에서 가장 강한 국가를 묻는다면 다들 빌렌도르프라고 대답할 테지만, 마찬가지로 가장 인색하면서 풍족한 부자 국가를 묻는다면 다들 안할트라 대답할 것이다."

폐하가 두 팔을 크게 벌리고 무언가를 우러러보듯 말했다.

알현실의 분위기를 폐하가 휘어잡아가고 있다.

"돈이 있다는 건 좋은 일이다. 하지만 돈이란 생물이며, 흘러가야 가치가 있지. 영원히 비축해두기만 하는 것도 재미없는 법——이라는 게 이 리젠로테의 본심이다. 좋은 기회군. 이번에 사용하지."

딱, 폐하가 손가락을 튕겼다.

"왕가가 비축해둔 재화를 안할트 국내에 성대히 풀어놓겠다."

나는 무슨 일이 일어난 건지 잘 알 수 없었다.

당황하며 주위를 둘러보았지만 네 명 정도만 이해했다는 표정이었다.

아나스타시아 전하와 아스타테 공작, 그리고 후작과 변경백은 이해한 모양이었다.

"그 말씀은?"

"잠정적으로 폴리도로 경이 말했던 것처럼 군권을 왕가에 맡겨 다오. 하지만 무상으로 여기에 있는 모두의 병권을 나에게 맡기라고 해 봤자 아무도 받아들이지 않겠지. 계약 사항이 아니니까. 자신의 재산인 영지민을 왕가의 손에 넘겨줘서, 그 손에 운명을 맡기라는 말만으로는 절대로 따르지 않을 것이다. 어떤가? 변경백."

"맞습니다. 다만 사정에 따라서는 따를 수도 있죠."

"구체적으로는?"

변경백은 다 알면서 뭘 물어보냐는 듯한 말투로 대답했다.

"돈입니다. 고용이라는 명칭을 쓰기에는 기묘합니다만. 결국 주군과 기사라는 쌍무적 계약이 아니라 별개의 계약. 군역에 대한 특별한 보수를 지불해주신다면 상황은 달라집니다. 손실을 벌충해주신다면 시키시지 않아도 병사 지휘권이나 운용을 왕가에 맡기는 것을 이해하겠습니다. 폴리도로 경이 원하는 대로, 명령의 상의하달을 제대로 지키겠습니다."

옆에 있는 후작도 마찬가지로 고개를 끄덕였다.

많은 장원 영주는 서로의 얼굴을 쳐다보다가 이윽고 웅성거리기 시작했다.

"그렇다면 왕가가 모든 손해를 채워주겠다."

짝, 폐하가 손뼉을 쳤다.

"유목민을 상대하는 군역에 한정하여 장원 영주를 무보수로 동원하지 않겠다. 군역을 부담한다는 형태만이 아니라 모든 비용을 왕가가 지불하마. 물론 군제개혁에 필요한 각종 비용도 부담하겠다."

북방 유목민족을 상대로 군역이 부과된 장원 영주들이 순간 서로의 얼굴을 쳐다봤다가 고개를 끄덕였다.

그녀들은 명백하게 환영하는 얼굴로 폐하의 존안을 보고 있다.

"으음. 상당히 거친 표현이 되고 말지만, 정리하자면 간단하다."

이 파우스트가 난동을 부리던 것 따위는 잊어버린 것처럼.

리젠로테 여왕 폐하가 이 자리를 지배한다.

"돈은 낼 테니까 그만큼 왕가를 따라라."

안할트 왕가가 지닌 재력이라는 형태로 상황이 정리되었다.

나는 그저 무릎 위에 손을 올려놓은 채 여왕 폐하를 올려다보았다.

폐하는 나를 살짝 애틋하게 바라본 뒤.

"그럼 폴리도로 경. 이로써 그대의 바람은 이루어졌다. 만족하는가?"

"네."

뭐라고 하지. 참 무식한 방법이긴 하지만.

폐하는 안할트 왕가가 쌓아두었던 재화를 이용해 강제로 이 자리를 수습했다.

"……결국 저는 어리석은 광대가 되어버린 것 같은 느낌이 듭니다."

"그렇지도 않지. 적어도 네가 게슈를 맹세하면서까지 증명하려고 했던 것이 이 리젠로테의 마음을 움직인 건 사실이다. 하지만 폴리도로 경. 이렇게까지 저질렀다."

폐하가 친위대에게 명령하여 퀼른 사제를 풀어주었다.

다치지는 않은 것 같아 안심했다.

폐하는 그런 나를 보고 조금 쓴웃음을 지은 뒤에 말했다.

"게슈를 맹세하라고는 하지 않으마. 네 목숨을 걸라고도 하지 않으마. 대신. 이 리젠로테가 이렇게까지 움직이게 하였으니, 유목기마민족 국가가 오지 않았을 경우 너는 큰 소란을 일으킨 셈이 된다. 그때는 다소 처벌을 각오하도록."

※

그로부터 7년이 지났다.

리젠로테 여왕 폐하의 군제개혁은 성공했고, 내 게슈 미수 사건으로부터 1년 뒤에는 북방 유목민을 훌륭히 멸망시켰다.

그때는 폐하가 손수 진두지휘를 맡아 멋진 지휘를 보여주었다.

물론 아나스타시아 전하와 아스타테 공작도 전장에서 활약했지만, 역시 대단한 건 폐하다.

폐하의 내정 수완과 여태까지 비축한 재화가 있었기 때문에 군제 개혁에 성공했다.

결국 이 파우스트가 나설 자리는 처음부터 없었다.

——아니, 이런 비하는 좋지 않지.

그 후로 변경백과 후작 같은 인물과도 전장을 함께 하면서 가까워졌고, 그 폴리도로 경의 결단은 훌륭했다고 인정받았다.

유일하게 게슈라는 금기의 의식을 치르려고 했던 것만큼은 지적받았지만.

목숨을 더 소중히 하라고.

그렇게 경고가 섞인 위로를 받았다.

그래.

"그러고 보니, 그 게슈가 성립되었다면 어떻게 되었을까?"

왕궁 정원에서 작게 중얼거렸다.

계약을 따르지 않았다며 나는 죽어버렸을까?

유목기마민족 국가는 결국 안할트까지 정벌하러 오지 않았으니까.

아니, 오기는 왔다.

그것도 7년도 아니고 고작 2년 만에.

빌렌도르프 동쪽에 있는 대공국은 아무런 장애물도 되지 못하고 완전히 멸망당했다.

이미 내가 예언 같은 짓을 해놓았기 때문에, 군제 개혁이 진행되었기 때문에 안할트 국내는 혼란에 빠지지 않았고, 충분히 대비한 빌렌도르프와 함께 가상 몽골에 맞설 준비는 했지만.

부족했다.

안할트와 빌렌도르프, 그 양국만으로는 병사의 수가 도저히 부족했다.

어째서인지 경계하라고 했던 신성 제국에서 소식이 없었다.

나는 영락없이 제국에서 지원군이 올 거라고 기대했었는데.

리젠로테 여왕 폐하는 제국 내에서 모략이 일어나 우리 양국은 버려진 모양이라고.

천연덕스럽게 말씀하셨다.

그렇게 아무렇지도 않게! 하고 무심코 소리쳤지만, 여왕 폐하는 원래 신성 제국에는 아무 기대도 하지 않았다고 했다.

도움이 올 거라고 믿었던 나와는 제국을 대하는 감각이 달랐다.

어차피 아무것도 해주지 않을 거라고 포기했던 여왕 폐하가 옳다.

아무것도 모르는 주제에 도와줄 거라고 믿었던 내가 순진하고 어리석었다.

이럴 줄 알았다면 제국에 찾아가 본다거나 하는 방법을――하고 머리를 부여잡았지만, 이제는 어떻게 할 수 없다.

죽을 각오를 하자.

할 수 있는 건 다 했다. 나는 내 영지를, 폴리도로 령을 지키기 위해서라면 뭐든 하겠다.

전장에서 끝까지 날뛰어주겠다.

그렇게 마음의 준비를 바쳤다.

전부 헛수고가 되었지만.

"설마 동쪽 대공국을 멸망시키자마자 토크토아 카안이 사망할 줄이야."

원인은 헌상받은 남국의 과일이 목에 걸렸기 때문이라고 한다.

바나나인지 파파야인지, 의외로 두리안일지, 그건 내가 알 수 없는 노릇이지만.

아무튼 사실인지 아닌지는 모르지만 갑작스러운 돌연사.

아니, 이 황당한 짝퉁 중세 판타지 세계가 다소 역사를 따르고 있다면.

이런 일이 일어나도 이상하지 않다.

역사에서 동유럽 침공은 오고타이 카안의 사망으로 도중에 중지되었다.

몽골이 약했던 게 아니라(오히려 너무 강했다) 전쟁에 진 것도 아니고 단순히 내정 문제로 철수했다.

그러니까, 뭐냐.

내가 필사적으로 소리치던 건 '말했던 것도 경계했던 것도 무엇 하나 틀리지 않았지만, 결론적으로는 유목기마민족이 안할트에 쳐들어오진 않았네'라는 엔딩이 났다.

뭐냐고. 과일이 목에 걸려서 죽는다는 개그 엔딩은.

아니, 덕분에 살기야 했지만.

그대로 진지하게 부딪쳐 싸웠을 경우 우리는 패배했을 테니까.

"……역시 게슈를 맹세했다면 죽었겠지."

이 세계의 게슈가 금기가 된 건 제법 불합리하다는 이유도 있을 것이다.

게슈는 생각보다 더 융통성이 없고, 애초에 내 예측이 빗나갔다면 불성립이 아니라 계약 불이행으로 신의 분노가 떨어졌을지도 모른다.

이런 결말이 된 이상은 뭐, 맹세하지 않길 잘한 거겠지.

그렇게 말할 수밖에 없다.

따라서 리젠로테 여왕 폐하에게는 감사해야 한다.

그리고 벌도 받아야 한다.

"유목기마민족 국가가 오지 않았을 경우 너는 큰 소란을 일으킨 셈이 된다. 그때는 다소 처벌을 각오하도록."

그런 약속을 했다.

물론 나는 리젠로테 여왕 폐하의 처벌을 기꺼이 받을 생각이었다.

최악의 경우 영지를 내 자식에게 물려주는 것만 용서해준다면 사형까지도.

하지만.

그 뭐냐.

폐하나 후작이나 변경백 말로는 내가 죽음을 받아들여봤자 안할트라는 국가가 손해를 볼 뿐이라고.

하물며 상황을 돌아보면 예상이 전부 엇나간 것도 아니고, 여기서 폴리도로 경을 죄인처럼 벌하는 건 너무 가혹하지 않냐고 비호해주었다.

그래서 다른 형식의 벌을 받게 되었다.

"현재 이렇게 된 건데."

왕궁에서 홀로 중얼거리는 내 옆에서 어린아이가 내 바지를 잡고 있다.

이 세계에서는 몇 없는 남자아이였다.

나와 리젠로테 여왕 폐하의 아이다.

"으음?"

고개를 옆으로 기울였다.

과연 이게 벌이라고 할 수 있는 걸까. 나에게는 의문이다.

"폐하는 그대의 성의를 보고 싶다고 하셨다. 빌렌도르프 여왕 카타리나는 너와 아이를 만드는 걸 화평 교섭의 필수 사항으로 걸었지. 어째서인지 아는가? 파우스트 폰 폴리도로라는 초인의 피에 가치가 있기 때문이다. 아마도 남자인 너에게는 굴욕적이었겠지."

후작은 뭔가 착각한 건지, 폐하의 침실에 들어가는 나에게 조금 동정하는 시선으로 위로를 건넸다.

아니, 딱히 그런 건 아닌데.

카타리나 여왕은 그냥 연애적인 의미로 좋아하고, 이 세계의 남자와는 다르게 어떤 여자와 자든 부끄럽지도 않다.

내가 정조를 소중히 여겼던 건 어중간한 여자와 놀아났다간 그렇지 않아도 바닥을 기는 내 인기가 지하로 처박혀서 폴리도로 령에 신부가 오지 않기 때문이고.

정조 관념은 이 기묘하고도 뒤틀린 세계에 오기 전부터 무엇 하나 바뀌지 않았다.

"폴리도로 경. 유목기마민족이 정벌하러 온다는 발언 자체가 전부 다 틀렸다고는 하지 않는다. 하지만 준비한 건 헛수고가 되었지. 그대의 목숨은 빼앗지 않겠다. 하나 성의만큼은 보여줘야겠다. 성의다. 폴리도로 령에게 죄를 묻지 않고, 남자인 네가 개인적으로 치를 수 있는 성의. 알겠지?"

폐하의 침실로 부름을 받아 단둘이 있는 자리에서 귓가에 그렇게 속삭였다.

요컨대 리젠로테 여왕 폐하가 원하는 성의란 내 몸이다.

그 결과 내 바지를 꾹꾹 잡아당기는 4살 난 남자아이가 내 옆에 있다.

놀아달라고 하는 것 같아서 머리를 마구 쓰다듬어주었다.

말수 없는 내 아들이 눈을 휘었다.

전혀 나쁜 일이 아니다.

이거 자체는.

뭐, 내 정처로서 폴리도로 령에 와 준 발리에르 전하는 '미쳤어. 그 어머니, 딸의 남편에게 손을 대다니. 심지어 자식까지 낳았어……'라며 진심으로 질겁한 목소리로 욕했지만.

뭐, 내가 잘못한 일이기도 하고, 폴리도로 령이 어떠한 책임을 지는 건 싫었으니 항의는 삼킨 모양이었다.

문제는 거기서부터였나.

폐를 끼쳤으니 그만한 성의를 보이라며 어느 정도 계급이 높은 숙녀의 침실로 불려 가는 일이 많아졌다.

안할트 왕국의, 나 같은 녀석을 옹호해준 사람들에게 성의를 보여달라는 모양이다.

즉 아스타테 공작, 아나스타시아 전하, 후작의 손녀.

또 무척 친절히 대해 준 변경백의 딸도 있었다.

그 외에도 많이 있다.

뭐라고 해야 하지.

나는 딱히 그것 자체가 싫은 건 아니다.

여성의 침실 시중을 드는 게 싫지는 않다.

나는 전생의 성적 가치관을 유지하고 있기에 그게 전혀 고통스럽지 않다.

아니, 솔직히 말하자면 즐겁다.

몇 번 그렇게 말하려고는 했지만.

대외적으로는 이건 성의라는 이름으로 포장된, 폴리도로 경이라는 남자에 대한 처벌이다.

그 이상으로 그 뭐냐, 전생의 가치관을 통해 나와 침실을 함께 하는 그녀들이 뭘 기대하는지 이해하고 말았다.

그러니까.

아주 배덕적인, 사회적으로 본다면 나쁜 짓을 하는 중인 리젠로테 여왕 폐하와 아스타테 공작과 아나스타시아 전하.

후작의 손녀, 변경백의 외동딸.

나 같은 녀석을 사회적으로 옹호해주는 사람들의 딸이다.

그런 사람들이 '몹시 배덕하고 나쁜 짓을 한다는 자각이 있으며, 크게 흥분한다'는 상황을 즐기는 가운데 '저는 딱히 싫지 않은데요'라고는 말하지 못하고 여기까지 왔다.

이 부분이 조금 난감하다.

요컨대 나는 전생의 가치관으로 말하자면 열심히 애국심을 발휘하며 노력하려고 했는데 운이 나쁘게도 예상이 빗나간 데다 국가에 자유를 빼앗기고 심지어 성적인 처리를 요구받는 입자에 놓인 남기사.

안할트 왕궁에 머무르며 영지에도 자주 돌아가지 못하고 왕족과 상급 귀족에게 잡혀 있다는, 참으로 이상한 포지션이 되고 말았다.

여기서 그녀들의 기묘한 욕망을 부정해버리는 건 조금 불쌍하지 않을까.

그런 묘한 동정심이 싹트고 말았다.

나는 어머니에게 들킨 야한 책이 책상 위에 살며시 놓여있던 전생의 중학생 시절을 살짝 떠올렸다.

남의 성벽은 은밀하게, 소중하게 여겨주고 싶다.

그래서 딱히 당신과 하는 거라면 싫지 않다고 속삭이는 건, 각자와 침대 속에 있을 때만 했다.

상대들은 무척 기뻐했지만.

그 결과 왕궁 안에서는 나와 관계하여 생긴 많은 아이의 목소리가 들리게 되었다.

리젠로테 여왕 폐하가 특별히 지시하여, 여러 귀족 사이에서 생긴 내 아이들이 나와 함께 생활할 수 있게 해주었기 때문이다.

나도 1년에 몇 번은 폴리도로 령에 돌아가고 있다.

영지를 내내 지키지 못하는 건 아쉽지만, 발리에르 님이 잘 다스리고 있으니까 걱정하지 않는다.

그러니까, 결론이 뭐냐면.

"음, 나는 뭐 이것도 행복한 결말이라고 받아들여야겠지."

아무래도 나는 여성진에게 아주 나쁜 짓을 하고 있다는, 무언가 속이고 있는 게 아니냐는 감각이 사라지지 않지만.

아나스타시아 전하와 만든 딸이 '아빠 찾았다!' 하고 외치는 가운데.

나는 죄책감을 잊고 아이들의 소소한 놀이 상대가 되어 주는 일에 몰두하기로 했다.

아아, 그래.

이건 이거대로 나에게는 틀림없는 해피 엔딩이다.

나에게 묘한 욕망을 느끼는 여성진에게는 조금 미안하지만.

마음속으로 그렇게 중얼거린 뒤, 나를 찾아낸 딸의 머리를 힘껏 쓰다듬었다.

정조
역전세계
의
동정
변경영주
기사

후기

먼저 2권에 이어 3권도 구매해주신 독자 여러분께 거듭 감사 인사를 드립니다.

한층 두꺼운 4권 발매의 벽이 어떻게 될지는 모르지만, 독자 여러분이 이렇게 사 주셨으니 계속될지도 모릅니다.

Web판을 읽으시면서도 구매하며 지지해주시는 분도, 서적판만 구매해주시는 분도 모두 고맙습니다. 진심으로 감사합니다.

그럼 3권 내용에 대해.

Web판 3장에서 가필 수정을 하며 독자분들의 불만이 특히 눈에 띄던 부분을 최대한 수정했습니다.

본편에서 부족한 점은 '메론22' 선생님의 일러스트가 들어가서 독자 여러분이 만족하실 수 있게 될 거라고 생각합니다.

이번 가필 수정 과정에서 든든하게 상담해주신 담당 편집자님께는 정말 고맙기 그지없습니다. 상담하니 말인데, 외전에서 유독 퇴짜 원고를 많이 내서 죄송합니다. (단편을 치명적으로 못 씁니다)

편집자님께서 고생하신 덕분에 외전 3편을 어떻게든 완성했습니다. 이 자리를 빌려서 인사 올립니다.

만약 4권이 나온다면 이번과 마찬가지로 Web판의 불만 사항과 묘사 부족, 불호평이었던 부분을 개선하는 형태로 세상에 내놓을 생각입니다. (4장은 불만 사항이 많아서 고쳐야 하는 부분이 정말 많습니다.)

다음 권이 발매된다면 사 주셨으면 좋겠습니다. 단행본부터 보신 신규 독자분도 Web판부터 읽으면서 구매해주신 독자분도 반드시 만족시켜드리겠습니다. 부디 부탁드립니다.

그리도 또 말씀드려야 하는 일이 있습니다.

오버랩 웹코믹 매체 '코믹 갈드'에서 만화판이 시작되었습니다.

만화가는 '야나세 코타츠' 선생님이십니다.

2권의 후기에도 적었지만, 정말로 잘 그리는 만화가님께서 담당해주셔서 감사하고 있습니다.

솔직히 예상했던 내용을 초월하셨더라고요. 각 캐릭터의 개성과 특색이 훌륭하게 표현되어있고, 특히 발리에르 전하의 귀여움이 몹시 강조되어 있습니다.

부디 공식 사이트에서 한번 읽어보시고, 만화책이 발매되면 구매해주세요.

그럼 4권에서 만나 뵐 수 있기를 기도하며.

정조 역전 세계의 동정 변경 영주 기사 3

2024년 5월 15일 1판 1쇄 발행

저 자 미치조
일 러 스 트 메론22
옮 긴 이 현노을
발 행 인 유재옥
이 사 조병권
출판본부장 박광운
담 당 편 집 정영길
편 집 1 팀 박광운 최서영
편 집 2 팀 정영길 조찬희 박치우 정지원
편 집 3 팀 오준영 이소의 권진영
디자인랩팀 김보라 박민솔
디지털사업팀 박상섭 김지연 윤희진
라이츠사업팀 김정미 맹미영 이윤서
영업마케팅팀 최원석 박수진
물 류 팀 허석용 백철기
경영지원팀 최정연
인쇄제작처 ㈜코리아피엔피
발 행 처 ㈜소미미디어
등 록 제2015-000008호
주 소 서울시 마포구 토정로222, 502호 (신수동, 한국출판콘텐츠센터)
판매 및 마케팅 (070) 8822-2301

ISBN 979-11-384-1089-2 04830
ISBN 979-11-384-2530-8 (세트)